"대장은 자신의 목숨이 걸린 상황에서
그 당연한 걸 실행하고 있슴다.
이건 평범한 게 아님다.
성인이라고 해도 좋을 정도임다.
하지만, 바로 그래서 알 수가 없는 검다."

"성인인 것치고는, 대장은
사람을 너무 많이 죽이심다."

미노는 낮은 목소리로 말했다.
다만 충격은 없었다.

쿠로노 전기 5

이세계 전이한 내가 최강인 건
침대 위에서만인 것 같습니다

나는 ──
이 나라를
바꾸고자 해.

아인도, 평민도, 귀족도 차별하지 않고
동등한 가치와 의미를 지닌 나라로 만들고자 해.

나는 제국이 싫어.

내 소중한 사람들을 업신여기는
제국을 용서할 수 없어.
하지만, 제국을 무너뜨리고 싶은 건 아니야.

티리아는 침대에 올라가,
쿠로노를 깔고 올라탔다.

"쿠, 쿠로노, 하, 한다."
기승 돌격 개시──

커버 그림, 본문 일러스트 | **무츠미 마사토**

Record of Kurono's War
isekaiteni sita boku ga saikyou nanoha
bed no uedake no youdesu

서 장 『기도』

제국력 431년 중순 아침── 바람이 불었다. 차갑고, 얼어붙은 바람이다.

바람이 좁고 험한 길을 지나갈 때 생겨나는 소리가 비명처럼 들려, 여주인은 무심코 귀를 눌렀다.

불현듯 죽은 남편을── 남편이 병에 걸렸을 때를 떠올렸다.

처음에는 감기라고 생각했다. 하지만 아무리 시간이 지나도 낫지 않고, 병세는 악화 일로를 걸었다.

물론 해볼 수 있는 것은 다 해봤다. 다 해봤다고 생각한다. 의사의 진찰을 받고, 약도 처방받았다.

신에게도 기도했고, 점술사한테도 의지했다. 하지만 어느 날 아침── 차가워져 있었다.

평온하게 죽은 얼굴이었다. 그것만이 구원이었던 것처럼 느껴진다.

마지막 말은── 걱정하지 않아도 괜찮아.

병상에서 연약하게 미소 지은 남편과 후방에서 적의 발을 묶는 역할로 전장에 남은 쿠로노의 모습이 겹친다.

이제 두 번 다시 만나지 못하는 것 아닐까. 그런 불안이 가슴을 지배하고 있다.

여주인은 불안을 억누르고 걸음을 내디뎠다. 잠시 후 다시 바람이 좁은 길을 지나갔다.

바람 소리가 쿠로노의 비명처럼 느껴져, 참지 못하고 뒤돌아봤다. 그러자, 다섯 기의 기병이 있었다.

그 뒤에는 아무도 없다. 마르카브, 아니, 쿠로노가 있는 곳으로 이어지는 길만이 있을 뿐이다.

갑자기 뒤돌아본 탓이리라. 기병이 움직임을 멈췄다.

"왜 그러나?"

머리 위에서 목소리가 울려, 여주인은 반사적으로 고개를 들었다. 말에 타고 있던 건——.

"베틸 부군단장? 어째서, 이런 곳에 있는 거지?"

"사람 손이 부족해서 말일세. 부군단장이라고는 해도 놀고 있을 여유는 없다네."

무례한 말투로 말해버렸다고 생각했지만, 베틸은 힘없이 웃을 뿐이었다.

"그래서, 왜 뒤돌아본 건가?"

"아, 아뇨, 아무것도 아닙니다. 무심코 뒤돌아보고 말아서."

"그런가. 사랑하는 사람이 싸우고 있으니, 그럴 수도 있겠지."

베틸은 씁쓸하게 얼굴을 찡그렸다.

"하지만 지금은 걸어 줬으면 하네. 이 시간은 자네의 연인이 목숨을 걸고 만들어 주고 있는 시간이니 말일세."

"……알겠습니다."

베틸이 고개를 숙이고, 여주인은 다시 앞을 향해 돌아서 걷기 시작했다. 가슴 앞에서 손깍지를 꼈다.

신위술사도, 순결한 처녀도 아닌 몸이다. 기도가 닿지 않으리라는 건 알고 있다.

그렇다고 하더라도, 쿠로노가 무사하기를 기도하지 않고는 있을 수 없었다.

"──엇차! 기다려! 이그니스 장군!!"

등 뒤에서 자신의 이름을 부르는 목소리가 울렸다. 늠름한 여성의 목소리다. 기다리라고 말하고 있지만, 이그니스는 무시하고 언덕을 올랐다. 제국군으로부터 되찾은 언덕의 모습을 꼭 자신의 눈으로 확인하고 싶었다. 갑자기 시야가 트였다. 언덕을 다 올라온 것이다. 제국군은 어지간히도 황급히 퇴각했는지 천막이나 짐수레가 그냥 방치되어 있었다. 그것뿐만이 아니다. 언덕 경사면에는 시체가 겹겹이 쌓인 채 가로누여 있다. 대부분은 제국군의 시체지만, 신성 아르고 왕국군의 시체도 있다.

이그니스는 한숨을 내쉬었다. 부하의 죽음에 의미와 가치를 부여할 수 있었다. 그 사실에 대한 안도의 한숨이었다. 그들은 영웅이다. 영웅으로서 칭송받아 마땅하다. 설령 명예가 남겨진 사람들의 위로는 되지 못한다고 하더라도. 그들의 헌신으로 왕국은 유예를 얻었다. 제국군은 괴멸적인 타격을 입었고, 이젠 퇴각할 수밖에 없으리라. 하지만──.

"어쩌다 이렇게 많은 사망자를 냈지? 이래서는 마치……."

무방비한 상황에서 공격을 받은 것 같지 않나, 하고 이그니스는 언덕을 보며 중얼거렸다. 제국군에 무슨 일이 일어난 것인가

13

자문하고 있었더니——.

"이그니스 장군!!"

"——!!"

늠름한 목소리가 울려, 이그니스는 제정신으로 돌아왔다. 뒤돌아보니 여자가 서 있었다. 긴 머리카락을 아무렇게나 묶고, 갑옷을 입고 있다. 이름은 아쿠아 알파드라고 한다. 이그니스와 마찬가지로 왕국에 충성을 맹세한 장군으로, 창(槍)이자 생명을 관장하는 여신의 신위술사다.

"뭐지?"

"'뭐지?'가 아니야. 다 죽어가던 걸 살려 줬는데 고맙다는 말도 하지 않고 뛰쳐나가지를 않나, 몇 번이나 불렀는데 무시하지를 않나, 끝내는 혼자 중얼중얼 말하지를 않나——."

아쿠아는 부루퉁해진 듯이 말하고는 한층 더 투덜거리며 불평했다. 물론 이그니스에게도 하고 싶은 말은 있다. 그러나 자신에게 적잖이 잘못이 있으니 사과해야만 하리라.

"걱정을 끼쳐서 미안했다. 그리고, 상처를 치료해 주어서 감사하고 있다."

"알면 됐어. 그래도 너무 걱정 끼치지는 마. 옛날부터 너는——."

"어째서 네가 여기에 있지."

"국왕 폐하로부터 서한을 맡아 온 거야."

이그니스가 아쿠아의 말을 가로막고 말하자, 아쿠아는 서한을 이그니스에게 내밀었다.

"왜 그걸 빨리 말하지 않나."

"몇 번이나 말하려 했는데 네가 안 들었잖아."

이그니스가 서한을 받아들고 내용을 눈으로 훑었다. 평정을 가장했지만, 동요를 완전히 감추지 못했는지 아쿠아가 염려하는 기색으로 말을 걸었다.

"뭐라고 적혀 있었어?"

"묻지 마라. 탐색도 하지 마라."

아쿠아는 한순간 머쓱해졌지만, 아무 말도 하지 않았다. 이그니스는 진홍이자 파괴를 관장하는 전신에게 기도를 올렸다. 그러자 서한에 불이 붙었다. 아쿠아가 놀라서 숨을 삼켰다.

"이그니스 장군!"

"폐하의 명령이다."

이그니스는 서한에서 손을 놓았다. 불의 기세가 강해지고, 서한은 눈 깜짝할 사이에 재로 변했다.

"그래서, 이 뒤에는 어떻게 할 거야?"

"통상적이라면 추격을 가할 상황이다만……."

이그니스는 좁은 길 입구에 시선을 향했다. 거기에는 짐수레가 쌓여 있었다. 제국군이 우리의 추격을 지연시키려고 쌓아 올린 것이리라.

"설마 바리케이드 때문에 추격할 수 없다고 하지는 않겠지?"

"그걸 결정하는 건 지휘관인 신기관님이다. 나한테는 권한이 없어."

너 말이야, 하고 아쿠아는 신음하듯이 말했다. 어처구니없어하고 있는 것이리라. 마음은 이해할 수 있다. 하지만 어떤 조직이라도 부하는 위를 따르는 법이다. 장군 직책에 있는 사람이 지휘계통을 무시한다면 조직이 붕괴한다. 그것만큼은 피해야 한다.

시선을 이리저리 움직이자, 금방 신기관을 발견할 수 있었다. 때마침 언덕을 다 올라온 참이었다. 지독한 모습이었다. 얼굴은 흙빛이고, 눈은 공허했으며 신관복은 꾀죄죄하게 변해있었다. 도저히 지휘를 할 수 있을 것 같지 않았다. 같은 감상을 느꼈는지 아쿠아가 얼굴을 찌푸렸다.

"저런 상태로 지시를 내릴 수 있어?"

"지시가 없다면 대기다."

"아아, 그런 거——."

"이그니스 장군님!!"

아쿠아의 말을 정한한 목소리가 가로막았다. 목소리가 난 쪽을 보니 병사가 남자를 끌고 왔다. 남자는 한쪽 팔을 붕대로 매고 있었다. 제국의 귀족인지 만듦새가 좋아 보이는 군복을 입고 있다.

"무슨 일이지?"

"옙, 수풀에 숨어 있던 것을 사로잡았습니다."

이그니스가 묻자, 병사는 등을 쭉 펴고 대답했다. 이그니스는 자기도 모르게 되물을 뻔했다. 귀족이나 되는 자가 수풀에 숨어 있다가 붙잡혔다니, 믿기 어려웠다. 이그니스가 찬찬히 얼굴을 들여다보자, 남자가 비굴해 보이는 미소를 띠었다. 뭐, 귀중한 정보원임은 틀림없나.

"네 녀석에게 묻고 싶은 것이 있다."

"무, 무엇이든 이야기하겠습니다. 그러니, 부디 목숨만은."

이그니스는 관자놀이를 눌렀다. 지금까지 전장에서 마주쳤던 제국 귀족은, 아니, 때로는 아인들조차 긍지 높게 싸우다 죽어갔는데, 이 남자는 대체 뭔가.

"어째서 제국군은 이만한 피해를 냈지?"

"알포트 전하가 횃불을 보고, 퇴각을 결의하였습니다."

"……알포트. 라마르 5세가 첩비(妾妃)와의 사이에서 낳은 아이를 말하는 것이로군. 설마 그런 중요 인물이 있었다니……. 하지만, 그건 피해를 낸 이유가──."

"알포트라고!!"

이그니스는 휘청거렸다. 신기관이 이그니스를 밀어제치고 남자한테 바싹 다가간 것이다. 그는 남자의 멱살을 붙잡고 격렬하게 흔들어 댔다. 조금 전까지의 모습은 뭐였던 건가 하는 생각이 들었다.

"말해라! 알포트가 있었던 거냐?! 있었던 거로군?!"

"괴, 괴롭──!!"

"──큭! 이러고 있을 수 없다!! 곧바로 추격해야! 이걸로 실점을 전부 없앨 수 있어! 사로잡을 수 있다면 나는 신기장이 될 수 있어! 아니, 대신관도 꿈이 아니다!!"

신기관은 남자한테서 손을 놓고 자신의 야망을 토로했다.

"신기관님, 기다려 주십시오."

"뭐지? 내 출세를 방해할 셈인가?!"

신기관을 침을 튀기며 말했다.

"그 남자가 사실을 말하고 있다는 보장은 없습니다. 함정일 가능성도 있습니다."

"어째서 그런 말을 하는 거지!"

남자는 거친 목소리로 말하며 신기관의 다리에 매달렸다.

"신관님, 저는 거짓말 따위 하지 않습니다!! 저는 지금까지 거짓말 따위 한 적이 없는, 벌레도 죽이지 못하는 남자입니다!! 앗! 그렇지! 연인! 고국에 연인이 있습니다! 연인의 배 속에는 아기가 있어서, 살아서 돌아가야만 합니다!!"

남자는 땅바닥에 납죽 엎드려 엉엉 울었다. 정말로 울고 있다. 이그니스는 전율했다. 이만큼 수치를 모르는 남자는 처음 봤다.

"……고개를 들어라."

"아아, 신관 니──힘!"

남자는 기묘한 목소리를 냈다. 신기관이 얼굴을 걷어차 올린 것이다. 남자가 공중제비를 돌다 나자빠졌다.

"허, 허째혀?"

"나는 신관이 아니다! 신기관이다!! 계급이 둘이나 위란 말이다!! 알았느냐?! 두 계급이나, 두 계급이나다! 그걸 신관이라고! 신관과 똑같이 취급하지 마라! 이 썩을 저능아가!!"

신기관은 노도 같은 발차기를 피로했다. 잠시 후 힘이 다했는지 발차기를 멈추고 거친 호흡을 되풀이했다. 적당히 때를 봐서 이그니스는 말을 걸었다.

"어찌시겠습니까?"

"시끄럽다! 지금 생각을 정리하는 중이라고!!"

"실례했습니다."

신기관은 잠시 중얼거리며 혼잣말을 하다가, 생각이 정리된 것이리라. 고개를 들었다.

"좋아! 고문을 하겠다!!"

"그, 그럴 수가! 사실을 말씀드렸지 않습니까!"

"시끄럽다!"

남자가 다리에 매달리려 했지만, 신기관은 걷어찼다. 다시 남자가 공중제비를 돌며 나자빠졌다.

"누가! 이 남자를 마르카브의 순백 신전으로 끌고 가라!!"

"그러면, 제가."

남자를 끌고 온 병사가 자진하여 나섰다.

"자, 서라."

"신기관님! 믿어 주십시오! 저는 정말로 거짓말을 하지 않았습니다!"

남자는 애원했지만, 신기관은 깔보는 것처럼 콧방귀를 뀔 뿐이었다. 남자는 병사한테 끌려가, 이내 언덕 위에서 모습을 감췄다.

"신기관님, 제국의 귀족을 고문하는 건 곤란하지 않습니까?"

"제대로 치료하면 문제없다. 뭘, 걱정하지 마라. 순백 신전의 신관은 우수하다고."

"······그렇습니까."

이그니스는 뜸을 두고 중얼거렸다. 그런 의미로 말한 것이 아니었다만──.

"크히히, 실각하려나 싶었는데······ 이것이 바로 신의 뜻! 이러고 있을 수는 없다! 이그니스 장군, 곧바로 추격을 준비하라! 나도 금방 준비하겠다!"

"준비? 신기관님은 병사를 잃지 않으셨습니까?"

"이그니스 장군, 우리의 결속을 얕보면 곤란해."

신기관은 히죽 웃고는 마르카브를 향해 걷기 시작했다. 신기관의 모습이 완전히 보이지 않게 되자, 이그니스는 입을 열었다.

"마르카브에 가서 뭘 어쩔 생각이지? 저곳은 이제 남은 전력이──."

"지금, 한창 모으는 중이야."

"그게 무슨 말이지?"

"네가 없는 사이에 증원이 결정되었어."

이그니스가 되묻자, 아쿠아는 한숨을 내쉬듯이 말했다. 그녀는 팔짱을 끼고는 시선을 돌렸다. 이그니스는 아직 아쿠아가 숨기고 있는 게 더 있음을 알아챘다.

"그 밖에도 있는 건가?"

"또 징용이 이루어졌어. 순백 신전의 의향으로 말이지."

"어떻게든 막을 수 없었나?"

"국경 요새와 연락이 끊긴 상황이잖아. 내가 멈출 수 있을 리가 없지."

"하지만, 그랬다가는——."

이그니스는 반론을 도로 삼켰다. 오랫동안 알고 지낸 사이다. 아쿠아가 아무것도 하지 않았을 리 없다. 그저 힘이 미치지 못했던 것이다. 이그니스는 조용히 한숨을 내쉬었다.

"아무것도 아니다. 미안했다."

"됐어, 딱히. 아무것도 하지 못했던 건 사실이고."

아쿠아는 깊이 한숨을 내쉬고는 마르카브에 시선을 향했다.

"그래서, 증원은 어느 정도 규모가 될 예정이지?"

"정확한 인원수는 모르지만, 정규병이 2천, 농민병—— 징집한 농민이 1천쯤 되겠네."

"내 부하와 합쳐서 7천인가. 도주하는 제국군을 추격하기에는 충분한 병력이다만…….."

"어떻게 할 거야?"

"신기관님이 추격하겠다고 말하지 않았나. 그럼 추격할 수밖에 없지."

"도와줄까?"

"필요 없다. 너는 마르카브에서 부상병을 돌봐다오."

"알았어. 하지만, 무모한 짓은 하지 말아 줘."

"……그래, 약속하지."

이그니스는 뜸을 두고 대답했다.

※

　쿠로노는 부하를 이끌고 좁은 길을 달렸다. 벌써 2km는 달렸을까. 갑옷을 입고 있는 탓에 체력 소모가 극심하다. 가슴이 괴롭다. 폐가 타 버릴 것만 같다. 하지만 속도를 늦출 수는 없는 노릇이다. 1초라도 빨리 목적지── 이그니스가 신위술로 경사면을 파괴한 장소에 도착하고 싶었다. 게다가, 등 뒤에서 발소리와 수레바퀴 소리가 울리고 있다.

　움직임을 멈추면 부하한테 밟히든가, 짐수레에 치일 것이다. 필사적으로 다리를 움직이지만, 그것도 오래 이어지지는 않는다. 이윽고 체력의 한계가 찾아오려 했을 때, 겨우 목적지가 보였다. 옆에서 달리는 미노한테 보이도록 한쪽 손을 들었다.

　"전체! 멈춰라!!"

　미노가 목소리를 높이자, 뒤에서 울리는 소리가 작아졌다. 쿠로노는 안심하고 속도를 늦췄다. 솔직히 말하면 이대로 주저앉고 싶다. 하지만 신성 아르고 왕국군을 맞받아칠 준비를 해야만 한다.

　"대장, 이제부터 어떻게 하실 겁까?"

　"……이거 ……쌀……."

　"죄송함다. 호흡을 가다듬으시는 것을 기다리겠슴다."

　쿠로노가 숨이 끊어질 것처럼 헐떡이며 말하자, 미노는 겸연쩍은 듯이 머리를 긁적였다. 미노의 말을 받아들여 걸으며 호흡을 가다듬었다. 이제야 목적지인 장소에 도착하여, 걸음을 멈췄다.

"여기가 목적지야."

"목적지라니, 이그니스 장군이 우리의 발을 묶기 위해 돌을 뿌려 놨던 곳 아닙까?"

"정확히 말하면 그중 한 곳이지. 돌을 쓰는 방법은 나중에 설명하기로 하고……. 우리는 여기에 방어 진지를 만들어서 신성 아르고 왕국군의 발을 묶을 거야."

"공구는 있슴다만, 느긋하게 나무를 베고 있다간 적한테 따라잡힐 겁다."

"나무를 벨 필요는 없으니까 괜찮아."

쿠로노는 뒤돌아서는 부하를 봤다. 인원수는 1,500── 내역은 보병 710, 중장보병 460, 궁병 330. 아니, 나스르 외 9명을 후위로 빼서 움직이고 있으니 인원수는 1,490인가. 어쨌든, 쿠로노한테는 유효 총인원 이외에도 의지할 수 있는 구석이 있다. 예를들면──.

"짐수레를 쓸 수 있다고 생각하지 않아?"

"아아! 짐수레를 세워 두면 바리케이드가 되겠지 말임다!!"

미노가 납득이 되었다는 듯이 손뼉을 쳤다. 좁은 길의 폭은 20m 정도, 짐수레의 적재면은 길이만으로도 2m를 넘는다. 짐수레는 50대가 있기에 여유롭게 길을 막을 수 있다.

"역시나 대장! 금방 착수합죠!"

"아니, 그전에 회의를 하고 싶어."

23

"이런 때에 회의임까?"

"시간이 없다는 건 알고 있지만 말이야. 다른 각도에서의 의견을 듣고 싶다고 할지."

"알겠슴. 하지만, 후위인 나스르는 임무를 속행시키겠슴."

"물론이야. 나도 경계를 게을리한 탓에 죽고 싶지는 않으니까."

미노의 말에 쿠로노는 고개를 끄덕였다.

"백부장 집합! 다른 녀석들은 명령이 있을 때까지 휴식! 식사를 해도 좋지만, 지급한 딱딱빵과 사탕을 다 먹어 치우는 짓은 절대로 하지 마라!"

미노의 목소리가 좁은 길에 울려 퍼졌고, 부하들이 술렁였다. 하지만 휴식을 취해도 좋다는 걸 알게 되자, 잇따라 지면에 주저앉았다. 마치 파문(波紋)이다. 이런 상황임에도 불구하고 미소가 흘러넘친다.

"하~, 이제야 겨우 휴식인가 싶었는데 백부장은 괴롭고."

"별 대단한 이득도 없어서 눈물이 넘쳐흐를 것 같고."

"두 사람 다, 백부장은 명예로운 직역이외다."

아리데드와 데네브가 투덜거렸고, 타이가가 그걸 나무랐다. 리저드는 말이 없다. 그때 호르스의 모습이 보이지 않는 걸 알아차린 미노가 입을 열었다.

"호르스는 어디 있지?"

"계속 같이 있었던 게 아니니까 모르고."

"짐수레를 끌고 있었으니까 후방이 아닐까 싶기도 하고."

"소인도 보지 못했소이다."

"……곤비(困憊)."

아리데드, 데네브, 타이가가 말한 뒤에 리저드가 불쑥 중얼거렸다.

"곤비? 지쳐서 움직이지 못하는 상태라는 거야?"

"……긍정."

쿠로노가 확인하자, 리저드는 작게 고개를 끄덕였다.

"제가 끌고 오겠슴다."

"아니, 시간이 아까워. 곧바로 회의를 시작하자."

쿠로노가 그 자리에 무릎을 꿇고 앉자, 미노, 아리데드, 데네브, 타이가, 리저드는 원을 그리듯이 무릎 꿇고 앉았다. 나무 막대기를 주워 지면에 세로 선을 그었다. 가도를 표시하는 선이다.

"우리는 여기에 야전 진지를 쌓을 거야. 야전 진지라고는 해도 짐수레를 세워서 바리케이드를 만드는 느낌이지만."

쿠로노는 가로 선을 덧그리고 지면을 찬찬히 바라봤다. 조금 미덥지 못한 느낌이다. 같은 감상을 품은 것이리라. 아리데드와 데네브가 입을 열었다.

"쿠로노 님, 고작 이거에 목숨을 맡기는 건 좀 봐줬으면 하는 것 같은."

"뭔가, 이렇게, 좀 더 믿음직한 진지를 원하고."

"이렇게 하면 어떻지?"

미노는 그렇게 말하고는 가로 선을 추가로 그렸다.

"이중 바리케이드인가."

"예입, 앞쪽 진지가 돌파당하면 뒤쪽 진지로 도망친다는 계획임다."

"좋아, 채용. 어디가 어느 쪽인지 알 수 없게 되면 곤란하니까 첫 번째를 제1 방어선, 두 번째를 제2 방어선이라 부르기로 하자. 달리 의견은 없어?"

"여기랑 여기—— 경사면 위에 궁병을 배치해 줬으면 하는 것 같은."

"그렇게 되면, 궁병의 호위가 필요하겠소이다."

아리데드가 제1 방어선 양쪽 가장자리에 원을, 타이가가 그 옆에 호를 그렸다.

"괜찮네. 제법 야전 진지다워졌어. 이걸로 사흘 버틸 수 있다면……."

"사흘임까?"

쿠로노의 말에 미노가 복잡한 듯이 눈살을 찌푸렸다.

"무리려나?"

"제가 보기에는, 잘 버텨도 이틀이 한계임다."

"잘 버텨 봤자 이틀인가."

쿠로노는 작게 중얼거렸다. 잘 버텨도 이틀—— 즉, 이틀도 버티지 못할 가능성이 크다는 말이다. 너무 비관적인 것 아닐까 하고도 생각했지만, 이건 미노의 견해다. 자신의 판단보다 훨씬 더 신용할 수 있다. 그때, 아리데드가 쭈뼛쭈뼛 손을 들었다.

"저기, 쿠로노 님?"

"뭔가 좋은 아이디어라도 있어?"

"어떻게 해서라도 시간을 벌어야만 한다면, 그, 우리가 남아도 괜찮고. 이래 보여도 우리는 여자고, 시간 벌이 정도는 할 수 있을지도."

쿠로노는 대답하지 않는다. 아리데드가 무슨 생각으로 제안한 것인지 모를 정도로 무지하지는 않다. 신성 아르고 왕국군이 아리데드와 데네브를 강간하게 함으로써 시간을 번다. 그건 시간을 번다는 한 가지 점에서만큼은 가장 효율이 좋은 선택이다. 하지만, 그것 이외에는 최악의 선택이다.

"아리데드, 두 번 다시 그런 제안 하지 마."

"아, 알겠고."

자신도 깜짝 놀랄 정도로 낮은 목소리가 나왔다. 무심코 목을 눌렀다. 하지만 이미 늦었다. 분노를 샀다고 생각한 것이리라. 아리데드는 얼굴이 창백해져서는 고개를 숙이고 있다. 실수했다. 의도하지 않았다고는 해도 이 자리의 분위기가 나빠지고 말았다. 이래서는 좋은 아이디어 따위 나오지 않는다. 좋은 아이디어를 내기 위해서는 여유가 필요한 것이다. 어떻게든 해서 분위기를 누그러뜨려야만 한다.

"……아리데드, 귀를."

"……네."

쿠로노가 손짓하자, 아리데드가 귀를 가까이 댔다. 날름 핥았다.

그러자──.

"──!!"

"무사히 돌아가서 둘을 침대로 데리고 들어갈 생각이니까 신성 아르고 왕국 병사의 노리개가 되어선 곤란해. 그런 건 나한테만 해줬으면 좋겠네."

아리데드가 귀를 누르며 몸을 뗐고, 쿠로노는 과장되게 어깨를 으쓱였다. 조금 변태 같았으려나 하고 걱정이 되었다. 하지만 창백했던 얼굴에 붉은 기가 돌고 있다. 아무래도 그 나름대로 효과가 있었던 모양이다. 나머지는 농담인 것처럼 잘 마무리하는 것뿐이다.

"농──."

"정말! 이런 곳에서 요구하면 곤란한 것 같은! 레이라한테는 미안하지만, 쿠로노 님이 요구하면 응할 수밖에 없는 것 같은! 우으. 우정보다도 애정을 갈구하고 마는 약한 나를 용서해 줬으면 하고! 아이가 생기면 양육 확실히 부탁드립니다 같은!"

아리데드는 쿠로노의 말을 가로막고 말했다. 양손으로 뺨을 누르며, 머리를 붕붕 흔들었다.

"둘이 같이야, 둘이 같이."

""둘이 같이…….""

쿠로노의 말에 아리데드와 데네브는 진지한 표정으로 중얼거렸다.

"그래, 둘이서. 아니, 그게 아니고 농──."

"쿠로노 님이 원한다면 그래도 괜찮고."

또다시 말이 가로막혔다. 이번에는 데네브였다. 흠칫하여 데네브에게 시선을 향했다. 부끄러운 것이리라. 눈을 내리깔고서는 뭉그적뭉그적하고 있다.

"데네브가 어브노멀한 플레이를 받아들이다니 의외고. 눈을 뜬 것 같은?"

"눈 뜨지 않았고. 단지, 쿠로노 님은, 조, 좋아하니까……."

"좋아하니까 어브노멀한 플레이를 받아들인다니 도착적이고."

"도착적이지 않고!"

데네브는 부루퉁해진 듯이 말하고서는——.

"쿠로노 님과 함께 있기 위해서는 참는 것도 필요하다고 생각한 것뿐이야 같은."

"뭐어, 확실히 그건 그래 같은. 비교당하는 건 괴로울 것 같고."

데네브가 소곤소곤 말했고, 아리데드는 가슴을 추켜세우는 동작을 했다. 아마, 여주인을 의식하고 있는 것이리라. 하지만 크든 작든 가슴은 가슴이다. 거기에 귀천은 없다. 어느 쪽에든 꿈이 가득 들어차 있다. 두 명 분량의 가슴—— 두 개의 꿈이 자신의 것이 된다. 제법 나쁘지 않은 것 아닐까 하고 생각하다가, 안 되지, 안 돼 하고 머리를 흔들었다. 둘을 애인으로 삼아서 레이라와 여주인을 낙담시키고 싶지 않고, 엘레나가 벌레를 보는 듯한 눈으로 자신을 쳐다보는 것도 싫다. 애초에 농담할 생각으로 말한 것이었다. 어떻게든 해서 궤도 수정을 도모하지 않으면——.

"데네브의 승낙도 얻었고, 자매 둘 다 잘 부탁드립니다 같은."

"잘 부탁드립니다 같은."

두 사람이 머리를 꾸벅 숙였다. 마침내 농담이라고는 말할 수 없는 분위기가 되어 버렸다. 도움을 원하며 미노를 봤다. 그러자 미노는 고개를 끄덕였다. 역시나 부관이다. 잘 알고 계신다.

"대장. 축하드림. 아리데드와 데네브도 축복한다."

"축복하는 것이외다."

"……축복."

미노가 짝짝 손뼉을 치고, 타이가와 리저드가 그 뒤를 따랐다.

"축복받을 수 있으리라고는 생각지 않았던 것 같은."

"상당히 힘들 것 같지만, 힘낼 거고."

아리데드와 데네브는 기뻐 보인다. 농담이라고 말할 수 있을 것 같지가 않다. 하지만 여기서는 발상을 전환해야만 한다. 이 자리의 분위기를 누그러뜨린다는 목적은 달성되었고, 두 사람과는 늦건 빠르건 이렇게 되었을 느낌이 든다. 즉, 이건 최선의 선택이었다. 그렇게 스스로한테 되뇌었다.

"어쨌든, 여기서 사흘 버티겠어!"

"알겠슴다. 사흘 버틸 수 있도록 전력을 다하겠슴다. 단지……."

미노는 힘차게 고개를 끄덕였다. 그러나 아직 걱정거리가 있는 것이리라. 말하기 껄끄러운 듯이 입을 열었다.

"그 밖에도 신경 쓰이는 게 있어?"

"예입, 사기가 낮은 게 신경 쓰임다."

"응, 뭐어, 그건…… 그러네."

쿠로노는 휴식 중인 부하들에게 시선을 향했다. 원래부터 쿠로노의 부하였던 자들은 비교적 긴장을 풀고 있지만, 이번에 새로 부하가 된 참인 자들은 고개를 숙이고 있거나, 불안한 듯이 몸을 흔들고 있다. 특히 인상적인 게 눈이다. 생기가 없다. 싸움에 진 개, 아니, 사는 것을 반쯤 포기한 눈이다. 어떻게든 해서 생기를 되찾아야만 한다.

"시작을 화려하게 해서, 기세를 되찾자."

"구체적으로 어떻게 하실 겁까?"

"거기는 아리데드와 데네브가── 엘프가 나설 차례야. 잘 부탁합니다!"

"잘 부탁한다는 말을 들어도 어떻게 하면 좋을지 모르겠고."

"지시는 조금 더 구체적으로 부탁합니다 같은."

아리데드가 부루퉁해진 것처럼 말했고, 데네브가 귀엽게 고개를 갸웃했다. 두 사람치고는 약간 호응이 나쁘다. 좋지 않은 예감이 드는데──.

"폭염무로 적 병사를 날려 주면 돼. 좁은 길이니까 거리 걱정을 하지 않아도 되고, 화려하니까 기세를 되찾기에는 더할 나위 없어."

""못 쓰고.""

아리데드와 데네브는 입을 모아 말했다.

"아이스크림을 만들었을 때 전 계통 마술을 다 습득했다고 말하지 않았던가?"

"전 계통 마술을 습득했지만, 쓸 수 있는 건 중급까지고."

"폭염무는 화염 계통 상급 마술로, 쓸 수 있는 건 레이라뿐이야 같은."

침묵이 내리 깔렸다. 이건 미리 확인하지 않았던 자신의 잘못이지만, 계획까지 다 세운 마당에 지금 와서 중급 마술까지밖에 쓸 수 없다고 하면 몹시 곤란하다.

"그럼, 어쩔 거야?"

""글쎄?""

쿠로노가 묻자, 아리데드와 데네브는 귀엽게 고개를 갸우뚱거렸다. 그때——.

"아~, 지쳤대이. 조금 더 쉬고 싶대이."

호르스가 투덜거리면서 다가왔다.

"호르스! 백부장이면서 게으르게 움직이지 마라!!"

"고, 고함치지 말았으면 한대이. 내는 열심히 짐을 옮긴 기라."

미노가 고함을 치자, 호르스는 눈물이 글썽한 눈으로 호소했다. 뭔가가 걸렸다.

"호르스, 뭘 옮겼어?"

"그게 그러니까, 내가 옮긴 건——."

"호르스한테 운반시킨 건 밀가루와 쿠로노 님의 짐입니다."

호르스의 말을 가로막고 미노가 대답했다. 쿠로노는 현기증과도 비슷한 감각을 느꼈다. 불현듯, 어떤 아이디어를 떠올렸다. 직소 퍼즐이 순간적으로 맞춰진 듯한 기분이었다.

"대장, 뭔가 떠올리신 겁까?"

"조금 별난 방법이지만, 이걸로 폭염무를 대신할 수 있을 거야."

좋아! 하고 쿠로노는 허벅지를 탁 치고는 일어섰다.

"사기를 올릴 아이디어가 떠올랐어! 아직 신성 아르고 왕국군
은 움직이지 않고 있으니까 다들 분담해서 진지를 구축하자!"

"휴식 종료! 지금부터 진지를 구축한다!!"

미노가 일어나서 외치자, 부하들은 휴식을 중단하고 일어섰다.
다소 늦게——.

「이쪽은 나스르. 안 좋은 소식이다. 신성 아르고 왕국군이 움직
이기 시작했다.」

통신용 매직 아이템에서 나스르의 목소리가 울렸다.

"미안! 지금 한 말은 취소!"

"전원, 그 자리에서 대기!!"

쿠로노가 양팔을 교차시키며 외치자, 미노가 목소리를 높였다.
부하들이 움직임을 멈췄다. 쿠로노는 허리의 파우치에서 통신용
매직 아이템을 꺼내 나스르에게 말을 걸었다.

"이쪽은 쿠로노. 행군을 개시했다는 말이야?"

「아니, 그 준비를 하고 있다. 언덕에 모여, 아무래도 늘어서는
순서로 옥신각신하고 있는 모양이다. 어떻게 하겠나? 먼저 공격
을 가할까? 각오는 되어 있다.」

"아니, 나스르는 그대로 감시를 계속해 줘."

「알았다.」

"잘 부탁해."

쿠로노는 통신용 매직 아이템을 파우치에 집어넣었다. 설마, 이렇게나 빨리 신성 아르고 왕국군이 움직이기 시작하리라고는 생각지 않았다. 다행히, 아직 여유는 있다. 적을 맞받아쳐야만 할 것인지, 진지 구축을 우선해야만 할 것인지 생각하고 있자──.

""……쿠로노 님.""

"괜찮아."

아리데드와 데네브가 불안한 듯이 중얼거렸고, 쿠로노는 미소를 지어 보였다. 그리고 미노에게 시선을 향했다. 자기 혼자서 어떻게든 해야만 할 것 같은 느낌이 들었지만, 쿠로노한테는 미노라는 유능한 부관이 있다. 즉, 동시에 두 가지 일──적을 맞받아치며 진지를 구축할 수 있다. 하지만, 그것만으로는 안 된다. 사기를 올려야 한다. 그것도 시급히. 아마도 지금이 가장 적기이다. 적의 기선을 제압하여, 첫 전투를 화려한 승리로 장식하면 사기를 올릴 수 있다. 하지만──.

그런 게 가능한가? 하고 쿠로노는 자문했다가, 작게 머리를 흔들었다. 사기 없이는 사흘을 버틸 수 없다. 할 수밖에 없다. 각오는 정해졌다. 깊게 숨을 들이쉬고──.

"미노 씨와 타이가는 여기 남아서 진지 구축 및 돌 모으기! 돌은 제1 방어선 뒤에 쌓아 둬! 아리데드, 데네브, 호르스, 리저드는 날 따라와! 그리고…… 중장보병도! 편성은 맡기겠어!"

다시금 명령을 내렸다.

※

쿠로노는 100명의 중장보병을 이끌고 좁은 길을 달렸다. 미노와 다른 사람들이 야전 진지를 구축 중인 장소로부터 1km 정도 떨어진 곳에서——.

"좋아! 멈춰!!"

쿠로노는 목소리를 높이고 움직임을 멈췄다. 호흡을 가다듬고 부하들을 향해 돌아섰다. 부하의 반수가 불안해 보이는 표정을 짓고 있다. 100명 중 50명이 에라키스 후작령에서 데려온 병사고, 나머지는 다른 대대에 소속되어 있던 병사이기에 당연하다면 당연한 반응이었다. 어떻게든 작전을 성공시켜 사기를 올리고 싶다.

그런 생각을 하고 있었더니——.

"원래 왔던 길을 되돌아간다든가 하는 건 좀 봐줬으면 하고."

"어쩐지 오늘은 달리기만 할 뿐이고."

"쿠로노 님의 짐이 억수로 무거웠대이. 대체 머가 든 기고? 것보다, 백부장인 내가 짐을 드는 건 요상치 않나?"

"……침묵."

아리데드, 데네브, 호르스 세 사람이 투덜거렸고, 리저드가 나무랐다. 참고로 호르스는 쿠로노의 짐이 든 상자를, 리저드는 밀가루가 든 포대를 짊어지고 있다.

"쿠로노 님, 인자 짐 내리도 되나?"

"괜찮아."

호르스가 상자를 지면에 내렸고, 다소 늦게 리저드가 포대를 지면에 놓았다. 쿠로노는 나무 상자에 다가가 뚜껑을 열었다. 밑판을 빼고, 그 아래에 있던 금화를 쥔 뒤 이곳저곳에 뿌렸다.

"우하! 금화고!!"

"이건 작전의 요소니까 주우면 안 돼."

아리데드가 금화에 달려드는 모습에, 쿠로노는 한숨을 내쉬었다. 아리데드가 치뜬 눈으로 쿠로노를 보며 귀엽게 고개를 기울였다.

"고개를 귀엽게 갸웃해도 안 되는 건 안 돼."

"매몰차다는 건 이런 걸 말하는 거고."

아리데드는 깊은 한숨을 내쉬고는 금화를 내던졌다.

"호르스, 리저드, 밀가루를 금화 위에 뿌려."

"아깝대이."

"……분부대로."

호르스는 불만스러워 보였지만, 리저드는 포대를 열어 밀가루를 지면에 쏟았다. 그걸 보고 호르스가 마지못한 느낌으로 밀가루를 뿌리기 시작했다. 쿠로노는 다시 한번 금화를 이곳저곳에 흩뿌리고, 밑판을 원래대로 되돌렸다.

"어라? 금화는 이제 끝인 것 같은?"

"꽤 남아 있었던 것 같은 느낌이 들고."

"아무리 그래도 전부 뿌리거나 하지는 않아."

쿠로노가 쓴웃음을 지으며 대답하자, 호르스가 움직임을 딱 멈췄다. 원망스러운 눈으로 이쪽을 보고 있다. 전부 뿌릴 생각이 없다면, 왜 굳이 나무 상자를 짊어지게 했냐고 말하고 싶은 것이리라. 서두르고 있었기에 거기까지 미처 신경을 쓰지 못했다. 쿠로노는 얼버무리려고 미소를 지어 보였다. 그러자 호르스는 겸연쩍은 듯이 고개를 돌리고는 작업을 재개했다.

"이래서는 발을 묶어 놓는 것밖에 안 되고."

"오히려 적의 사기가 올라갈 것 같고."

"걱정하지 않아도 괜찮아. 금화를 써서 붙잡아 두는 건 제1단계니까."

""제1단계?""

쿠로노가 어깨를 으쓱이고는 말하자, 아리데드와 데네브는 쿠로노의 말을 되풀이하듯이 중얼거렸다.

"그래, 제1단계로 금화를 이용해서 발을 묶어 붙잡아 두고, 제2단계로 선무(旋舞)를 써서 밀가루가 휩쓸린 회오리바람을 일으킬 거야. 하지만 이걸로는 상대가 잠깐 눈을 못 뜨게 하는 정도에 지나지 않아. 그러니까, 작전의 핵심은 제3단계가 되겠네. 잘 풀리면 적을 쓰러뜨리고 사기를 올릴 수 있어."

"쿠로노 님이 사악한 미소를 띠고 있고."

"하지만 지금은 그게 믿음직스러워 같은."

쿠로노가 작전에 관해 설명하자, 아리데드와 데네브는 몸을 부르르 떨었다.

※

낮── 케이는 창을 들고 좁은 길을 나아갔다. 힐끔 옆을 봤다. 거기에는 낯선 남자, 아니, 소년들이 있다. 아마 자신과 마찬가지로 병사가 된 것이리라.

"진군하라! 진군해!! 빨리 나아가지 않으면 제국군이 도망치고 말 거다!"

"뭐가 진군하라야. 너희들이 꾸물댄 탓에 늦어진 거잖냐."

뒤에서 지휘관의 노성이 울렸고, 케이는 난폭하게 내뱉었다. 솔직히 지긋지긋하다. 하지만 지금은 참아야 한다고 되뇌고는 며칠 전의 일을 생각해 냈다.

며칠 전── 마을에 신관이 찾아왔다. 듣자니 병사를 모집하고 있다는 듯하다. 신관은 병사가 되면 올해의 세를 경감하고, 급료로 은화 10닢을 주겠다고 말했다. 거기다 활약에 따라서는 급료를 더 얹어 주고, 정규병으로 고용하겠다고도 했다. 케이는 조금 고민한 끝에 동료를 권유하여 병사가 되기로 했다. 은화 10닢이 있다면 가족이 빈곤한 생활을 하지 않아도 되고, 정규병으로 고용──즉 완력 하나로 출세할 수 있다는 것에 매력을 느낀 것이다. 하지만 이렇게 양처럼 내몰리고 있자니, 정말로 출세할 수 있는 건지 불안해지기 시작했다.

아니지, 하고 머리를 흔들었다. 여기서부터다. 여기서부터 자신은 출세하는 것이다. 장군이 되어 자신과 비슷한 경우의 병사에게 말을 건넨다. 나도 너희들과 같았다, 라고. 존경의 눈빛으로 자신을 쳐다보는 모습을 상상하고 몸을 부르르 떨었다.

"멈춰라! 하얀 부분을 조사해라!!"

지휘관이 소리쳤고, 케이는 멈춰 섰다. 주의 깊게 전방을 바라봤다. 그랬더니, 지면이 하얗게 물들어 있었다. 창을 들고 신중하게 하얀 부분에 가까이 다가간다. 바람이 불고, 하얀 연기가 솟아올랐다. 하얗게 물들어 있는 것처럼 보인 부분은 가루인 모양이다. 독은 아니겠지, 하고 침을 삼켰다. 다른 녀석들도 같은 생각을 했는지 움직임이 둔해졌다. 머리에 피가 확 몰렸다. 미래의 장군이 어중이떠중이들과 똑같은 행동을 취하고 말았다.

젠장! 하고 작게 내뱉고는 발을 내디뎌── 단숨에 달려갔다. 그리고 하얀 가루 속에서 어떤 물건을 꺼냈다. 묵직하니 무겁다. 금화다. 아니, 처음으로 보는 것이기에 이게 진짜로 금화인지는 모른다. 하지만, 이 중량감은 어떻지. 이거야말로 진짜라는 증거가 아닌가.

"그, 금화다!!"

누군가가 소리쳤고, 케이는 혀를 찼다.

"이, 이봐, 진짜냐!"

"정말로 금화야!"

"그건 내 금화라고!"

"알까 보냐! 빠른 놈이 임자다!!"

좁은 길은 눈 깜짝할 사이에 병사로 넘쳐났다. 금화를 둘러싼 다툼이 시작되었다. 바보들뿐이다. 물론, 케이는 머리의 수준이 다르기에 금화를 몇 닢 줍고는 바보들과 거리를 벌렸다.

케이는 손가락으로 금화를 튕기며 야단법석을 구경했다. 역시 자신은 장군이 될 남자라고 한층 더 강하게 확신했다. 병사가 되고 나서 불과 며칠 만에 거금을 손에 넣었다. 쉽게 할 수 있는 일이 아니다. 재차 손가락으로 금화를 튕기고 나서, 경사면에 여자가 서 있는 것을 알아차렸다.

뭐지? 하고 케이는 눈을 가늘게 떴다. 여자가 손을 내민 것이다. 그대로 무언가를 외쳤다. 그러자 회오리바람이 밀어닥쳤다. 윽! 하고 눈을 눌렀다. 회오리바람에 휩쓸려 올라간 하얀 가루가 눈에 들어간 것이다. 다른 녀석들도 비슷한 상황이라 이곳저곳에서 고통을 호소하는 목소리가 일었다. 이런 짓을 하는 여자한테 분노를 느끼며 손등으로 얼굴을 닦았다.

하지만 눈물은 계속해서 나왔다. 눈을 팔로 감싸면서 주위의 상황을 확인했다. 회오리바람이 하나가 되어 시야가 하얗게 물든다. 그 너머에서 불꽃이 점화되었다.

마술이라는 말이 뇌리를 스쳤다. 과연. 여자는 적이고, 우리와 싸우러 온 것이다. 케이는 금화를 주머니에 집어넣고 창을 꽉 쥐었다. 상대가 그럴 생각이라면 고민할 것도 없다. 싸워 주지, 하고 생각한 순간, 시야가 새빨갛게 물들었다.

케이는 벽을 밀며 내심 고개를 갸웃했다. 어째서 자신은 벽을 밀고 있는 것일까. 시야가 새빨갛게 물든 것까지는 기억하고 있다. 문제는 그 뒤다. 시야가 원래대로 돌아오자, 눈앞에 벽이 있었다. 벽이 홀연히 모습을 드러내다니, 어떻게 생각해도 이상했다.

하지만 더 이상한 건 시야였다. 하얗게 혼탁했다. 바람이 그쳤으니까 슬슬 시야가 트여야 할 텐데, 여전히 하얗게 흐렸다.

소리도 이상했다. 마치 두꺼운 모포를 뒤집어썼을 때처럼 흐릿했다. 이상한데, 하고 고개를 갸웃하며 벽을 밀었다. 몇 번이고 벽을 밀다가, 어떤 것이 눈에 들어왔다. 그건 창이었다. 창이 벽에 기대어 세워져 있었다. 그제야 케이는 자신이 지면에 쓰러져 있는 것임을 깨달았다.

케이는 안도의 한숨을 내쉬었다. 지면에 쓰러져 있을 뿐이라면 일어서면 그만이다. 그러나 팔에 힘을 주어도 일어설 수 없었다. 팔과 다리에 쥐가 난 듯한 느낌이었다. 도움을 요청하는 건 내키지 않았지만, 케이는 동료의 손을 빌리기로 했다.

쓰러진 채로 시선을 이리저리 움직이다가, 숨을 삼켰다. 사람이, 동료가 지면에 쓰러져 있었다. 그것도 한두 명이 아니다. 10명으로도 부족하다. 수많은 사람이 쓰러져 있다. 서 있는 사람도 있었지만, 모습은 끔찍하게 짝이 없었다. 전신이 부풀어 오르거나, 피부가 벗겨져 있었다. 마치 지옥을 보는 듯했다. 지옥 같은 참상을 보고 있자니 덜컥 불안감이 솟구쳐 올라왔다.

설마, 하고 중얼거렸다. 아니, 중얼거리려고 했는데 입에서 새어 나온 건 휘——, 하는 소리뿐이었다. 심장이 빠르게 고동쳤다. 말도 안 된다. 자신은 장군이 될 남자다. 금화도 누구보다 빨리 발견하고 쟁탈전에 휘말리지 않도록 피난했다. 잘 행동했다. 잘 할 수 있는 남자인 것이다. 그런데 첫 전투에서 죽는다니. 그것도 무슨 일이 일어났는지도 이해하지 못한 채——.

"싫——!!"

말 대신에 검붉은 피가 입에서 넘쳐 나왔다. 하지만 케이는 소리쳤다. 팔다리를 버르적거리며 외쳤다. 싫다. 싫다. 싫다. 죽고 싶지 않다. 이런 곳에서 죽고 싶지 않다. 어째서 내가 이런 곳에서 죽어야 하는데. 이건 이상해, 하고.

※

분진 폭발은 이런 느낌이구나, 하고 쿠로노는 막연한 감상을 품었다. 조금 전에 자신이 본 광경을 떠올렸다. 우선 하얀 회오리바람이 일었다. 밀가루를 머금은 회오리바람이다. 다음으로 불꽃이 점화됐다. 그 직후, 하얀 회오리바람이 불타올랐다. 그 풍경을 멍하니 보고 있었더니——.

"우오오오오오!! 쿠로노 님이 적에게 본때를 보여줬어어어어 같은!!"

"분명 적은 오줌을 지렸을 거고오오오오!"

아리데드와 데네브가 우렁차게 외쳤다. 하지만 뒤에 있는 100

명의 중장보병은 쥐 죽은 듯 조용하다. 평소 과묵한 리저드야 어쨌건, 호르스도 꿀 먹은 벙어리가 되어 있다.

이대로는 곤란하다고 생각했는지 아리데드와 데네브가 한층 더 목소리를 높였다.

""쿠로노 님! 만세!!""

두 사람이 양손을 들며 외치자, 술렁거림이 퍼졌다. 쿠로노 님이라는 목소리가 드문드문하게 들리고, 이윽고 커다란 파문으로 변해 갔다. 쿠로노 님 만세의 대합창이다. 살짝 기분이 좋았다.

쿠로노는 부하들을 향해 돌아섰다. 호르스와 리저드, 그 뒤에 있는 100명의 중장보병이 쿠로노를 바라보고 있다. 우물쭈물하며 검을 뽑아, 칼끝을 폭발이 일어난 지점으로 향했다.

"돌격!!"

"우오오오오오오!!"

쿠로노가 외치자, 부하들이 우렁차게 소리쳤다. 리저드가 달려 나갔고, 호르스가 뒤따랐다. 쿠로노도 같이 달려 나가려 했지만, 그러지 못했다. 아리데드와 데네브가 망토를 붙잡은 것이다. 쿠로노는 어깨 너머로 두 사람을 봤다. 그러자——.

"쿠로노 님은 돌격하면 안 되고!!"

"기껏 올린 사기가 낮아지고!!"

아리데드와 데네브가 낮게 억누른 목소리로 말했다. 그런 쿠로노와 둘을 피해 중장보병—— 미노타우로스와 리자드맨이 달려 나갔다. 우렁찬 외침을 내지르고, 지축을 뒤흔드는 소리를 일으키며 돌진한다. 약간 자포자기한 느낌이 들긴 하지만, 사기가 낮은 것보다는 낫다. 객기라도 기운은 기운이니까.

"그럼, 어떻게 하라고?"

"나중에 천천히 따라가는 것 같은."

"모양새는 나쁘지만, 쿠로노 님이 죽으면 사기가 낮아질 뿐만 아니라 전군(殿軍)이 와해되고."

"……알았어."

쿠로노는 아리데드와 데네브의 보호를 받으며 부하들 뒤를 쫓았다. 이내 분진 폭발이 일어난 장소에 도착했다. 쿠로노는 참상을 보고 무심코 입가를 눌렀다. 처참한 꼴이었다. 미노타우로스와 리자드맨한테 짓밟힌 탓인지 온전한 시체를 찾아보기 힘들었다. 길 가장자리에 있는 시체만이 간신히 원형을 유지하고 있었다.

쿠로노는 걸음을 멈추고 시체를 내려다봤다. 아직 젊다. 젊다 못해 소년티가 났다. 소년은 눈을 크게 뜬 채 죽어 있었다. 쿠로노는 납 같은 권태감을 느꼈지만 어쩔 수 없는 일이다. 무기를 손에 들고 이쪽을 향한 이상, 죽일 수밖에 없다.

쿠로노가 작게 한숨을 내쉰 순간, 쾅 하는 소리가 울렸다.

소리가 난 쪽을 보니 신성 아르고 왕국군 병사가 털썩털썩 쓰러지는 참이었다. 리저드가 매직 아이템을 써서 벼락을 떨어뜨린 것이다. 쓰러진 적 병사를 무자비하게 짓밟으면서 리저드가 부하를 이끌고 돌진했다. 적 병사가 창을 들었다. 앳된 이목구비의 소년이지만, 리저드는 용서 없이 자이언트 해머를 내리쳤다. 적 병

사는 두개골이 분쇄되어 고꾸라졌다.

"히, 히이이익!!"

두개골이 분쇄된 소년 옆에 있던 병사가 비명을 지르며 도망치려 했다. 하지만 그는 도망치지 못했다. 뒤에 있던 병사가 그를 떠밀친 것이다. 떠밀린 병사의 머리에 리저드가 자이언트 해머를 내리쳤다. 두개골이 분쇄되고, 코피와 안구가 기세 좋게 튀어나왔다.

동료를 떠밀친 병사가 우렁찬 소리를 내지르며 창을 들고 돌진했다. 날카로운 기합 소리와 함께 창을 내찔렀다. 창날 끝이 리저드의 가슴에 꽂혔다. 하지만 병사의 예상과는 달리 창의 자루가 구부러지더니 메마른 소리를 내며 부러졌다. 리저드가 발을 내디뎠다. 그러자——.

"죄, 죄죄, 죄송합——."

적 병사는 창 자루를 내던지고 사죄의 말을 입에 담으려 했다. 하지만 마지막까지 다 말할 수는 없었다. 리저드가 자이언트 해머를 내리쳤기 때문이다. 적 병사가 고꾸라졌다.

그 옆에서는 호르스가 싸우고 있었다. 호르스가 적 병사의 얼굴을 향해 가볍게 창을 내찔렀다. 정말로 가볍게 내찌른 것뿐인데도 적 병사는 얼굴을 감싸는 것처럼 양팔을 올렸다. 거기에 다시 창을 내찌르자, 창날 끝이 빨려 들어가다시피 적 병사의 몸통을 꿰뚫었다. 호르스는 다음 적 병사에게도 같은 행동을 반복했다. 처음에 가볍게 창을 내찌르는 것만으로도 적 병사는 손 쓸 도리도 없이 당하는 것이다.

무슨 일이 일어나고 있는 것인가. 쿠로노는 세 사람 째에 공격을 가하는 호르스를 바라보고, 반사를 이용하고 있다는 걸 알아차렸다. 게다가 적 병사가 제대로 된 훈련을 받지 않았다는 사실도. 일반인이나 마찬가지인 그들은 얼굴에 창이 향하면 반사적으로 감싸고 만다. 호르스는 그걸 이용하는 것이다. 설마 머리를 쓴 싸움을 하다니, 약간 의외였다.

잠시 후, 모두가 호르스를 따라 하기 시작했다. 공격 횟수가 늘기에 피로가 늘어날 뿐 아닌가 싶었지만, 쿠로노는 제지하지 않았다. 가볍게 무기를 내찌르는 것으로 적 병사의 움직임을 봉쇄할 수 있다면 그쪽이 더 좋다고 생각한 것이다.

좁은 길이 적 병사의 시체로 메워져 간다. 적의 지휘관을 찾고자 쿠로노는 눈을 가늘게 떴고, 길 안쪽에서 병사를 고무하는 남자를 발견했다. 그는 말에 탄 채 검을 휘두르고 있었다. 지휘관이 이그니스가 아니었다는 사실에 쿠로노는 안도의 한숨을 내쉬었다. 하지만 마냥 안도할 상황은 아니었다. 쿠로노는 그렇게 뛰어난 지휘관이 아니다. 오히려 정신을 바짝 다잡아야만 한다. 파우치에서 통신용 매직 아이템을 꺼내 입가에 가까이 댔다.

"나스르, 있어?"

「길의 경사면, 신성 아르고 왕국군의 측면에 숨어 있다.」

나스르를 부르자, 곧바로 대답이 돌아왔다. 그 말에 시선을 이리저리 움직였다. 하지만 나스르 일행이 어디에 숨어 있는지 알 수 없었다. 당연한가. 고작 쿠로노 한테 있는 곳이 들킬 수준이라면 한참 전에 발각되었을 것이다.

"적 지휘관을 공격. 그 뒤는 화염 계통 마술을. 타이밍은 맡길게."

「알았다.」

나스르가 짧게 대답하고, 통신이 끊겼다. 쿠로노는 좁은 길을 바라봤다. 전황은 우위로 나아가고 있다. 일방적인 학살이라고 평해도 좋으리라. 물론 방심은 할 수 없다. 적의 전열은 아직 무너지지 않았다. 경사면의 수풀이 작게 흔들리고, 무수한 화살이 발사되었다.

화살에 꿰뚫려 적 지휘관이 말에서 떨어졌다. 쿠로노는 이 틈을 노려 공세를 가하려 했지만, 부관으로 보이는 남자가 곧바로 지휘를 이어받았다. 지휘라고 해도 검을 휘두르며 소리치는 게 고작이지만——.

그때 제2사가 발사되었다. 부관으로 보이는 남자 역시 화살을 맞고 지휘관과 마찬가지로 말에서 떨어졌다. 거기에 무수한 화염탄이 쏟아져 내렸다. 화염탄은 병사나 지면에 접촉하자마자 부풀어 올라 좁은 길 한쪽 구석을 에워쌌다. 비명이 일어났다. 불꽃에 휩싸인 적 병사의 비명이다. 지면을 나뒹굴며 불을 끄려 했지만, 불의 기세는 약해지지 않았다. 사람이 타는 냄새를 맡은 탓인지, 주위에 있던 적 병사가 구토했다. 그리고 그 주위에 있던 적 병사가 다시 구토했다. 구토의 연쇄다.

한 남자가 입가를 닦고 검을 뽑았다. 그가 세 번째 지휘관일까. 남자가 입을 연 순간 퍽, 하고 화살이 안구에 꽂혔다. 화살을 쏜 것은 아리데드였다. 적 지휘관은 말의 머리에 몸을 기댄 채 그 이후로 움직이지 않았다.

"슬슬 마지막이었으면 하는 것 같은."

아리데드는 한숨을 내뱉듯이 말하며 활을 내렸다. 네 번째 지휘관은 나오지 않았다. 아니, 지휘를 이어받을 사람은 있을 터이지만, 연이어 지휘관이 죽은 탓에 잘 인계되지 않은 모양이었다.

"적 지휘관을 쓰러뜨렸다! 밀어붙여!!"

"오오오오오!!"

쿠로노가 외치자, 부하들은 일제히 우렁찬 함성을 내질렀다. 그러자——.

"이, 이제 싫어! 뭐가 정규병이야! 쓰다 버릴 생각이었잖아!!"

적 병사 한 명이 무기를 내던졌고, 그 움직임은 눈 깜짝할 사이에 전체로 전파되었다. 적 병사가 좁은 길을 거꾸로 달렸다. 제지하려는 자도 있었지만, 패닉 상태에 빠진 병사를 막는 건 불가능했다. 이내 인파에 휩쓸려 보이지 않게 되었다. 좋은 기회다.

"추격해!!"

쿠로노의 지시에 따라 호르스와 리저드가 부하를 이끌고 돌진했다. 무기를 내리칠 때마다 적 병사가 쓰러졌다. 좁은 길은 노호와 비명, 원한에 찬 목소리가 소용돌이치는 지옥으로 변했다. 하지만 어떤 지옥에든지 끝은 찾아온다. 시간이 지남에 따라 목소리는 작아져 갔다. 리저드가 자이언트 해머를 내리쳤고, 병사가 쓰러졌다. 그리고 정적이 찾아왔다.

리저드는 혀를 날름거리며 주위를 둘러봤다. 하지만 주위에는 적 병사의 시체가 나뒹굴고 있을 뿐이다. 살아남은 적 병사는 한참 전에 도망쳐 좁쌀처럼 작게 보이는 상태였다. 뒤쫓을 수도 있지만, 그랬다가는 적 본대와 접촉할 우려가 있다.

즉, 여기서 퇴각하는 것이 현명한 선택이다. 낙담은 하지 않았다. 처음부터 깊이 쫓을 생각은 없었다. 그래서 비교적 발이 느린 중장보병을 데리고 온 것이다. 작전은 예정대로 진행되어, 적에게 2백이 넘는 피해를 줬다. 상당한 전과다.

""전원, 주목 같은!""

아리데드와 데네브가 외치고, 부하들이 일제히 뒤돌아봤다.

""한 마디, 한 마디.""

"갑자기 그런 말을 들어도 곤란해."

아리데드와 데네브한테 옆구리를 쿡쿡 찔리며, 쿠로노는 작은 목소리로 중얼거렸다.

"우리가 도와줄 테니까 안심해 줬으면 하고."

"그래도 너무 분위기 깨는 말은 좀 봐줬으면 하는 것 같은."

"은근슬쩍 허들이 높은데."

쿠로노는 부하를 바라보고는 헛기침을 했다. 어떤 말을 해야만 할까. 머리를 쥐어짰지만, 좋은 말이 떠오르지 않았다. 아리데드와 데네브가 재촉하는 것처럼 팔꿈치로 쿡쿡 찔렀다. 부하들 사

이에서 술렁거림이 퍼진다. 일각의 유예도 없다. 쿠로노는 검을
쳐들었다.

"적의 간담을 서늘하게 만들어 줬다!!"

""우오오오오오!! 쿠로노 님이 적의 간담을 서늘하게 만들었어
같은!!""

"쿠로노 님 만세! 쿠로노 님 만세! 믿고 따라오길 잘했대이!!"

"……만세."

쿠로노가 외쳤다. 그러자 아리데드, 데네브, 호르스가 소리쳤
다. 리저드는 살짝 가라앉은 분위기다. 쿠로노 님! 쿠로노 님 만
세! 하고 부하들이 외쳤고, 그것은 머지않아 대합창으로 변했다.

※

"봤냐? 신성 아르고 왕국군의 꼴사나운 모습."

"갑자기 사과하는 녀석도 있었지."

"적의 머리를 세 명이나 깨부쉈다고."

"뭐야, 겨우 세 명이냐. 나는 다섯 명이나 죽였는데."

쿠로노는 등 뒤에서 부하들이 대화하는 목소리를 들으며 좁은
길을 나아갔다. 목적지는 미노와 타이가가 구축 중인 야전 진지
다. 작게 한숨을 내쉬자, 아리데드와 데네브가 쿠로노의 얼굴을
들여다봤다.

"쿠로노 님이 우울해 보이는 한숨을 내쉬고 있고."

"야전 진지가 걱정인 것 같은."

"음~, 그건 딱히 걱정하지 않아."

쿠로노는 솔직하게 대답했다. 미노가 하는 일이니 다소 트러블이 있어도 진지 구축을 잘 진행하고 있을 터다. 한숨을 내쉰 것은 다른 이유다.

아리데드와 데네브는 귀엽게 고개를 갸웃하며 입을 열었다.

""그럼, 뭔데 같은?""

"……좀 과하게 부추겼나 싶어서."

쿠로노는 약간의 뜸을 두고 대답했다. 쿠로노 님 만세! 하는 목소리가 울려 쓴웃음을 지었다. 작전이 성공하여 사기를 높일 수는 있었다. 하지만 뒤에서 들려오는 대화를 듣고 있으면, 부하들이 들떠 있는 듯한 느낌이 들어 불안했다.

"쿠로노 님의 걱정은 기우고. 상황이 호전되지 않았다는 건 다들 알고 있어 같은."

"필사적으로 자신을 취하게 만들거나, 분위기를 타려는 느낌이고."

"그렇다면 괜찮겠네."

어느 한 사람한테 그런 말을 들었다면 내심 고개를 갸웃했겠지만, 두 명이 그렇게 말하니 그런 느낌이 들기 시작했다. 다들 이 핍박한 상황에서 희망을 찾아내고자 노력하고 있다는 건가. 그런 거라면야 주의를 줄 필요는 없으리라.

쿠로노는 부하들의 대화를 등 뒤로 들으며 좁은 길을 나아갔다.

그러자——.

"오? 진지가 보이기 시작했고."

"진지 구축은 순조로운 것 같은."

아리데드와 데네브가 손으로 챙을 만들며 말했다. 쿠로노는 진지를 바라보았다. 길을 막고 바리케이드—— 제1 방어선이 펼쳐져 있었다. 높이도 제각각으로, 성채 외벽처럼 요철 모양으로 만들어져 있다. 안쪽에 있는 제2 방어선도 마찬가지다. 미노는——.

"서둘러서 돌을 모아라! 모은 돌은 바리케이드 뒤에 쌓아!!"

미노는 목소리를 높이며 부하에게 지시를 내리고 있었다. 타이가의 모습은 보이지 않았다. 아마도 다른 일을 하는 것이리라. 갑자기 미노가 이쪽으로 시선을 향했고, 아리데드와 데네브가 팔꿈치로 쿠로노의 옆구리를 찔렀다. 둘의 의도를 파악하고, 주먹을 높이 쳐들었다. 그러자——.

"대장의 귀환이다! 대장이 신성 아르고 왕국군을 쳐부수고 돌아왔다고!!"

미노가 외치자 환성이 일어났다. 영웅이 된 듯한 기분이지만, 우쭐해지면 안 된다. 이건 연출이다. 지휘관인 쿠로노는 비유해서 말하자면 운전사다. 그런 쿠로노가 분위기에 취하면 음주운전이 되고 만다. 음주운전은 좋지 않다. 그런 식으로 자신을 훈계하고 있자, 미노가 달려왔다. 쿠로노 앞에 멈춰 서서 머리를 꾸벅 숙인다.

"대장, 수고하셨습다."

"미노 씨야말로 진지 구축 수고했어."

쿠로노가 치하의 말을 건네자, 미노는 미묘한 표정을 지었다. 이유는 잘 모르겠지만, 바라고 있던 대답이 아니었던 모양이다. 땀이 솟아 나왔다. 곧바로 아리데드와 데네브가 쿠로노 옆에 서서 자랑스럽게 가슴을 폈다.

"쿠로노 님은 왕국군 400명을 훌륭히 처치했어 같은!"

"신성 아르고 왕국군은 쿠로노 님을 두려워하여 도망쳤고!!"

"자식들아! 대장이 왕국군 녀석들에게 따끔한 맛을 보여 줬다!!"

이야기가 조금 과장되긴 했지만, 합격점이리라. 미노는 뒤돌아서 외쳤다. 다시 환성이 일어났다. 쿠로노는 자신의 부족한 애드리브 실력에 넌더리를 내며 부하들에게 손을 흔들었다. 음주운전은 좋지 않다고 자신을 훈계한 참인데도 기분이 좋다.

"대장, 다시금 수고하셨슴다. 진지 구축은 제가 진행하겠으니 편히 쉬십쇼."

"나는 미노 씨와 이야기할 게 있으니까 모두는 먼저 쉬어."

""알겠어 같은!""

쿠로노가 눈짓하자, 아리데드와 데네브는 경례하고 걷기 시작했다. 호르스와 리저드, 그들의 부하도 그 뒤를 따랐다. 쿠로노는 미노를 쳐다보고──.

"애드리브를 못 하는 상사라 미안해."

"이쪽이야말로 무리한 걸 요구해서 죄송하다. 그러고 보니 400명 죽였다고 했슴다만……."

"실제로는 그 절반 정도……. 역시, 너무 과장했지."

"이번에는 기세가 필요하니 괜찮습다. 긍정적인 기분으로 만드는 게 중요하니 말임다."

"……그래."

쿠로노는 조금 뜸을 두고 고개를 끄덕였다. 괜찮은 걸까 하는 마음은 있지만, 원래 세계에서 본 전쟁 영화에서도 비슷한 말을 했었다. 그렇다. 사실이 어떤지는 중요하지 않다. 지금은 윤리관보다 사기를 올리는 쪽이 중요하다. 뭐, 솔직히 말하면 고작 기분에 기댈 수밖에 없는 상황이 불안해서 어쩔 수가 없지만──. 한숨을 내쉬고, 다시금 방어 진지를 봤다.

"구축이 순조로운 것 같네. 그런데 어째서 성채 외벽처럼 쌓은 거야?"

"같은 높이로 만들면 바람에 쓰러질 수 있어서, 이 형태로 했습다."

"난 바람에 무너질 생각은 하지도 않았는데, 역시 미노 씨한테 맡기길 잘했어. 내가 했으면 이렇게 되지 않았겠지."

"그렇게 칭찬받으면 부끄럽습다."

미노는 쑥스러운 듯이 머리를 긁적였다.

"그런데 짐수레는 몇 대 남아 있어?"

"일단 다섯 대 남겨 두었습다만……."

"그만큼 있으면 충분하겠네. 그리고, 타이가의 모습이 안 보이는데?"

타이가는, 하고 미노가 경사면을 올려다봤다. 쿠로노도 그에 이끌리듯이 경사면을 봤다. 그러자 경사면 위에서 타이가와 부하들이 뭔가 작업을 하고 있었다. 자재를 조달하고 있는 것일까.

"전투가 시작되면 여유가 없을 테니 미리 장작을 모으라고 시켰습다."

"미안, 깜박 잊고 있었네. 온기를 취하지 못하면 리자드맨들이 움직일 수 없게 되지."

"무슨 말씀을, 부족한 걸 메우는 건 부관의 의무입다. 그러고 보니 돌은 무엇에 쓸 생각이심까?"

"설명하지 않았던가?"

"듣지 못했습다."

"실은, 적한테 던지려고."

"……대장."

푸후——, 하고 미노는 코에서 콧김을 내뿜었다.

"귀족답지 않다고 말하고 싶은 거지? 하지만 미노타우로스나 리자드맨이 힘껏 돌을 던지면 엄청난 무기가 되지 않겠어?"

"대장은 나날이 귀족답지 않게 변해 가시는군요."

"긍지는 개한테 던져줘 버렸으니까 말이지. 게다가 난 귀족다운 귀족을 본 적이 없어."

"레온하르트 님은 귀족다운 느낌이 들었습다."

"레온하르트 경의 흉내를 냈다가는 죽을걸."

쿠로노는 기병 10기를 단칼에 가르는 레온하르트를 떠올리고 몸서리를 쳤다. 목숨이 10개 있으면 한 번 정도는 시도해 봐도 좋겠지만, 고작 하나뿐인 목숨이다. 소중히 여기고 싶다.

"그리고 화살을 가능한 한 아껴야 하니까."

"아아, 그런 이유도 있었습까."

"물자 걱정을 하면서 전쟁을 하는 건 싫지만, 별수 없지."

"동감입다."

쿠로노가 투덜거리자, 미노는 한숨 섞인 어조로 대답했다. 불현듯 미노는 입을 다물고는――.

"슬슬 식사하시는 게 어떻겠습까?"

"왜 그래?"

"이제 시선이 따가워지기 시작했습다."

시선? 하고 쿠로노는 중얼거린 뒤 미노의 뒤를 봤다. 그러자 아리데드와 데네브가 제1 방어선 그늘에서 이쪽을 보고 있었다. 시, 익, 사, 하고 입이 움직인다.

"좀 많이 기다리게 했을지도 모르겠네."

"이해해 주셔서 다행임다. 마지막으로 하나만……."

"뭔데?"

"터놓고 말해서, 아리데드와 데네브를 어떻게 하실 생각임까?"

"……무, 물론, 제대로 애인으로 삼을 겁니다."

"그건 다행임다. 쓸데없는 말을 해 버린 건 아닐까 하고 걱정하고 있었지 말임다."

쿠로노가 살짝 뒤집힌 목소리로 대답하자, 미노는 휴, 하고 안도의 한숨을 내쉬었다. 하고 싶은 말은 있었지만, 그만뒀다. 두 개의 꿈을 손에 넣었다. 그거면 됐다고 생각한 것이다. 하지만──.

"저기, 미노 씨? 레이라한테 설명할 때는──."

"그건 좀 봐주십쇼."

미노는 쿠로노의 말을 가로막고 말했다. 그렇겠죠, 하고 쿠로노는 고개를 푹 숙였다.

"……그럼 난 식사를 하고 올게."

"예입, 느긋하게 쉬어 주십쇼."

미노가 몸을 앞으로 기울이는 자세가 되도록 고개를 숙였고, 쿠로노는 아리데드와 데네브가 있는 곳으로 향했다. 제1 방어선──짐수레를 분해하여 만든 바리케이드의 패인 부분을 넘다가 작게 신음했다. 다리 길이가 짧아서 바리케이드가 고간에 파고든 것이다. 넘을 수 있을 것 같으면서도 넘지 못한다니, 별것 아니면서도 또한 효과적인 괴롭힘이다.

제1 방어선을 넘어가자, 아리데드와 데네브가 좌우에서 팔을 감아 왔다. 가슴을 꾹꾹 눌러 댄다. 그렇지만, 역시나 골디 근제 갑옷이라고 해야 할지, 부드러운 감촉이 전혀 느껴지지 않았다.

"정말, 기다리다 지쳤어 같은."

"그래도, 조금 정도라면 참을 거고."

아리데드와 데네브한테 팔을 잡아끌리며 경사면으로 이동했다. 바닥에 앉아 파우치에서 딱딱빵을 꺼내자 와그작, 와그작 하는 소리가 울렸다. 아리데드와 데네브가 딱딱빵을 씹어 으깨는 소리다. 시선을 옮겼다. 그러자 조금 떨어진 곳에서 호르스와 리저드도 딱딱빵을 먹고 있었다.

"딱딱빵은 씹는 맛이 있어서 맛있대이. 버릇이 들 것 같은 맛이대이."

"……미미(美味)."

두 사람 다 만족스러워 보인다. 아니, 그렇다기보다 불만스럽게 느끼는 건 쿠로노뿐인 모양이다. 으음~, 하고 신음한 뒤 어금니로 딱딱빵을 깨물었다. 씹고 있는 사이에 부드러워졌기에 부러뜨려서 삼켰다.

"……내가 만들라고 시켜 놓고서 뭣하지만."

""뭣하지만?""

쿠로노가 중얼거리자 아리데드와 데네브는 귀엽게 고개를 갸웃했다.

"딱딱빵, 그다지 맛있지 않지?"

"충분히, 맛있고."

"편식은 좋지 않아 같은."

유감이지만 공감을 얻지 못했다. 일말의 쓸쓸함을 느끼며 딱딱빵을 먹었다.

"후우, 조금 부족하지만 이 정도로 해 두고."

"먹고 나서 금방 자는 건 단정치 못하고."

딱딱빵을 다 먹은 아리데드가 경사면에 드러눕자, 데네브가 그걸 나무랐다. 이렇게 보니, 역시 성격이 다르구나 싶었다.

"아~, 사탕을 먹고 싶고."

"벌써 먹어 버렸어?"

"그런 게 아니고. 딱딱빵을 지급했을 때 재분배하는 바람에 가지고 있는 양이 적어진 것 같은."

쿠로노가 묻자, 아리데드는 한숨 섞인 어조로 대답했다.

"으그극, 먹지도 않았는데 줄어들다니 괴롭고."

"이제부터 같이 싸우는 거니까 공평하게 나눠야만 하고."

"그건 알고 있지만, 석연치 않은 것 같은."

뿌우, 하고 아리데드는 아랫입술을 삐죽 내밀었다. 이쪽으로 힐끔힐끔 시선을 향한다. 쿠로노의 알사탕을 노리고 있는 것이리라. 나눠 줘도 괜찮으려나 싶긴 하지만——.

"쿠로노 님, 응석을 받아 주면 기어오르니까 냉담한 대응을 권장해 같은."

"큭, 여동생이 날 곤경에 빠뜨리려 하고 있고."

"안 하고 있고."

아리데드가 신음했고, 데네브는 넌덜머리가 났다는 듯한 어조로 말했다. 그런 둘을 곁눈질하며 딱딱빵을 삼킨 뒤, 휴, 하고 한숨을 내쉬었다.

"데네브는 옛날부터 조금 요령이 좋은 면이 있고."

"언니한테는 못 이기고."

"쿠로노 님의 애인이 된 순간, 자기주장을 시작하다니, 약아빠졌고!"

"좋아하는 사람은 내 진짜 모습을 봐줬으면 하니까!"

"나의 진짜 모습이라니 우습고!"

아리데드와 데네브는 시끄럽게 말다툼하기 시작했다. 식사 직후는 조용히 해줬으면 좋겠는데~, 하고 생각하며 쿠로노는 하늘을 올려다봤다. 경사면 사이에 끼어 있는 탓에 하늘이 좁게 느껴진다. 그때──.

「이쪽은 나스르. 왕국군이 다시 움직이기 시작했다.」

통신용 매직 아이템에서 나스르의 목소리가 울렸다. 쿠로노는 파우치에서 통신용 매직 아이템을 꺼내 외쳤다.

"이쪽은 쿠로노! 진군 속도는?"

「조금 느리긴 하지만, 한 시간 있으면 그쪽에 도착할 거다. 지연 작전은?」

"아니, 나스르는 감시에 전념해 줘."

「알았다.」

통신용 매직 아이템을 집어넣고 일어서자, 미노가 달려왔다.

"미노 씨! 전투 준비!!"

"알겠습다! 호르스, 리저드 부대는 제1 방어선 뒤에 서라! 아리데드, 데네브는 궁병과 호위 보병을 이끌고 경사면 양측에 전개해! 타이가는 돌 보급이다! 언제든 돌진할 수 있도록 준비해 둬라!"

쿠로노가 지시를 내리자, 미노는 힘차게 고개를 끄덕였다. 파우치에서 통신용 매직 아이템을 꺼내 상세한 지시를 내렸다. 역시나 베테랑이다. 감탄하고 있자, 데네브가 다가왔다. 쑥스러워하는 듯한 태도다.

"쿠로노 님, 잠깐 괜찮은 것 같은?"

"왜 그래?"

"이제부터 전투니까——."

"알았어!"

쿠로노는 데네브의 말을 기다리지 않고 끌어안은 뒤 입술을 탐했다. 입술의 감촉을 실컷 만끽한 뒤에 놓아주자, 데네브는 풀썩 주저앉았다. 부끄러운 것이리라. 새빨개져 있다.

"이걸로 OK?"

"귀, 귀를 만져 줬으면 한 건데 예상 밖의 전개고."

"갑자기 키스당한다든가 엄청 웃기고!"

데네브가 입가를 누르며 고개를 돌렸다. 아리데드는 그런 그녀를 가리키며 낄낄 웃고 있다. 미안한 짓을 하고 말았다. 사과의 마음을 담아 귀를 만져 주자, 데네브는 몸을 떨며 눈을 촉촉이 적셨다. 데네브가 일어섰기에 귀를 만지는 걸 멈췄다.

"쿠로노 님!"

"——!"

이름을 불린 다음 순간, 아리데드가 목에 팔을 감았다. 그대로 키스당했다.

쪼옥, 하는 소리와 함께 아리데드가 떨어졌다.

"이다음은 나중에 같은!"

아리데드는 니히히, 하고 웃고는 경사면을 향해 달려 나갔다.

큭, 하고 데네브는 신음하고는 아리데드와는 반대 방향으로 뛰쳐나갔다. 약간 늦게 궁병과 보병이 두 사람 뒤를 따랐다. 쿠로노는 손등으로 입술을 닦고, 제1 방어선—— 미노가 있는 곳으로 향했다.

1열은 리저드가 이끄는 리자드맨, 2열은 호르스가 이끄는 미노타우로스다. 3열은 리자드맨과 미노타우로스의 혼성부대다.

"……내 입에 혀를 집어넣었어."

"안 들은 것으로 해두겠슴다."

푸후——, 하고 미노는 코에서 콧김을 내뿜고는, 입꼬리를 올리며 웃었다. 그에 이끌려 쿠로노도 웃었다. 역시 양아버지의 말은 옳았다. 이런 상황이지만, 누군가가 웃고 있으면 아직 여유가 있다는 느낌이 든다. 아직, 자신들은 괜찮다.

※

태양이 중천을 지나 미세하게 서쪽으로 기울기 시작했을 무렵——쿠로노는 제1 방어선 뒤에 서서 그때를 기다렸다. 불현듯 옆에 서 있던 미노가 몸을 굽혔다.

"왔슴다."

"응, 알고 있어."

미노가 불쑥 중얼거렸고, 쿠로노는 고개를 끄덕였다. 발소리는 들려오지 않지만, 적이 다가오고 있다는 건 알았다. 전방을 응시했다. 경사면 그늘에서 적 병사가 모습을 나타냈다. 선두가 제1 방어선까지 100m 정도를 남겨 둔 위치에서 움직임을 멈췄다. 다리가 떨린다. 당연했다. 적의 수가 너무나도 많다. 눈에 보이는 건 모조리 적이고, 그나마도 길 뒤편 안쪽까지 길게 이어져 있다.

"이그니스 장군은 없는 것 같네."

"대신하는 사람은 있는 것 같습다."

미노가 중얼거린 직후, 길 안쪽에서 말에 탄 남자가 모습을 나타냈다. 신관복을 입은 남자다. 말로 아군을 밀어제치다시피 하며 가까이 다가온다.

"공격하시겠습까?"

"퇴거 권고를 할지도 모르니, 상황을 지켜보자."

"그건 소망이 지나치심다."

남자는 최전열 앞쪽—— 50m 정도의 거리까지 다가왔다. 한층 더 거리를 좁힌다.

"나는 순백 신전의 신기관이다!"

남자—— 신기관은 말 위에서 목소리를 높였다. 어째서 신전 관계자가 전장에 있는 것인가. 쿠로노는 의아하게 여겼지만, 신기관은 개의치 않고 뒷말을 이었다.

"지휘관에게 용건이 있다! 지휘관은 누구인가!!"

"어쩌시겠습까?"

"일단 이야기를 들어 보겠어. 뭐, 좋은 예감은 안 들지만 말이야."

"저도임다."

쿠로노는 신기관을 바라보며 크게 숨을 들이쉬었다.

"지휘관인 쿠로노 크로포드다! 용건은 무엇인가!!"

"우리의 목적은 알포트를 사로잡는 것이다! 지금 당장 길을 열라!!"

쿠로노가 외치자, 신기관은 맞받아 외쳤다. 좋지 않은 예감이 적중했다. 그건 그렇고, 어떻게 해서 알포트에 관해 알아낸 것일까. 아니, 알포트의 존재는 말단 병사까지 알고 있었다. 아마도 포로가 된 자가 정보를 누설한 것이리라.

"나는 신기관 경이 무슨 말을 하는 것인지 이해할 수 없다!"

"거짓말 마라! 포로를 고문해서 얻은 정보란 말이다!!"

쿠로노가 시치미를 떼자, 신기관은 얼굴이 시뻘게져서는 소리쳤다. 양군 병사가 술렁였다. 어떻게든 혼란스럽게 만들려고 생각했지만, 설마 고문해서 정보를 끌어냈을 줄이야──.

"알았다면 길을 열라! 그렇게 하면 목숨만은 살려 주겠다!!"

"대답은 내일까지 기다려 주었으면 한다!!"

"웃기지 마라! 내일까지 기다리면 알포트가 도망치지 않나!!"

"그럴 생각으로 말한 거다! 이 멍청아!!"

쿠로노가 맞받아서 큰 목소리로 고함치자, 신기관의 얼굴이 거무죽죽하게 물들었다. 아무래도 화나게 해버린 모양이다. 조금 더 온건한 말을 쓰는 편이 좋았을까. 아니, 어떤 정중한 말투였더라도 최종적으로는 화나게 했을 게 분명하다.

길을 열건, 밀려서 통과시키건, 알포트가 사로잡히면 책임 문제로 발전한다. 최악의 경우 양아버지한테까지 폐를 끼치게 된다. 설령 책임 문제로 발전하지 않는다고 해도 여주인의 몸이 위험에 처하게 되는 것에는 변함이 없다. 처음부터 교섭의 여지 따위 없는 것이다.

"교섭은 결렬이다!"

신기관이 소리치고 말머리를 돌렸다. 쿠로노는 미노를 올려다봤다.

"교섭은 결렬이라는 것 같아."

"남 일처럼 말씀하심다. 조금 더 교섭해도 좋지 않았겠슴까."

"그 상황에서 이쪽에 유리한 약속을 얻어낼 수 있다면 그것만으로도 먹고살 수 있을 거야."

"말해본 것뿐임다. 오히려 길을 열겠다고 말씀하시면 어쩌나 하고 생각했지 말임다."

"목숨 말고 소중한 게 없다면 그렇게 하겠는데 말이지. 결국, 싸우는 편이 그나마 기회가 있어. 뭐, 신기관을 신용할 수 없었다는 이유도 있지만."

쿠로노는 작게 한숨을 내쉬었다.

"그런 거라면 이기지 않으면 안 되겠슴다."

"물론, 이길 거야."

미노의 말에 쿠로노는 힘차게 고개를 끄덕였다. 솔직히 승률은 높지 않다. 하지만 질 생각으로 싸워도 별도리가 없다. 싸운다면 이길 생각으로. 그러지 않으면 이길 수 없다.

"전진하라!!"

신기관의 목소리가 울리고, 적 병사가 움직이기 시작했다. 창을 든 채 천천히 다가온다. 아니, 쭈뼛쭈뼛하게 다가온다고 해야할까. 쿠로노는 적 병사의 장비를 봤다. 좋은 장비는 아니다. 나쁘다고 평가해도 좋다. 이거라면 투석 연습을 할 수 있다.

"호르스 부대! 돌을 들어!"

"다들, 돌을 들래이!"

쿠로노가 소리치자 호르스가 복창했다. 호르스와 그의 부하인 미노타우로스가 발치에 놓여 있던 돌을 손에 들었다. 미노타우로스와 비교하면 작아 보인다. 하지만 실제로는 어린애 머리만 한크기다. 맞은 곳이 좋지 못하면 죽는다.

"투석 개시!"

"던지래이!!"

호르스와 미노타우로스들이 일제히 돌을 던졌다.

"돌이다! 피해!!"

적 병사가 외쳤다. 패닉 상태가 되는 것을 기대하고 있었지만, 그렇게는 되지 않았다. 호르스와 미노타우로스들이 던진 돌은 둥근 궤도를 그리며 적의 후방에 떨어졌기 때문이다.

"그렇게 던지는 게 아니야! 던지는 방법은…… 이렇게!!"

쿠로노는 돌을 손에 쥐고 오버스로의 요령으로 던졌다. 하지만 돌은 적 병사의 아득히 앞쪽에 떨어졌다. 뭐, 50m 가까이 떨어져 있으니 닿지 않는 게 당연했다. 그러나 적 병사들은 낄낄 웃었다. 우쭐해진 것이리라. 적 병사 중 한 명이 걸어 나왔다.

"이봐, 이봐! 전혀 안 닿—— 푸끄륵!"

쿠로노를 도발하려 한 모양이지만, 그는 마지막까지 말을 잇지 못했다. 리저드가 던진 돌이 안면에 직격한 것이다. 그는 돌이 안면에 박힌 채 움직이지 않았다. 그뿐만이 아니다. 모든 적 병사가 움직임을 멈추고 있었다. 그렇기는 해도, 그건 이쪽 역시 마찬가지다.

1초가 지나고, 2초가 지나—— 넉넉히 10초 정도가 지났을 즈음, 안면에 박혀 있던 돌이 지면에 떨어졌다. 그걸로 균형이 무너진 것이리라. 적 병사가 뒤로 쓰러진다. 받쳐 주려고 하는 자는 없다. 마치 전염병을 두려워하는 것처럼 거리를 벌렸다. 침묵이 이어졌다.

"……격파."

리저드가 중얼거렸고, 쿠로노는 미소를 띠었다. 적 병사가 겁을 먹은 것처럼 뒤로 물러난다.

"마구 던져!!"

"던지래이! 마구 던지래이!!"

"……투척."

쿠로노가 외치자, 호르스와 미노타우로스들이 돌을 던지기 시작했다. 1열과 2열의 연계는 그렇게 능숙하지 않았지만, 그래도 돌을 끊임없이 던졌다. 짧은 비명이 단속적으로 일어나고, 적 병사가 풀썩풀썩 쓰러졌다. 기공궁으로 쏜 화살이 총탄이라면 투석은 포탄이다. 머리나 몸에 맞으면 치명상, 팔이나 다리에 맞아도 행동 불능이 된다. 뒤늦게 투석의 무서움을 깨달은 적 병사가 비명 같은 소리를 냈다.

"도망쳐!!"

"어디로 도망치면 되냐고!"

"몸을 숨겨!"

"숨을 수 있는 장소가 어디있어!"

적 병사가 몸을 숨기지도 못하고 투석의 먹잇감이 되자, 쿠로노는 더욱더 깊은 미소를 띠었다. 좁은 길은 경사면이 밀려 나온 곳까지 일직선으로 뻗어 있다. 그 거리는 수백 미터. 이곳은 투석이 가장 큰 효과를 발휘하는 장소다.

"경사면이다! 경사면에 딱 붙어!!"

그렇게 외친 소리가 울려 퍼지고, 적 병사가 좌우로 나누어져 경사면에 바짝 붙었다. 거동이 늦은 적 병사가, 고기 방패를 잃은 후열 병사가 투석의 먹잇감이 되었다. 쿠로노는 신기관을 찾아 시선을 이리저리 옮겼다. 신기관은 이미 투석의 사정거리 밖으로 멀찍이 도망친 상태였다. 어느새 저기까지 도망친 것인가. 뭐, 신기관은 신전 내에서도 상위 직역이기에 위기 감지 능력이 뛰어난 것이리라.

끄악, 하고 짧은 비명이 일어났다. 비명이 난 쪽을 보니 적 병사의 등에 화살이 꽂혀 있었다. 경사면 정상에 포진한 궁병의 공격이다. 단속적으로 화살이 날아와 경사면에 바짝 붙어 있는 적 병사를 꿰뚫었다. 앞에서는 투석, 측면에서는 화살—— 신성 아르고 왕국군은 나아가지도, 물러나지도 못하게 되었다. 단, 그것은 투석의 사정거리 안에 있는 적에 한한 이야기다. 움직일 수 없게 된 건 기껏해야 수백 명—— 대부분의 적 병사는 무사하다.

"이대로 이어가는 건 어려우려나."

쿠로노는 손으로 입가를 가리고 중얼거렸다.

※

이그니스는 바위에 걸터앉아 부하—— 반의 보고에 귀를 기울였다.

"어떻게 하시겠습니까?"

"……이대로 대기한다."

이그니스가 뜸을 두고 대답하자, 반은 얼굴을 찌푸렸다. 이그니스는 그의 심정이 이해됐다. 반은 쿠로노한테 한번 마음이 꺾였음에도 다시 전장에 섰다. 그건 그에게 무참히 살해당한 동료의 원수를 갚겠다는 마음이 있기 때문이다. 그런데 그가 받은 명령은 후방에서 대기하라는 말이었다. 얼굴을 찌푸리는 게 당연했다.

"이그니스 장군님, 저는 당신 밑에서 싸워 온 것을 자랑스럽게 생각하고 있습니다. 작년의, 에라키스 후작령 침공도 왕국을 위한 일이었다고 생각합니다. 하지만, 이 취급은……."

"더는 말하지 마라."

"………알겠습니다."

이그니스가 짧게 말하자, 반은 긴 침묵 뒤에 대답했다. 이그니스한테도 나라를 지켜 온 자부심이 있다. 지금의 상황에 불만이나 분노를 느끼지 않을 리가 없다. 하지만, 그렇기에 더욱 참아야만 한다. 부하를 통솔하는 자는 사적인 감정에 휩쓸려서는 안 된다.

시야 구석에서 병사들이 움직였다. 무슨 일인가 싶어 고개를 드니, 말에 탄 신기관이 경사면 그늘에서 나오는 참이었다. 공적을 독차지하기 위해 전선에서 지휘할 줄 알았는데, 그렇지는 않았던 모양이다. 신기관이 말에서 내리는 모습을 보며, 이그니스는 일어섰다.

"신기관님, 교섭은 어떻게 됐습니까?"

"실패했다. 나 참, 그 남자는 대체 뭐지? 모처럼 내가 살아날 기회를 줬는데도 그걸 거절하다니. 내 제안을 거절한 것만으로도 용서하기 어려운데, 돌까지 던지다니 도저히 귀족이 할 짓이라고 생각할 수 없군."

신기관은 짜증스러운 듯이 지면을 차며, 투덜투덜 불만을 내뱉었다.

"기껏해야 벼락출세한 자의 아들인가."

"벼락출세한 자의 아들?"

"뭐냐, 아무 것도 모르는 거냐."

이그니스가 되풀이하며 중얼거리자, 신기관은 깔보는 것처럼 말했다. 반이 앞으로 나서려 했지만, 눈짓하여 움직임을 제지했다.

이런 곳에서 고참 부하를 잃을 수는 없는 노릇이다.

"공교롭게도 천학한 몸이기에. 가르쳐 주셨으면."

"흥, 그 쿠로노라는 남자의 부친은 전 용병이라는 것 같더군. 클로드라는 이름으로, 30년 정도 전의 전란에서 황제 편에 빌붙어 귀족의 지위를 얻었다는 것 같다."

"아아, 과연."

어쩐지 싸우는 방식이 귀족답지 않을 만도 하군, 하고 이그니스는 고개를 끄덕였다.

"그나저나 용병에서 귀족이 된 남자의 아들이라니……."

"용병에서 귀족이 되었다고 해서 뭐가 어쨌다는 거지."

"만만치 않다는 말입니다. 괜찮으시다면 도와드리겠습니다만?"

"……필요 없다."

신기관은 발끈한 듯이 말했다.

"그러면, 조력이 필요할 때는 말씀해 주십시오. 그러고 보니 제국군이 돌을 던졌다고 말씀하셨습니다만——"

"문제없다. 수는 이쪽이 더 많단 말이다. 밀어붙일 수 있다."

신기관은 불쾌한 듯이 얼굴을 찌푸리고는 다시 말에 올라탔다.

"어디로 가십니까?"

"언덕으로 이동할 거다. 지휘라면 거기에서도 할 수 있다."

신기관은 그렇게 내뱉고는 말을 몰았다. 이그니스는 신기관의 뒷모습을 지켜본 뒤, 반에게 말을 걸었다.

"클로드 크로포드라는 용병을 알고 있나?"

"용병에 관해서는 밝지 않은지라."

그런가, 하고 이그니스는 중얼거린 뒤 바위에 앉았다. 클로드 크로포드가 어떤 인물인지 알면 대책을 짜기 수월해질지도 모른다고 생각했는데. 거저먹을 수 있는 건 없다는 건가.

"이그니스 장군님, 적을 수로 밀어붙일 수 있으리라고 보십니까?"

"평범하게 생각하면 밀어붙일 수야 있겠지. 근데 어째서 그런 걸 묻나?"

"그야, 제 손으로 원수를 갚고 싶기 때문입니다. 제가 모르는 곳에서 원수가 멋대로 죽는다니, 웃기지도 않는 이야기란 말입니다. 게다가 저 짜증 나는 신기관한테 죽는다니. 이그니스 장군님도 그렇지 않습니까?"

"못 들은 것으로 해 주마."

이그니스는 쓴웃음을 띠며 대답했다.

※

저녁── 쿠로노는 미노 옆에 서서 전장을 바라봤다. 리저드가 몰려오는 적 병사한테 돌을 던졌다. 일직선으로 날아간 돌이 얼굴에 맞아, 적 병사가 그 자리에 고꾸라졌다. 하지만 빈사인 전우를 넘어, 새로운 적 병사가 접근한다. 또인가, 하고 쿠로노는 마음속으로 내뱉었다. 투석은 막대한 효과를 발휘했다. 사상자가 좁은 길을 메웠고, 적 병사는 그걸 넘지 않으면 나아갈 수 없을 정도의 전과였다. 그런데도 전황은 여전히 이쪽이 불리한 채다.

"전진하라! 전우의 시체를 넘어 전진하라!!"

후방에서 말에 탄 남자가 소리쳤다. 신기관에게서 지휘를 이어받은 지휘관이다. 전진하라고 외치며 검을 휘두르고 있을 뿐이지만, 그 정도인 상대한테서 주도권을 빼앗을 수가 없다.

이유는 알고 있다. 물량 차이다. 특히 화살을 절약해야만 하는 게 뼈아프다. 화살을 절약하지 않아도 된다면 주도권을 빼앗는 것도 불가능하지는 않은데——.

"좋아! 이 기세를 유지하면 이길 수 있어!! 다들, 이 기세를 유지해!!"

"아, 알았대이!"

"……이해."

쿠로노는 속마음을 억누르고 부하들을 고무했다. 그러자, 호르스와 리저드가 돌을 던지며 응했다. 리저드야 어쨌건, 호르스는 피로한 기색이 짙다. 돌을 계속 던지고 있을 뿐만 아니라, 적 병사가 잇따라 나타나는 것도 원인이리라. 애초부터 정신적으로 약한 타입이다. 스트레스가 피로에 박차를 가하고 있는 건 분명하다.

어떻게든 전황을 뒤엎고 싶다. 그런 생각을 품으며 뒤쪽——제1, 제2 방어선 사이를 봤다. 타이가와 부하들이 전선에 돌을 보급하고 있지만, 돌들이 처음 가져왔던 돌보다 상당히 작았다. 돌이 점점 줄어드는 것이다. 쿠로노는 옆에 선 미노에게 시선을 향했다.

"미노 씨는 어떻게 봐?"

"상황은 점차 나빠질 걸다."

"……그렇겠지."

쿠로노는 작게 한숨을 내쉬었다. 신출내기나 마찬가지인 쿠로노와 베테랑인 미노의 의견이 일치한 것이다. 전황은 악화 일로라고 생각해도 틀리지 않는다.

"일발 역전의 아이디어는 있으심까?"

"좋네, 일발 역전."

쿠로노는 웃었다. 이 상태에서 역전할 수 있다면 필시 기분이 좋으리라. 그렇지만——.

"역전할 수 있을 만한 아이디어는 없으려나."

"아무리 그래도 무리한 요구가 지나쳤군요."

"그저, 뭐, 타이밍 나름이지만, 적을 밀어낼 수는 있을 거라고 생각해."

"밀어내서, 그다음은?"

"지휘관의……."

쿠로노는 적 지휘관에게 시선을 향했다. 말 위에서 검을 휘두르며 소리치고 있다.

"목을 따는 거야. 전선을 혼란시켜서 시간을 버는 거지."

"바람이 불면 나무통 장수가 돈을 번다는 느낌이 든다만." *

"본대가 도망치는 시간을 벌 수 있다면 만세, 적이 포기해 준다면 만만세야."

"그래서, 어떻게 목을 따실 겁까?"

"이상하게 순순하네. 핀잔 한마디는 들으려나 싶었는데."

"핀잔이고 뭐고 저한테는 상황을 타개할 계책이 떠오르질 않으니 말임다."

푸후——, 하고 미노는 코에서 콧김을 내뿜었다.

"이러니저러니 해도 대장한테는 재능이 있다고 생각함다."

"과한 칭찬이야."

쿠로노는 쓴웃음을 지었다. 너무 칭찬받으면 우쭐해져 버릴 것 같고, 사망 플래그 아닌가 싶어 불안해진다.

"작년에 신성 아르고 왕국군을 물리친 대장의 재능에 기대하는 것뿐임. 다시금 묻겠슴다만, 어떤 작전임까?"

"미노 씨, 나무통은?"

"나무통? 아아, 클레이 씨에게서 맡았슴다."

미노는 고개를 갸웃하다가, 손을 마주쳐 짝 소리를 냈다.

"가져와 줘."

"알겠슴다."

미노는 경사면에 갔다가, 나무통을 짊어지고 돌아왔다.

"가지고 왔슴다만, 이건?"

---

*어떤 한 사건의 결과가 돌고 돌아 다른 일에 영향을 미친다는 일본 속담

"알코올이야."

"——!"

이그니스가 불덩어리가 된 광경을 떠올린 것이리라. 미노는 흠 칫하여 자신이 짊어지고 있는 나무통을 쳐다봤다. 무리도 아니 다. 미노에게 알코올은 정체를 알 수 없는 위험물이다.

"이걸로 적을 깡그리 불태워 버리는 겁까?"

"그만한 화력이 있다면 좋겠지만……. 기껏해야 깜짝 놀라게 만드는 정도야."

"놀라게 해서 어떻게 하실 겁까?"

"적이 물러났을 때 돌격할 거야."

"그건……."

미노는 말을 머뭇거렸다. 하고 싶은 말은 안다. 상대가 물러나 지 않으면 개죽음이다. 반대할 생각일까. 미노가 입을 열었다. 그 때, 타이가가 달려왔다.

"쿠로노 님, 미노 부관, 보고이외다."

"무슨 일이야?"

"돌이 동날 것 같소이다."

쿠로노가 묻자, 타이가는 신음하듯이 말했다.

"미노 씨, 나무통을 던지는 타이밍은 맡길게."

"대장, 설마……."

"돌이 다 떨어지면 적의 기세가 오를 테니까 말이야. 타이가, 돌격하겠어. 같이 따라와 줘."

"잘 알겠소이다. 타이가 부대, 무기를 가지고 집합하는 것이 외다."

쿠로노는 미노의 어깨를 두드린 뒤, 언제든 뛰쳐나갈 수 있도록 제1 방어선에 다가갔다.

"아아, 이제 돌이 다 떨어질 것 같대이."

호르스가 한심한 목소리를 냈다. 정신적으로 약한 건 어쩔 수 없다 쳐도 백부장으로서의 자각을 가져 줬으면 한다. 하지만 호르스가 이렇게나 꼴사나운 모습을 드러내고 있으면, 정신 똑바로 차려야겠다는 생각이 든다. 쿠로노는 제1 방어선 뒤에 숨어 타이가 부대에 시선을 향했다. 이미 100명 정도가 모여 있다.

"아앗! 돌이 다 떨어졌대이!"

"돌격하라!!"

호르스가 비명을 질렀고, 적 지휘관이 명령을 내렸다. 적 병사가 주위 반응을 살피는 것처럼 시선을 이리저리 옮긴 그때, 나무통이 쿠로노와 부하들 머리 위를 통과했다.

"리저드! 나무통이 떨어지는 것과 동시에 통을 쏴!!"

"……벼락."

쿠로노가 소리치는 것과 동시에 나무통이 떨어졌다. 약간 늦게 리저드가 자이언트 해머—— 매직 아이템에서 벼락을 내뿜었다. 벼락을 맞은 나무통이 폭발했고, 새빨간 화염이 퍼졌다. 불덩이가 된 사람도 있었지만, 적 병사의 대부분은 그 자리에서 벗어나 재난을 피했다.

"타이가 부대! 내 뒤를 따라와!!"

쿠로노는 검을 뽑아 제1 방어선에서 뛰쳐나갔다. 다음 순간, 타이가와 부하들이 따라오고 있는지 불안해졌지만 믿고 달려 나갈 수밖에 없다. 타이가와 부하들이 따라오고 있지 않다면 그건 쿠로노에게 부족한 점이 있었기 때문일 것이다.

불안을 떨쳐내듯이 다리를 움직였다. 곧바로 화염에 도달했다. 거리를 좁힐 때까지 화염의 기세가 약해졌다면 좋았겠지만, 화염은 기세 좋게 타오르고 있다. 마치 불로 만들어진 벽이다. 결의를 굳히고 불로 된 벽에 뛰어들었다. 뜨겁다. 하지만 열을 느낀 것은 한순간이다. 다음 순간에는 화염의 벽을 돌파하고 있었다. 적 병사가 깜짝 놀란 표정으로 쿠로노를 보고 있다. 움찔거리며 몸이 움직였고——.

"키에에에에엑!"

쿠로노가 괴성을 지르자, 적 병사는 움직임을 멈췄다. 그 틈을 타 검을 내찔렀다. 칼끝이 목을 꿰뚫고, 적 병사는 무너지듯이 그 자리에 풀썩 쓰러졌다.

"자, 잘도——!"

"쿠로노 님, 머리를 숙이는 것이외다!"

친구였던 걸까. 옆에 있던 적 병사가 입을 열었다. 하지만 그의 말은 타이가의 외침에 삼켜졌다. 몸을 웅크린 다음 순간, 타이가가 쿠로노를 뛰어넘었다. 역시나 호랑이 수인. 훌륭한 도약력이다. 가볍게 착지하여——.

"화염이외다!"

타이가는 대검을 일섬(一閃)했다. 폭발이 일어났고, 적 병사가 날아갔다. 거기에 타이가 부대가 우르르 밀려들었다. 수인들은 쓰러진 적 병사에게도 용서 없이 공격을 퍼부었다. 적 병사가 반격 태세로 옮기려 했지만, 움직임이 둔했다. 전투 경험이 그다지 없는 것이리라.

기회다. 이대로 밀어붙여서 적 지휘관의 목을 벤다. 발을 내디뎠지만, 타이가 쪽이 빨랐다. 타이가가 파고들어 매직 아이템으로 적 병사를 날려버렸다. 거기에 수인들이 다시 우르르 밀려가, 틈을 한층 더 넓혔다.

"수인들을 쓰러뜨려라! 내게 접근시키지 마라!!"

적 지휘관이 말 위에서 검을 휘두르며 소리쳤다. 자신을 노리고 있다는 걸 알아차린 모양이다. 신기관도 그렇고 이 지휘관도 그렇고, 위기 감지 능력이 뛰어난 듯하다. 조금 더 둔한 인물이면 좋았겠지만, 아무래도 과한 기대였나.

쿠로노와 부하들은 한 덩어리로 뭉쳐 적 지휘관을 향해 돌격했지만 좀처럼 앞으로 나아갈 수 없었다. 기습의 효과가 옅어져, 적이 반격에 나선 것이다. 정말이지, 싫어진다. 위기가 물러가고 있다고 생각했는지 적 지휘관이 씨익 웃었고——.

"천추신악!"

쿠로노는 마술을 썼다. 마술식이 폭포처럼 흘러 떨어져, 관자놀이에 둔한 통증이 지나갔다. 칠흑의 구체가 생겨나 적 지휘관을 향했다. 지휘관은 깜짝 놀라 눈을 부릅떴다.

"마술이다! 저걸 떨어뜨려라!!"

적 지휘관이 검을 휘두르며 소리쳤고, 적 병사가 창으로 칠흑
의 구체를 찔렀다. 하지만 칠흑 구체는 창을 통과하여 직진했다.
적 지휘관이 말머리를 돌린다. 도망칠 생각이다. 쿠로노는 혀를
찼다. 적 지휘관의 대응은 옳다. 천추신악의 속도는 결코 빠르지
않다. 말에 타서 도망치면 그걸로 끝이다.

"비, 비켜라! 네 녀석들, 길을 비키지 못하겠나!!"

적 지휘관이 히스테릭하게 소리쳤다. 아군 병사가 방해되어 도
망칠 수 없는 것이다. 베어 버릴 생각일까. 검을 치켜든다. 하지
만, 늦었다. 쿠로노가 주먹을 꽉 쥐자, 적 지휘관의 머리가 소멸
되었다. 피가 뿜어져 나왔고, 머리를 잃은 적 지휘관의 몸이 말에
서 떨어졌다.

"퇴각!!"

"화염이외다!"

쿠로노가 소리치자, 타이가는 대검을 내리쳤다. 폭발이 일어나
고, 적 병사가 날아갔다. 쿠로노와 부하들은 몸을 돌려 달리기 시
작했다. 추격은 없을 터――.

"도, 도망쳤어!"

"쪼, 쫓아라! 쫓아!!"

"동료의 원수다!!"

죽여라아아아!! 하고 적 병사는 소리치며 쫓아왔다. 적 지휘관

을 죽이면 혼란에 빠질 줄 알았는데, 설마 폭주할 줄이야——. 그건 그렇다 치고, 어느새 이렇게나 이목을 끌어 버린 것일까. 아니, 지금은 그런 생각을 하고 있을 여유는 없다. 도망치지 않으면.

"달려! 달려!!"

"소인과 쿠로노 님이 최후미이외다!"

어느새 다가온 것일까. 타이가가 옆에서 외쳤다. 어깨 너머로 등 뒤를 봤다. 뒤에 있는 건 적 병사뿐이다. 아군의 모습은 없다. 핏발이 선 눈으로 뒤쫓아 온다.

"실례하겠소이다!"

"끄억!"

복부에 충격이 지나갔다. 마치 통나무에 격돌한 듯한 충격이다. 시야가 높아진다. 타이가가 쿠로노를 들쳐멘 것이다. 그대로 뛰기 시작했다. 빠르다. 적 병사를 확확 떼어 놓는다. 쿠로노가 자력으로 뛰는 것보다 빠른 것 아닐까.

"이야, 나도 노력은 하고 있는데 말이지."

"혀를 깨물 것이외다!"

"혀를—— 윽!"

쿠로노는 되풀이하듯이 말하려 했지만, 그러지 못했다. 갑자기 타이가가 도약한 것이다. 낮게 만들어진 부분이라고는 해도 제1 방어선을 가볍게 뛰어넘었다. 지면이 가까워진다. 착지와 동시에 충격이 쿠로노를 관통했다. 숨이 막힌다. 곤란하다. 명령을 내릴 수가 없다. 미노가 폴 액스를 손에 쥐고 제1 방어선으로 달려왔다.

"바람이여!"

"······벼락."

미노의 폴 액스에서 충격파가, 리저드의 자이언트 해머에서 벼
락이 발사되었다. 비명이 일어나고, 적 병사가 날아가거나 그 자
리에 고꾸라졌다. 퇴각해 줘, 라고 기도하는 듯한 심정으로 적 병
사를 바라봤다. 하지만——.

"제기랄, 잘도!!"

"움직임을 멈추지 마라!"

"큭, 몸이 조금 저릴 뿐이야!"

"모두의 원한을 깨닫게 해주마!"

적 병사는 멈추지 않는다. 아드레날린인지 뭔지가 분비되어 고
통이나 공포를 느끼지 않게 된 것일까. 거기에 화살이 쏟아져 내
린다. 궁병의 원호다. 화살에 꿰뚫려, 적 병사가 풀썩풀썩 쓰러진
다. 많은 희생이 나오고 있다. 그러나 적 병사는 멈추지 않는다.
동료의 시체를 밟고 넘어가 돌진해 온다.

"크윽! 꺼, 꺾이지 마라!!"

"쓰러질까 보냐!"

우오오오오오!! 하고 적 병사가 우렁찬 외침 소리를 낸 다음 순
간, 통나무가 굴러떨어졌다. 베어서 쓰러뜨린 게 아니라, 이미 쓰
러진 나무를 이용한 것이리라. 경사면을 올려다보니 아리데드가
손을 흔들고 있었다. 적 병사는 손쓸 도리도 없이 받혀 날아가 버
렸다. 침묵이 내리깔린다.

"도, 도망쳐어어어어!"

적 병사는 무기를 내던지고 도망치기 시작했다. 동료가 통나무에 받혀 날아간 걸 보고 이성이 돌아온 것이리라. 거기에 쐐기를 가하는 것처럼 화살이 쏟아져 내려, 적 병사가 짧은 비명을 내며 쓰러졌다.

"내리겠소이다."

"살며시 내려줘."

쿠로노는 지면에 내려서 작게 한숨을 내쉬었다. 곧바로 미노가 있는 곳으로 향했다. 미노는 폴 액스를 짊어지고 적을 노려보고 있었다. 적은 제1 방어선에서 100m 정도 떨어진 곳까지 후퇴했다. 그만큼이나 싸웠는데 수가 줄어든 것처럼 보이지는 않는다.

"미노 씨, 원호해 줘서 고마워."

"감사하실 필요는 없슴다. 단지, 너무 무모한 행동은 하지 말아 주십쇼."

"내가 선봉에 서지 않으면 안 된다고 생각했거든."

쿠로노가 아니더라도 타이가라면 선봉에 서 줬겠지만, 지금은 퇴각전이 한창인 와중—— 매우 궁지에 몰린 상황이다. 그런 때에 지휘관이 안전한 후방에 있으면 사기가 낮아진다.

"공격해 오지 않네. 지휘관을 쓰러뜨렸기 때문이려나?"

"그것도 있다고 생각함다만, 상황을 지켜보고 있는 겁니다."

미노는 적을 노려본 채, 부르르 몸을 떨었다.

"이건 쬐금 위험할 것 같슴다."

"위험하다니, 강하다는 거야?"

"예입, 고참병 특유의 냄새가 난다."

흐음~, 하고 쿠로노는 맞장구를 쳤다. 고참병 특유의 냄새라는 말을 들어도 잘 모르겠지만, 미노가 말하는 것이니 그런 것이리라. 다시금 적에게 시선을 향했다. 눈은 핏발이 서 있지만, 표정은 무표정하다. 미노의 말을 들은 뒤라서 그런지 방심할 수 없는 상대인 것 같은 느낌이 들기 시작했다.

뭐, 상대가 고참병이든 신병이든 쿠로노의 일은 변하지 않는다. 본대가 도망칠 시간을 벌고, 살아서 영지에 돌아간다. 그뿐이다.

"새로운 지휘관이 오면 공격을 시작할 거라고 봐?"

"바로 공격하지는 않을 검다."

"어째서?"

쿠로노가 묻자, 미노가 검지를 위로 향했다. 다음 순간, 시야에 그늘이 졌다. 황급히 하늘을 올려다봤다. 그랬더니 태양이 지평선 너머로 저물어 가는 참이었다.

"정확히 노린 것 같은 타이밍이네."

"저도 놀랐슴다."

미노는 겸연쩍은 듯이 머리를 긁적였다.

"타이밍 건은 제쳐 두고, 주위가 언덕으로 되어 있기에 밤에는 제법 어두워짐다. 제대로 된 지휘관이라면 거의 공격해 오지 않을 검다."

"제대로 된 지휘관이라."

솔직히, 신기관이 제대로 된 지휘관이라고는 생각되지 않는다. 아니, 하고 머리를 흔들었다. 상대에 맞춰 주고 있다가는 주도권을 되찾을 수 없다. 공격하는 자세가 중요하다.

"미노 씨, 부대를 네 반으로 나누자."

"네 반 말임까?"

미노가 의아한 듯이 미간을 찡그렸고, 쿠로노는 네 반의 역할을 설명했다. 1반은 제1 방어선의 사수, 2반은 진지 강화, 3반은 휴식, 4반은——.

제 2 장 『꿈길』

밤—— 이그니스는 전령과 함께 천막에 들어갔다. 언덕 위에 설치된 천막이다. 신기관은 책상에 앉아 있었다. 일을 하는 게 아니다. 와인을 마시고 있었다. 빈 병이 발밑에 몇 개나 나뒹굴고 있지만, 취한 느낌은 없었다. 중압 때문에 취하려야 취할 수 없는 것이리라.

"보고입——."

"어째서 귀경이 여기에 있지!"

전령의 말을 가로막고 신기관이 소리쳤다. 이그니스는 작게 한숨을 내쉬고는 걸어 나왔다.

"전선 지휘관이 전사했습니다."

"뭐야, 그런 건가. 그런 것보다…… 어째서, 맡은 자리를 떠났나! 나는 대기하라고 명령했을 텐데!"

신기관은 갑자기 목소리가 거칠어졌다.

"해가 졌습니다. 좁은 길에서 대기하는 건 위험합니다."

"좁은 길의 뭐가 위험하다는 건가!"

"야습의 가능성이 있습니다."

"횃불을 피우고 주의하면 문제없어!"

신기관은 큰 목소리로 말했다. 아무래도 구릉 지대 건을 잊어 버린 모양이다.

"일단 병사를 물려야만 합니다."

"가능할 리가 없잖나! 저 녀석들이 도망치면 어떻게 할 건가!!"

쾅, 하는 소리가 울렸다. 신기관이 책상을 친 것이다. 와인병이 쓰러진다.

"녀석들의 임무는 시간을 버는 것입니다. 도망칠 일 따위 없습니다."

"그런 건 모르지 않나!"

신기관이 히스테릭하게 외쳤고, 떨리는 손으로 와인병을 쥐었다. 와인을 잔에 따르려 한다. 하지만 와인은 나오지 않는다. 방울이 떨어졌을 뿐이다. 짜증이 난 기색으로 와인병을 치켜들고는 내던졌다.

"그럼, 병사는 물리지 않겠다는 말이로군요."

"끈질기다!"

신기관이 찢어질 듯한 목소리로 소리쳤고, 이그니스는 발걸음을 돌렸다. 그러자――.

"기다려라! 어딜 가는 거지!"

신기관이 불러 세워, 걸음을 멈췄다.

"부하가 있는 곳으로 돌아갑니다. 제가 있으면 적 지휘관도 야습을 망설이겠지요."

"귀경은 여기서 대기다!"

"어째서입니까?"

이그니스는 넌덜머리가 난 기분으로 신기관을 향해 돌아섰다.

"귀경은 내 공적을 빼앗을 셈이렷다?"

"그렇지 않——."

"거짓말 마라!"

신기관이 재차 책상을 내리쳤다. 공적을 빼앗을 생각은 없다. 뭐, 제국군이 얌전히 자국에 돌아간다면 눈감고 보내줄 수도 있다는 생각은 있지만——.

"명령이다. 귀경은, 여기서, 대기하라."

"알겠습니다. 명령이라면 어쩔 수 없군요."

신기관이 으름장을 놓듯이 말했고, 이그니스는 한숨을 내쉬었다. 부하에게 지시를 남겨 놓고 온 게 정답이었다. 문득 반의 모습이 뇌리를 스쳤다. 경솔한 짓을 하지 않는다면 좋겠다만——.

※

쿠로노는 제1, 제2 방어선 사이에 설치된 휴식 공간에서 멍하게 모닥불을 쳐다보고 있었다. 불 속에서 장작이 타닥타닥 소리를 내고 있다. 고개를 드니 아리데드, 데네브, 타이가 세 사람 모두 멍하게 모닥불을 보고 있었다. 말을 걸지 않는 편이 좋겠다고 생각해서 제1 방어선으로 시선을 향했다. 제1 방어선에는 미노가 있다. 묵묵히 앞을 똑바로 응시하고 있다. 시선 끝—— 200m는 떨어진 곳에서 불꽃이 일렁이고 있다. 적이 야영 중인 것이다. 지금으로서는 쳐들어올 낌새는 없다. 제1, 제2 방어선 사이로 시선을 되돌렸다.

"나뭇가지는 모아서 제1 방어선 뒤에 두래이. 흙은 제2 방어선 쪽으로 이동시키래이. 나무 말뚝 끝부분은 뾰족하게 만들어야 된대이~."

호르스가 맥 빠지는 어조로 지시를 내리고 있다. 그런 태도로 괜찮은 걸까 하고 걱정이 되지만, 지시를 받은 쪽은 척척 움직이고 있다. 지면을 파고, 나뭇가지를 모으고, 제2 방어선에 흙을 덮고, 나무 말뚝을 만들고 있다.

마지막으로 제2 방어선 바로 앞을 봤다. 리저드와 부하들이 휴식 중이다. 모닥불을 에워싸고 나뭇가지로 뭔가를 굴리고 있다. 돌을 달구고 있는 것이리라. 휴식 중이지만, 언제든지 움직일 수 있도록 준비하는 것이다. 세 반 모두 착실하게 일을 하고 있다. 나머지는 4반이 일을 하는 것뿐이다.

"……슬슬 갈까."

쿠로노가 일어서자 아리데드, 데네브, 타이가가 일어섰다. 쿠로노는 부하에게 말을 걸며 제2 방어선으로 향했다. 제2 방어선을 넘어서 좁은 길을 100m 정도 나아가자 경사면이 튀어나와 있었다. 경사면을 우회했다. 경사면 뒤편에는 엘프 궁병과 수인 보병이 있었다. 수는 3백── 궁병이 1백이고 보병이 2백이다. 멈춰 서서 부하들을 바라봤다. 진지한 표정이다. 긴장감이 있는 건 나쁘지 않지만, 조금 지나치게 딱딱한 느낌이 들었다.

"다들, 준비는 됐어?"

"조금 마음의 준비가…….."

어깨너머로 뒤쪽을 보자, 아리데드가 배를 누르고 있었다.

"다들 준비는 된 모양이네."

"예, 되어 있습니다."

쿠로노가 부하들을 보며 말하자, 뒤에서 아리데드의 목소리가 들려왔다. 부하들이 실소했다. 그걸로 분위기가 누그러졌다. 능숙하다. 역시 백부장이다.

"이제부터 우리는 적의 측면에서 공격을 펼칠 거야. 목적은 셋. 하나는 적을 조금이라도 줄이기 위해, 또 하나는 적에게 쉴 틈을 주지 않기 위해, 마지막 하나는 적한테 얕보이지 않기 위해서야. 지금까지 방어하고만 있었지만, 우리가 벽 뒤에 숨어 있기만 할 뿐이 아니라는 것을 보여 주는 거야. 요컨대 적을 움츠러들게 만들어 주겠다는 거지."

오오! 하고 목소리가 일었다. 조금 더 분위기를 띄우고 싶지만, 큰 소리를 내서 적이 경계하게 만들 수는 없는 노릇이다. 경사면 그늘에 숨어 있다고는 해도 적은 엎어지면 코 닿을 거리에 있으니까.

"마지막으로, 궁병은 최우선으로 쓰러뜨릴 것."

"목적이 넷 있는 듯한 느낌이 드는데, 기분 탓이야 같은?"

"기분 탓이야."

아리데드한테서 딴지가 들어왔지만, 쿠로노는 가볍게 넘겼다.

부하들이 웃었다. 다들 좋은 표정을 하고 있다. 어떻게든 다 같이 살아남고 싶다.

"나, 아리데드, 데네브가 길 오른쪽, 타이가가 길 왼쪽을 담당하겠어. 분반은 다 되었는데, 자기가 어느 반인지 모르는 사람은 있어?"

쿡쿡 웃는 소리가 울렸지만, 손을 드는 사람은 없다.

"좋아, 작전 개시."

"아리데드 부대는 이쪽이고."

"타이가 부대는 이쪽이외다."

쿠로노가 선언하자, 아리데드와 타이가가 좌우로 갈라졌다. 아리데드가 오른쪽이고 타이가가 왼쪽이다. 한 부대당 궁병 50, 보병 1백으로 구성되어 있다. 미덥지 못한 느낌이 들지만, 보병을 너무 많이 빼 오면 본진이 허술해진다. 그래서는 본말전도다.

"그럼, 가겠소이다."

타이가가 경사면을 올라가다가 도중에 뒤돌아봤다. 주먹을 치켜든다.

"쿠로노 님, 무운을 빌고 있겠소이다!"

"그쪽도!"

쿠로노가 주먹을 치켜들자 타이가는 부하를 이끌고 경사면을 다시 오르기 시작했다. 상당한 급경사지만, 위태로움 없이 올라간다.

"이쪽도 올라갈 거고!"

"다들 먼저 올라갔으면 하고!"

아리데드와 데네브의 지시에 따라 부하들이 경사면을 올라갔다. 이쪽도 위태로움 없이 올라간다. 보병의 반수는 에라키스 후작령에서 데리고 온 병사는 아니지만, 기본적인 신체 능력이 높은 것이리라.

"자, 올라갈 거고! 내가 앞장설 거고!"

"여차할 때 내가 받쳐 줄 거고."

아리데드가 경사면을 올라갔고, 쿠로노는 그 뒤를 따랐다. 데네브는 쿠로노의 뒤다. 어째서 이렇게 하는 것인가. 그 이유는 금방 명백해졌다.

"무서워! 경사가 엄청나게 급하고 바람이 강한데!"

쿠로노는 경사면에 바짝 달라붙으면서 소리쳤다. 밑에서 봤을 때도 경사가 급하다고는 생각했지만, 실제로 올라가 보니 상상했던 것보다 경사가 급하다. 게다가 바람도 강하다.

"여기서 떨어졌다간……."

"아래를 보면 안 되고!"

"위쪽만! 위쪽만을 봐 같은!"

밑을 내려다보고, 침을 꿀꺽 삼켰다. 그러자 아리데드와 데네브가 소리쳤다. 황급히 위를 향한 직후, 발이 미끄러졌다. 부유감이 몸을 감싼다. 하지만 그건 금방 사라졌다. 아리데드가 쿠로노의 손을 잡고, 데네브가 뒤에서 받쳐줬기 때문이다.

"파이팅~!!"

"소리칠 여유가 있으면 잡아당겨, 잡아당겨!"

아리데드가 소리쳤고, 데네브가 맞받아 외쳤다. 쿠로노는 황급히 발 디딜 곳을 확보했다. 아리데드와 데네브가 휴, 하고 안도의 한숨을 내쉬었다. 쿠로노는 다시 경사면을 올랐다. 도중에 몇 번이고 간담이 서늘해지는 상황이 있었지만, 무사히 끝까지 올라갈 수 있었다.

"무사히 다 올라온 것 같은."

"내 노력을 잊지 말아 줬으면 하고."

아리데드가 손등으로 이마의 땀을 닦고 있을 때 데네브가 올라왔다. 경사면을 올라오는 것만으로 상당히 체력을 소모시키고 말았다. 원인의 9할은 자신이기에 미안하게 느낀다.

"아리데드, 데네브. 고마워."

"당연한 일을 한 것뿐이고."

"태연히 말하는 언니가 얄미워! 얄미워!"

아리데드가 가슴을 폈고, 데네브는 땅에 무릎을 대고 있는 자세 그대로 지면을 두드렸다. 쿠로노는 작게 한숨을 내쉬고는 시선을 이리저리 옮겼다. 보고대로 경사면 위는 숲으로 되어 있었다. 원생림에 비하면 나무의 밀도는 적다. 이거라면 아리데드와 데네브가 손을 잡고 이끌어 주지 않아도 걸을 수 있을 것 같다.

쿠로노는 자신들의 진지를 쳐다보고 나서, 좁은 길로 시선을 옮겼다. 횃불이 길게 이어지고 있다. 아름다운 광경이다. 하지만 횃불을 둘러싸고 있는 것이 적이라고 생각하면 다리가 떨린다.

"“어, 엄청난 수고.”"

아리데드와 데네브가 떨리는 목소리로 말했고, 쿠로노는 웃었다. 다리의 떨림이 잦아들었다.

"어째서 이 상황에서 웃을 수 있는지 모르겠고."

"어려운 때일수록 의지가 된다는 것도 생각해 봐야 할 일인 것 같은."

"괜찮아. 작년만큼의 전력 차이는 나지 않아."

"“엄청나게 긍정적이고.”"

아리데드와 데네브는 양손으로 얼굴을 덮었다.

"자, 가자."

"“알았어.”"

쿠로노가 걷기 시작하자, 아리데드와 데네브가 뒤따랐다. 물론 다른 부하도. 경사면에서 조금 떨어진 장소를 걸었다. 잠시 나아가, 부하한테 멈추도록 지시를 내렸다.

자세를 낮추고 경사면에 가까이 다가가 살며시 아래를 내려다봤다. 쿠로노 부대의 진지에서 300m 정도 떨어진 그곳에서는 적 병사가 모닥불을 둘러싸고 있었다. 요리 중인 듯, 맛있는 냄새가 풍겨 온다.

"……여긴 그만두자."

"“그건 어째서 같은?”"

쿠로노가 중얼거리자, 좌우에서 목소리가 났다. 아리데드와 데네브의 목소리다.

"경사가 너무 급해서 내려갈 수 있을 것 같지가 않아."

"제법 겁쟁이 같은 발언이고."

"그래도, 쿠로노 님이 내려갈 수 있을 듯한 곳이라면 적 병사가 올라올 것 같고."

으음~, 하고 아리데드와 데네브가 신음했다.

"여긴 우리한테 맡겨 줬으면 하는 것 같은."

"쿠로노 님도 내려갈 수 있을 듯한 곳을 찾을 거고."

"부탁해도 되겠어?"

"물론이고!"

"이런 일도 있을까 싶어서 밧줄을 가지고 왔어 같은!"

"칠칠치 못한 상사라 미안해."

밧줄을 가지고 있다면, 어째서 조금 전에 쓰지 않은 걸까. 그런 의문이 뇌리를 스쳤지만, '경사면을 못 올라갈 거라고는 생각지 않았고'라는 말을 듣는 건 싫기에 잠자코 있었다. 자존심은 개한 테 줬지만, 허세는 아직 남아 있는 것이다.

쿠로노와 아리데드, 데네브는 낮은 자세로 부하들이 있는 곳까 지 돌아가, 다시 걷기 시작했다. 이번에는 아리데드와 데네브가 선두다. 어둠 속에서 멀리까지 내다볼 수 있기 때문이리라. 걷는 게 빠르다. 따라가는 것만으로도 고작이다. 불현듯 두 사람이 멈 춰 서서 허리를 낮추고는 경사면으로 향했다. 물론 쿠로노도 그 뒤를 따랐다.

""여기는 어때?""

"여기라면 어떻게든 될 것 같네."

쿠로노는 얼굴을 내밀어 아래쪽을 살펴보고는 둘에게 대답했다. 비교적 경사가 완만하고, 높이도 덜하다.

"좋아, 협의하고 난 뒤에 공격을 펼치자."

""알았어.""

쿠로노는 둘을 데리고 경사면에서 벗어났다. 파우치에서 통신용 매직 아이템을 꺼내 입가에 가까이 댔다.

"이쪽은 쿠로노. 타이가, 들려?"

「들리고 있소이다.」

"지금 어디야?"

「쿠로노 님의 부대가 있는 곳 맞은편이외다.」

맞은편 숲을 봤지만, 타이가와 부하들의 모습은 보이지 않는다. 뚫어지게 응시했다. 그러자 수풀 그늘에 누군가가 숨어 있는 듯한 느낌이 들었다. 어디까지나 그런 느낌이 든 것뿐이다.

"이제부터 공격할 거야."

「……잘 알았소이다.」

타이가는 약간 뜸을 두고 대답했다. 쿠로노가 선두에 서는 것을 걱정하고 있는 것이라. 하지만 여기는 전장이고, 쿠로노는 지휘관이다. 더 나아가 말하자면 전황은 좋지 않다. 이런 때야말로 지휘관이 선두에 서서 아군을 고무해야만 한다고 생각한다. 물론 위험한 짓을 하고 싶지 않다는 게 본심이지만──.

「동시에 공격하는 것이오이까?」

"아니, 시간 차이를 두고. 적이 우리를 노리고 모여들었을 때 뒤에서 습격해 줬으면 해."

「위험하오이다.」

"그렇긴 한데, 적의 주의를 끌지 않으면 물러나려야 물러날 수 없게 될 것 같으니까 말이지. 그리고, 그쪽이 퇴각할 때는 이쪽이 원호할게."

「알겠소이다.」

타이가는 마지못한 느낌으로 수긍했다.

"뒷일은 아리데드한테 맡길 테니까."

「그러면, 이후는 아리데드 공에게 연락하겠소이다.」

통신이 끝난다. 통신용 매직 아이템은 편리하지만, 어디서 통신이 끝났다고 판단하면 좋을지 조금 갈피를 잡기 힘들다. SNS에서 답장을 그만 보내야 할 때가 언제일지 알 수 없어 계속해서 답장을 보내거나, 이걸로 끝내도 괜찮은 건가 하며 고민하는 느낌이다.

"아리데드, 부탁해."

"책임 중대한 것 같은."

"빈틈없이 서포트할 거고."

통신용 매직 아이템을 파우치에 집어넣고 말을 건넸다. 그러자 아리데드는 진지한 표정으로 고개를 끄덕였다. 책임의 중대함을 이해하고 있는 것이리라. 데네브는 주먹을 꽉 쥐고 있다.

"보병, 앞으로."

옙, 하고 수인 보병이 앞으로 나왔다. 맨 처음에 나온 것은 흑표 수인이다. 골디 근제 장비를 착용하고 있다. 그것만으로도 자신의 부하임을 알 수 있지만——.

"엣지, 준비는 됐어?"

"——!! 내, 아니, 제 이름을?"

흑표 수인—— 엣지는 숨을 삼키고는 쿠로노에게 물었다. 쿠로노는 쓴웃음을 지었다.

"엣지는 눈에 띄니까 말이지."

"스스로는 눈에 띄지 않는 편이라고 생각하고 있습니다만."

엣지는 곤혹스러워하고 있는 듯한 어조로 말했다. 흑표 수인이기에 어둠 속에서는 눈에 띄지 않지만, 장비도 포함해서 까맣기에 눈에 띄는 것이다.

"다시금 묻겠는데, 준비는 됐어?"

"옙! 만반의 준비가 다 되었습니다."

재차 묻자, 엣지는 등을 쭉 펴고 말했다. 쿠로노가 걸어 나가자, 엣지는 약간 늦게 따라왔다. 그 뒤로 수인 보병이 뒤따르고, 보병들 뒤로는 아리데드와 데네브가 이끄는 엘프 궁병이 뒤따른다. 쿠로노는 경사면을 내려다봤다. 밑에서는 적 병사가 모닥불을 둘러싸고 편히 쉬고 있다. 아직 이쪽을 알아차리지 못한 모양이다.

"내 뒤를 따라와!"

쿠로노는 검을 뽑아 들고 경사면을 달려 내려갔다. 엣지와 부하들도 뒤따랐다. 함성은 지르지 않았다. 적 병사한테 들키기 때문이다. 말없이 다리를 움직이다가, 이내 자신의 실수를 깨달았다. 속도가 쭉쭉 올라가는 것이다. 위험하다고 생각했을 때는 이미 늦었다. 다리가 엉켜 허공을 날았다. 부유감이 몸을 감쌌고, 그것이 끊어짐과 동시에 충격이 전신을 꿰뚫었다.

"……살아 있군."

하늘을 보고 나자빠진 자세 그대로 중얼거렸다. 검도 손에 쥔 채다. 몸을 일으키니, 적 병사가 밑에 깔려 있었다. 숨을 쉬고 있지 않다. 아무래도 그가 쿠션이 되어 준 모양이다. 죽일 생각으로 습격해 놓고서 뭣하지만, 미안한 기분이 든다.

고개를 드니 적 병사가 깜짝 놀란 얼굴로 쿠로노를 보고 있었다. 인원수는 네 명이다. 어지간히 놀란 것이리라. 뭍으로 밀려 올라온 물고기처럼 입을 열었다 닫으며 뻐끔거리고 있다.

"저, 적스──"

"키에에에에에!"

쿠로노는 괴성을 지르며 달려들어 적 병사를 베었다. 피가 뿜어져 나온다. 적 병사는 흠칫한 얼굴로 목덜미를 만졌고, 손을 내려다봤다. 손은 피로 물들어 있었다. 그는 잠시 손을 보고 있었지만, 갑자기 눈을 까뒤집으며 쓰러졌다. 다른 병사가 움직이기 시작했다. 하지만, 늦다. 검을 내찔러 가까이에 있던 병사의 목을 꿰뚫었다. 피가 거품처럼 뿜어졌고, 적 병사가 쓰러진다. 남은 두 명이 일어섰고, 거기에 엣지와 부하들이 쇄도했다. 살아남았던 두 명을 창으로 찔러 죽이고, 주위에 있던 적 병사를 잇달아 죽여

나갔다.

"간담이 서늘해졌습니다."

"와줄 거라고 믿고 있었어."

엣지가 크게 한숨을 내쉬었고, 쿠로노는 가벼운 어조로 응수했다. 시선을 이리저리 옮겼다. 근처에 있던 적 병사는 대강 정리한 모양이다. 적습이라는 목소리가 울려, 병사들이 달려온다. 질서 있는 움직임은 아니다. 하지만 그건 이쪽도 비슷한 처지다. 쿠로노를 중심으로 원형진을 짜고 말았다. 이래서는 적한테 포위당하고 만다.

"진형을 변경! 적의 흐름을 분단하듯이 2열 횡진을 짜!"

"횡진이다! 2열 횡진을 짜라!!"

쿠로노가 외치자, 엣지가 복창했다. 곧바로 부하가 움직이기 시작했다. 하지만 이 속도라면 적 병사가 도착하는 게 더 빠르다. 판단을 그르쳤나 싶어 입술을 깨문 순간, 화살이 쏟아져 내렸다. 궁병의 원호다. 역시나 아리데드와 데네브다. 짧은 비명이 일어나고, 적 병사가 쓰러진다. 공격을 피한 자도 있었지만, 움직임은 확실하게 둔해졌다. 그사이에 부하가 2열 횡진을 짰다.

원호가 멎었다. 이걸 기회라고 생각한 것이리라. 적 병사가 돌진해 온다. 하지만 이쪽은 이미 포진을 끝마친 상태다. 게다가 적 병사는 연계를 잘 취하지 못하고 있다. 덕분에 정면의 적에 집중할 수 있다. 부하가 창을 내찌를 때마다 적 병사가 쓰러졌다. 좁은 길이 사체로 메워지기까지 그리 오랜 시간은 걸리지 않았다.

하지만 그만한 손해를 내도 적 병사는 여전히 공격을 펼쳐 왔다. 적은 아직 연계를 잘 취하지 못하고 있지만, 이쪽은 일격에 적을 쓰러뜨릴 수 없게 되었다. 피로 때문이다. 아무리 수인이 인간보다 뛰어난 신체 능력을 자랑한다고는 해도 계속해서 싸우면 피로해진다.

어떻게 하지? 하고 쿠로노는 자문했다. 타이가의 원호를 기다려야만 할까. 통신용 매직 아이템을 쓰고자 파우치에 손을 뻗은 그때, 폭음이 울렸다. 눈을 가늘게 뜨고 보니, 타이가가 부하를 이끌고 경사면을 달려 내려오는 참이었다.

"뭐지?!"

"아군의 증원이다!"

"바보 자식! 아인의 모습이 안 보이는 거냐!"

적 병사가 움직임을 멈추고 제각기 외쳤다. 패닉에 빠지지는 않았지만, 정보가 뒤섞여 혼란스러워하고 있다. 퇴각한다면 지금이 기회다.

"퇴각!"

"퇴각이다! 원형진으로 이행하면서 퇴각한다!"

쿠로노가 외치자, 엣지가 목소리를 높였다. 부족한 부분을 보충해 주는 믿음직한 병사다. 아마 그 때문에 엣지를 이쪽에 붙여 준 것이리라.

"쿠로노 님, 먼저 가십시오!"

"미안! 먼저 갈게!!"

쿠로노는 경사면을 기다시피 하며 올라갔다. 경사는 급하지만, 아리데드와 데네브의 판단대로 못 오를 정도는 아니다. 곧바로 수인이 옆을 지나쳐 갔다. 그대로 올라가 버리는가 싶었는데 살짝 앞서서 나아갈 뿐이었다. 기척을 느끼고 어깨너머로 등 뒤 —— 아래쪽을 보자, 수인 보병이 쿠로노를 올려다보고 있었다. 아무래도 신경을 쓰게 하고 만 모양이다. 자신의 한심함을 통감하며 경사면을 올라갔다.

경사면에서 화살이 발사된다. 궁병의 원호다. 하지만 그다지 효과를 발휘하지 못하고 있는 모양이다. 화살을 아래로 쏴야만 하는 탓이다. 쿠로노는 경사면을 다 오르자 곧바로 아래쪽을 봤다. 부하의 9할가량은 경사면에 달라붙어 있지만, 엣지 외 네 명의 수인은 원형진을 짜서 공격을 버텨 내고 있다. 이대로는 당하고 만다. 원호! 라고 외치고 싶었지만, 궁병은 필사적으로 원호하고 있다. 시선을 옮겼지만, 쓸 수 있을 만한 건 없다. 아니, 쓸 수 있을 만한 것이라면 잔뜩 자라 있다. 쿠로노는 일어서서——.

"천추신악!"

근처의 나무에 마술을 발사했다. 관자놀이가 아프지만, 신경 쓰고 있을 수는 없다. 주먹을 꽉 쥐자 나무줄기가 반 정도 도려져 나가, 소리를 내며 쓰러졌다. 부하들이 무슨 일인가 싶어 쓰러진 나무를 봤다.

"도와줘!"

그걸로 전부 눈치챈 것이리라. 쿠로노가 움직이는 것보다도 빠르게, 부하들은 나무를 들쳐메고 나른 뒤 경사면에서 떨어뜨렸다. 나무가 경사면을 깎아 내며 떨어져 간다.

"피해!!"

쿠로노가 몸을 내밀고 외치자, 엣지와 부하들은 경사면에 몸을 붙였다. 나무가 높이 튀어 올라 엣지와 부하들을 넘어간 뒤 적 병사를 후려쳐 쓰러뜨렸다. 그 틈에 엣지와 부하들은 경사면을 오르려 했다. 한 수인이 굴러떨어졌다. 적 병사가 창으로 그의 허벅지를 꿰뚫은 것이다. 엣지가 아래를 봤다. 그러자 부상을 입은 수인은 가라고 말하는 듯이 손을 흔들었다. 엣지가 움직임을 멈췄다.

하지만 동료의 죽음을 헛수고로 만들어서는 안 된다고 생각한 것이리라. 곧바로 경사면을 오르기 시작했다. 부상을 입은 수인이 검을 손에 들고 적 병사에게 달려들었다. 훌륭한 분투였지만, 다수 앞에서 장사 없는 데다, 부상을 입은 상태다. 서서히 움직임이 둔해지고, 마지막에는 창으로 꿰뚫렸다. 그때, 엣지가 경사면을 다 올라왔다. 뒤를 보지 않고 발을 내디뎠다.

"쿠로노 님, 갑시다."

"……알았어."

엣지가 낮게 억누른 듯한 목소리로 말했고, 쿠로노는 고개를 끄덕였다. 끄덕일 수밖에 없었다.

※

천막 안에는 술과 토사물 냄새가 가득 들어차 있었다. 이그니스는 가능한 한 냄새를 들이마시지 않도록 얕게 호흡했다.

"젠장! 모처럼의 기회였는데……."

신기관이 와인병에 손을 뻗은 그때, 밖에서 전령이라는 목소리가 울렸다. 좁은 길에서 무슨 일이 있었던 모양이다. 당연히 좋은 예감은 들지 않는다. 곧 전령이 천막에 달려 들어왔다. 그 찰나에 차가운 바람이 불어 들어온다.

"보고드립니다! 제국군의 습격을 받아 최소 100명의 병사가 사망했습니다!"

"횃불은 어떻게 한 거냐!"

"피우고 있었습니다만, 적은, 그게, 야생동물이 아니기에……."

신기관이 히스테릭하게 소리치자, 전령은 머뭇거리면서 대답했다.

"신기관님, 지시를……."

"지금 생각하고 있는 참이다!"

전령이 지시를 요청했지만, 신기관은 히스테릭하게 소리칠 뿐이었다. 재차 와인병에 손을 뻗다가, 움직임을 멈췄다. 말의 울음소리가 들려왔기 때문이다. 나쁜 예감이 드는 것이리라. 신기관의 눈이 조급하게 움직였다. 차가운 바람과 함께 전령이 뛰어 들어왔다.

"전령! 적의 습격을 받고 있습니다!"

"그건 들었다!"

신기관이 소리치자, 두 전령은 서로 얼굴을 마주 봤다.

"아니요, 그와는 별건으로……."

"두 번이나 야습을 당하다니 너희들은 무능해 빠진 놈들이냐!!"

신기관은 아우성치며 팔을 휘둘렀다. 귀에 거슬리는 소리를 내며 와인병이 옆으로 넘어졌다.

"제길, 제기랄! 알포트를 사로잡으면 실점을 만회할 수 있는데……."

신기관은 양손으로 얼굴을 덮었다가, 퍼뜩 정신이 든 것처럼 고개를 들었다.

"뭘 멍하게 있나! 습격을 받았다면──."

"전령!!"

"케카아아아아아악!"

세 명째 전령이 천막에 뛰어 들어오자, 신기관은 괴성을 질렀다. 와인병을 붙잡고 내던졌지만, 다행히도 엉뚱한 방향으로 날아갔다.

"야습을 받았다면 추격해라! 녀석들을 모조리 죽여버리란 말이다!!"

"저, 저기……."

세 명째 전령이 쭈뼛쭈뼛 손을 들었다.

"뭐냐! 아직 뭔가 있는 거냐! 이 이상 날 시험하는 거냐?! 아아, 신이시여. 어디 들어주마! 뭐든 말해라!!"

"적을 추격한 부대가 전멸했습니다."

"우어어어어어어어!"

신기관은 짐승처럼 소리 내어 짖고는, 이마를 책상에 부딪쳤다. 커다란 소리가 울린다. 더욱더 반복해서, 이마를 책상에 부딪친다. 신기관의 이마는 피로 물들어 있었다.

"악마가! 악마가 나를 파멸시키려 하고 있다! 악마를 멸하지 않으면 나한테도, 왕국에도 미래는 없다! 악마를 멸해야만······."

신기관은 그렇게 말하고는 엄지손톱을 물었다. 얼굴은 피로 물들고, 눈에는 핏발이 서 있다. 제정신이라고는 생각할 수 없는 모습이었다. 갑자기, 신기관은 책상을 두들겼다. 세 전령이 몸을 떨었다.

"결정했다! 내일, 총공격을 펼친다! 병사들에게 그렇게 전해라!!"

"""옙!"""

세 전령은 짧게 대답하고는 천막에서 나갔다.

"······이그니스 장군, 내일의 총공격에 대비하라."

"알겠습니다."

거부할 이유는 없다. 이그니스는 가볍게 고개를 숙인 뒤 천막을 나섰다. 세 전령은 말에 타 좁은 길로 향하고 있다. 작게 한숨을 내쉬었다. 차갑고, 맑은 공기가 기분 좋다.

"그래. 악마를 죽이는 게 내 사명이었던 거다. 악마를 죽여야만해, 죽이는 거다."

뒤에서 신기관의 목소리가 들려왔지만, 이그니스는 무시하고 자신의 천막으로 향했다.

※

　적의 움직임이 빠르다. 쿠로노는 얼굴을 찌푸렸다. 적 병사가 창을 들고 달려온다. 아무 생각 없이 달리는 게 아니다. 궁병이 있는 경사면을 끼다시피 하며 달리고 있다. 그쪽을 달리면 화살의 명중 정확도가 현격히 떨어진다. 화살에 의한 원호를 의식한 움직임이다.

　두 번의 기습으로 대비책을 떠올린 걸까. 아니, 다르다. 적의 숙련도가 높은 것이다. 이만큼 숙련도가 높다는 걸 알았다면 최후미 부근의 적에 공격을 가하려고는 생각하지 않았을 것이다. 하지만, 우는소리를 하고 있어도 소용이 없다. 게다가 숙련도는 이쪽도 지지 않는다.

　"떨어뜨려 같은!"

　"팍팍 떨어뜨리고!"

　아리데드와 데네브의 목소리가 좁은 길에 울려 퍼지고, 적 병사에게 나무나 돌이 쏟아져 내렸다. 주변에 있는 것을 닥치는 대로 던지고 있기에 그리 큰 대미지는 주지 못했다. 기껏해야 타박 정도일 것이다. 그래도, 적을 방해할 수는 있다. 거기에——.

　"쏘는 것이외다!"

　타이가의 목소리가 울렸고, 반대편 경사면에서 화살이 쏟아져 내렸다. 적 병사가 잇달아 쓰러졌지만, 전멸시키기에는 부족했다.

이윽고 부하와 적 병사가 격돌했다. 첫 기습에서는 어려움 없이 제압할 수 있었지만, 부하들은 피로로 움직임의 정확도와 세밀함이 떨어진 상태였다. 곧 크엉, 하는 비명이 울렸다. 적 병사의 창이 결국 부하를 꿰뚫은 것이다. 한 수인이 동료를 원호하고자 움직였다. 당연한 행동이지만——.

"대열을 흩트리지 마라!"

"우오오오오오! 파고들어라!"

엣지가 소리치는 것과 동시에 적 병사가 우렁찬 외침을 지르며 돌진해 왔다. 양옆의 경사면에서 화살이 쏟아져 내렸지만, 적 병사는 발을 늦추지 않았다. 이럴 줄 알았으면 나무나 돌을 던지는 것이 발을 묶는 데 더 효과적이었을 것이다.

이 이상은 무리인가.

쿠로노는 목소리를 높였다.

"돌격!!"

우오오오오오오!! 하고 부하가 우렁차게 외치며 달려 나갔다. 이에 당황했는지 적 병사의 움직임이 현격히 둔해졌다. 화살이 쏟아져 내리고, 적 병사가 짧은 비명을 냈다. 거기에 부하가 돌진한다. 일격을 가한 뒤——.

"진형을 바꾸면서 퇴각!!"

쿠로노가 외치자, 부하들은 적에게서 거리를 벌렸다. 곧바로 원형진을 짜기 시작했다. 돌격 목적은 퇴각할 시간을 만들어 내는 것이다. 첫 번째와 두 번째 기습에서는 타이가 부대가 후방에서 기습을 가하는 사이에 퇴각했지만, 이번에는 적이 우리의 위치를 알고 있다. 대신 좌우에서 원호가 있어서인지 적 병사의 움직임이 둔했다.

이번에는 희생을 내지 않고 퇴각할 수 있을까, 하고 생각한 그때, 적 병사가 달려왔다. 원형 방패를 든 병사다. 화살이 쏟아져 내린다. 마치 화살의 비다. 하지만 적 병사는 방패를 들며 그 속을 뚫고 나갔다. 범상치 않은 담력이다.

"그 녀석을 접근시키지 마라!"

엣지가 외쳤고, 부하가 발을 내디뎠다. 거의 동시에 적 병사는 방패를 던졌다. 방패가 부하에게 격돌했다. 대단한 대미지는 아니다. 곧바로 부하가 창을 내찔렀다. 하지만 창은 허공을 꿰뚫었다. 적 병사가 한발 먼저 빠르게 도약한 것이다. 그리고 원형진 안에 착지했다. 엣지가 쿠로노를 감싸듯이 앞으로 나섰다. 그러자──.

"내 이름은 반! 그대를 쿠로노 크로포드 경이라 보았다! 평민의 몸이지만, 네 녀석한테 죽은 전우를 위해, 네 녀석이라는 공포를 극복하기 위해 일대일로 결투하기를 소망한다!"

적 병사── 반은 목소리를 드높였다. 쿠로노는 관자놀이를 눌렀다. 전쟁 중에 일대일 결투라니, 신성 아르고 왕국의 인간은 머리에 뭐가 든 걸까. 두통이 나기 시작한다. 하지만 양군은 움직임을 멈추고 있다. 그 광경을 보자 의외로 계산이 빠른 게 아닐까 하는 느낌이 들었다. 뭐, 그런 느낌이 드는 것뿐이지만──.

"대답은 어떠한가!"

"거부하셔야 합니다."

엣지가 작게 중얼거렸고, 쿠로노는 시선을 이리저리 옮겼다. 거부하고 싶은 마음은 굴뚝같지만, 이 상황에 거부하면 적 병사가 일제히 덤벼 올 것이다. 아군 부하들은 지쳐 있다. 돌격으로 만들어 낸 시간을 날리는 것도 뼈아프다.

"알았다. 일대일 결투에 응하지. 그 대신, 부하를 퇴각시키고 싶다."

"······받아들이지."

반은 조금 뜸을 두고 대답했다. 검을 뽑은 뒤 높게 치켜들었다.

"다들, 들리나! 이건 명예를 건 싸움이다! 절대로 손을 대지 마라!"

적 병사가 환성을 질렀다. 쿠로노는 엣지를 포함한 부하에게 눈짓했다. 큭, 하고 엣지는 신음했지만, 부하를 이끌고 경사면을 오르기 시작했다. 쿠로노가 검을 뽑자——.

"일대일 결투에 응해 주어서 감사한다. 염치없다고는 생각하지만, 정정당당히 싸우겠다고 당신 아버지의 이름에 걸고 맹세해 줬으면 한다."

"나의 아버지 클로드의 이름에 걸고 정정당당히 싸울 것을 맹세한다."

반은 만족스러운 듯이 웃고는 검을 들어 자세를 취했다. 쿠로노도 검을 들고 자세를 취했다. 정적이 내리깔린다. 바람이 불어

지나갔고, 반이 지면을 박찼다. 다음 순간, 무언가가 반의 얼굴을 직격했다. 동물의 사체다.

쿠로노는 몸을 돌려 경사면을 향해 달렸다. 뛰어 올라가, 밧줄을 붙잡았다. 경사면 중간 정도까지 단숨에 끌어 올려졌다. 하지만 거기서 움직임이 멈췄다. 밑을 보니, 반이 발목을 붙잡고 있었다. 발로 걷어찼지만, 힘이 약해질 낌새는 없다.

"아버지의 이름에 걸고 맹세한 주제에 도망치는 거냐! 자기뿐만이 아니라 부친의 명예까지 더럽힐 생각이냐!!"

"그래서 어머니의 이름을 쓰지 않은 거라고! 그리고 아버지라면……."

양어머니 에르아 프론드는 황후의 호위 기사── 유서 깊은 구귀족이다. 젊었을 적에는 긍지나 기사도에 구애되어 있었던 모양이기에 양어머니의 명예를 더럽힐 수는 없는 노릇이다.

"내 아버지라면 웃을 거다!"

"──!!"

반의 힘이 약해지고, 쿠로노는 발을 휘둘러 찼다. 반이 경사면을 굴러떨어진다. 직후, 바로 옆에 화살이 박혔다. 적 병사가 화살을 쏜 것이리라. 즉각 궁병이 응전했다. 쿠로노는 밧줄을 끌어당기며 경사면을 달려 올라갔다.

""쿠로노 님, 다친 데는?""

"괜찮은 것 같아."

쿠로노가 몸을 돌리며 말하자, 아리데드와 데네브는 가슴을 쓸어내렸다.

"그건 그렇고 용케 내가 거짓말을 했다는 걸 알았네."

"그거야 오래 알고 지낸 사이고."

"나는 깜짝 놀랐어 같은."

"정말로 싸울 생각이신가 싶어 간담이 서늘해졌습니다."

아리데드는 쑥스러운 듯이, 데네브와 엣지는 한숨을 내쉬는 것
처럼 말했다.

"그런데, 이제부터 어떻게 할 거야 같은?"

"슬슬 화살 수가 불안해지기 시작했고."

"……그러네."

아리데드와 데네브의 말에 쿠로노는 시선을 이리저리 옮겼다.
조금 전의 싸움을 떠올렸다. 다들 지쳐 있는 건 명백하다. 조금
전에는 반의 난입으로 희생자를 내지 않고 퇴각할 수 있었지만,
다음은 어려울 것이다. 남은 화살이 적다는 것도 걱정거리다. 잠
시 생각한 끝에──.

"퇴각하자."

""잘 알았고!""

"알겠습니다."

아리데드와 데네브가 기운차게, 엣지가 조용히 고개를 끄덕
였다. 쿠로노는 파우치에서 통신용 매직 아이템을 꺼내고는 세
사람에게 시선을 향했다.

"셋은 먼저 가."

"알겠다고 말하고 싶은 참이지만, 그건 곤란하고."

쿠로노의 지시에 아리데드가 이의를 제기했다. 으응~, 하고 귀엽게 신음하고는——.

"내가 호위할 테니까 둘은 부하와 같이 돌아가 줘 같은."

"알겠다."

"⋯⋯알았어."

엣지가 재빠르게 대답하고, 데네브가 아주 약간 뜸을 두고 대답했다. 미심쩍은 눈으로 보고 있는 건 아리데드의 신뢰도가 낮기 때문일까. 데네브와 엣지가 부하를 이끌고 움직이기 시작했고, 쿠로노는 통신용 매직 아이템을 입가에 가까이 댔다.

"이쪽은 쿠로노."

「타이가이외다.」

"일단 진지로 돌아가자."

「알겠소이다.」

쿠로노가 통신용 매직 아이템을 손에 들고 걷기 시작하자, 아리데드가 따라왔다.

"⋯⋯이쪽은 전사자 10명."

「이쪽은 다섯 명이지만, 부상자가 20명 정도 있소이다.」

그래, 하고 쿠로노는 한숨 섞인 어조로 답했다. 전사자 15명, 부상자 20명—— 세 번 기습하고, 추격해 온 적 병사를 격퇴했다. 적의 피해는 우리의 10배 이상이다. 좋은 결과라고 생각해야만 할 것이다. 그런데도 좀 더 잘 할 수 있었던 것이 아닐까 하는 생각이 들고 만다.

"미노 씨, 들려?"

「예입, 들리고 있슴다.」

문득 생각이 떠올라 부른 것인데, 미노는 착실히 대화를 듣고 있었던 모양이다.

"그쪽은 어때?"

「이쪽은 문제없슴다. 대장이 공격을 시작한 뒤에 조금 술렁이기는 했슴다만.」

"성가시네."

「예입, 그 말씀대로임다.」

쿠로노의 말에 미노가 동의했다. 격발하여 이쪽에 공격을 펼치지 않았다는 건 상황을 간파하는 냉정함을 유지하고 있다는 말이다.

"내일이 중요한 고비가 되겠어. 어떻게 해서든 넘기자."

「전력을 다하겠슴다.」

「전력을 다하겠소이다.」

미노와 타이가가 힘차게 대답했고, 쿠로노는 쓴웃음을 지었다.

"이상, 통신 종료."

그렇게 말하고 쿠로노는 통신용 매직 아이템을 파우치에 넣었다. 퇴각을 결정하여 긴장의 끈이 끊어진 탓일까. 피로가 확 몰려왔다.

"……쿠로노 님."

"괜찮아."

"그쪽은 단차(段差)가 있고."

"꺄히이이이익!"

쿠로노는 비명을 질렀고, 단차──라고 부르기에는 상당한 높낮이 차가 있는 곳을 미끄러져 내려갔다. 엉덩이를 강하게 부딪쳤다. 꽤 아프다. 곧바로 일어나려다가, 단차에 등을 기댔다. 피로 때문일 것이다. 조금 더 쉬고 싶다는 생각이 들었다.

"쿠로노 님, 괜찮아 같은?"

아리데드가 단차를 뛰어넘어 쿠로노에게 다가왔다.

"일어설 수 있겠어 같은?"

"일단 괜찮지만, 조금 더 앉아 있고 싶네."

"그럼, 나도 잠깐 휴식할 거고."

아리데드는 그렇게 말하고는 쿠로노 옆에 앉았다. 어깨가 맞닿을 정도의 거리다.

"쿠로노 님, 무리하고 있어?"

"아니."

쿠로노는 거짓말을 했다. 자신은 무리하고 있다. 하지만 이런 상황에서 약한 소리를 할 수는 없다. 아리데드는 작게 한숨을 내쉬고는 쿠로노에게 살며시 기댔다.

"우리도 애인이 되는 거고, 조금 정도는 약한 소리를 해도 OK야 같은."

"아직 후보 단계야."

"——!!"

아리데드는 흠칫한 얼굴로 이쪽을 봤다. 눈을 감고 심호흡을 반복한다. 잠시 후 눈을 뜨고, 쿠로노 위에 올라탔다. 등을 향하는 게 아니라, 서로 마주 보는 형태로.

"무엇인지요?"

"알고 있으면서. 하지만, 그런 점도 싫지 않고."

아리데드는 쿠로노의 목에 팔을 감았다.

"빠르게 애인이 되어 볼까 하고 생각하거나."

"내 어디가 좋은 거야?"

"왠지 귀찮은 걸 물어보네요 같은."

"그게 귀찮은 거야?"

쿠로노는 고개를 갸웃했다. 오히려 중요한 거 아닌가. 하지만 잘 생각해 보니 지금까지 분위기에 휩쓸리거나 하는 식으로 참지 못하고 관계를 가졌던 것 같은 느낌이 든다.

"데네브는 다정한 점이라고 말하겠지만, 나는 왠지 모르게 그냥인 것 같은. 말은 이렇게 해도, 난 기본적으로 헌신하는 타입이니까 바람피울 걱정은 하지 않아도 돼 같은."

"가벼운 건지, 무거운 건지."

"쿠로노 님은 가볍게 받아들여 두면 OK야 같은."

"그런 말 해놓고서, 재산 분할로 옥신각신하는 건 싫어."

"너무 미래의 일을 생각하고 있고."

아리데드는 한숨을 내쉬듯이 말하고는 쿠로노의 입술에 자신의 그것을 포갰다. 곧바로 입술을 뗐는데, 부끄러운 것이리라. 귀가 아주 약간 처져 있다.

"한 번 더 괜찮아 같은?"

"조금 무리일 것 같은데."

"그건 무슨── 흐갹!"

아리데드는 짧은 비명을 질렀다. 데네브한테 정수리 촙을 맞은 것이다.

"늦길래 걱정되어서 돌아와 보니 아니나다를까고."

"5분만 더 기다려 줬으면 하고."

"5분?"

데네브가 되풀이하듯이 중얼거렸다.

"5분 있으면 어떻게든 해 보일 거고."

"그건 좀 무리 아닐까?"

나 혼자서만 하는 거라면 가능하려나, 하고 생각하며 쿠로노는 중얼거렸다.

※

쿠로노와 아리데드, 데네브는 원래 왔던 길을 따라 야전 진지로 돌아갔다. 흙으로 뒤덮인 제2 방어선을 보고 눈을 휘둥그레 떴다. 제1 방어선 뒤에는 장작이 쌓여 있고, 두 방어선 사이에는 참호로 보이는 구멍이 몇 개나 있었다. 게다가 경사면에서는 발판이 만들어져 있다. 아마도 저기서 화살로 저격하는 것이리라.

"몇 시간 만에 돌아와 보니 깜짝 놀라 기겁하겠고."

"나는 언니한테 깜짝 놀랐고."

아리데드가 놀란 듯이 눈을 휘둥그레 떴고, 데네브가 깊은 한숨을 내쉬었다. 역시 5분 기다리는 편이 좋았을까. 그런 생각을 하며 제2 방어선을 넘자, 미노가 달려왔다.

"대장, 수고하셨습다."

"미노 씨야말로 수고했어. 제법 강화된 느낌이네."

"예입, 얼마나 도움이 될지는 모르겠습다만, 신위술 대책으로 구멍을 파 두었습다. 물론 돌 보충도 끝마쳐 두었습죠. 나머지는…… 대장을 따라 함정을 만들었습다."

미노는 그렇게 말하고는 제1, 제2 방어선 사이를 봤다. 거기에는 나무 막대기가 네 개 서 있었다. 면적이 제법 넓었다. 부하들은 그곳을 피하여 누워 있다.

"떨어지면 농담으로 끝나지 않으니 나무 막대기로 둘러싸인 곳 안에는 들어가지 마십쇼."

"알았어. 조심할게."

살상력이 높아 보이네~ 하고 생각하며 쿠로노는 고개를 끄덕였다.

"대장들은 잠깐 눈이라도 붙여 주십쇼."

"미노 씨는?"

"저도 타이밍을 봐서 쉬겠습다."

"그럼, 난 먼저 쉴게."

"천막을 준비하지 못해 죄송함다만, 잠자리는 준비해 뒀슴다."

"그렇게 신경 쓰지 않아도 괜찮은데. 그래도, 고마워."

"무슨 말씀을. 부관으로서 당연한 것을 한 것뿐임다."

쿠로노가 감사를 표하자, 미노는 쑥스러운 듯이 머리를 긁적였다.

"잠자리는 저기임다."

"먼저 잘게, 미노 씨."

쿠로노는 미노가 가리킨 장소로 향했다. 그곳에는 천이 깔려 있었다. 천 위에 앉아 망토를 벗었다. 그러자, 아리데드와 데네브가 양옆에 앉았다.

"어째서, 옆에?"

"애인 후보로서 동침은 빼먹을 수 없고."

"새치기당하지 않도록 감시가 필요하고."

쿠로노의 물음에 아리데드와 콧김 거칠게, 데네브는 부루퉁해진 듯이 대답했다. 쿠로노는 조금 더 사이좋게 지냈으면 좋겠다고 생각하면서 자리에 누웠다. 약간 늦게 두 사람도 누웠다.

"이것이 전설의 동침!"

"조금 부끄러운 느낌이고."

"전설도 뭣도 아니야."

일단 딴지를 걸어 뒀다. 부모와 자식이 내 천(川)자로 누워 있는 듯한 기분이다.

"전설의 팔베개를 플리즈."

"나도 부탁하고 싶고."

"그건 좀."

"“어째서?”"

쿠로노가 머뭇거리자, 아리데드와 데네브는 이구동성으로 말했다.

"두 명한테 팔베개를 해주면 몸을 움직일 수 없게 되니까."

"으음, 팔베개는 둘만 있을 때에, 라는 의미인 것 같은?"

"언니가 본심을 감추지 않게 됐고."

둘은 쿠로노 너머로 서로 노려봤다. 어느 쪽을 선택할 거냐고 말할 것 같은 분위기다. 쿠로노는 재빨리 눈을 감았다. 지쳐 있었던 것이리라. 머잖아 수마가 찾아왔다.

※

쿠로노는 답답함을 느껴 눈을 떴다. 가슴 쪽을 보니 아리데드와 데네브가 달라붙어 있었다. 어쩐지, 숨을 쉬기가 힘들 만도 하다. 문득 요의를 느껴 몸을 일으켰다. 하품을 한 뒤 시선을 옮겼다. 밤이 하얗게 밝아 오고 있다. 경사면 때문에 주위는 어둑어둑하지만, 앞으로 몇 시간만 지나면 좁은 길에도 빛이 닿을 것이다. 또 싸움이 시작된다.

아리데드와 데네브를 깨우지 않도록 제2 방어선으로 향했다.

리저드와 그 부하들이 모닥불을 둘러싸고 있다. 온석을 준비하고 있는 것이리라. 어째서인지 호르스도 있었다. 무슨 일이 있었던 것일까. 여하튼, 지금은 요의를 해소하는 게 먼저다. 제2 방어선을 넘어 경사면 뒤에서 볼일을 봤다. 볼일을 본 뒤 야전 진지로 돌아오자 호르스와 리저드는 모닥불을 쬐고 있었다.

"둘 다 빠르네."

쿠로노가 말을 걸자 리저드와 그 부하들—— 리자드맨이 머리를 꾸벅 숙였다. 호르스의 대답은 없다. 무슨 일인가 싶어 시선을 기울이자, 호르스는 무릎을 끌어안은 채 떨고 있었다.

"추워?"

"아, 아니대이. 내, 내는, 무섭대이."

"무섭다니, 훌륭하게 싸웠었잖아."

"그, 그건 상대가 훈련을 받지 않은 병사라서 싸울 수 있었던 기대이. 이번 상대는 안 글타. 고참병이대이. 그런 녀석들이랑 싸우다니 내는 몬한대이. 이번에야말로 죽고 말기대이."

무오~, 하고 소리를 내며 호르스는 머리를 감싸 쥐었다.

"……분기(奮起)."

"그만하래이!"

리저드가 격려하는 것처럼 어깨를 건드렸지만, 호르스는 리저드의 손을 쳐냈다.

"리저드는 내 맴 모른대이. 내는 약한 남자대이. 리저드처럼 용감하게는 몬 싸운대이. 와 이래 돼 삔 기고."

호르스는 눈물을 뚝뚝 흘렸다.

"그럼, 어째서 도망치지 않는 거야?"

"——!!"

호르스는 정신이 번쩍 든 것처럼 고개를 들었다. 기대 때문일까. 눈이 반짝이고 있다. 하지만, 이내 반짝임은 사라졌다. 호르스는 힘없이 고개를 저었다.

"도망갈 수 없대이. 도망가삐도 돌아갈 곳 따위 없대이."

"돌아갈 곳이 없어?"

"울 집은 가난하대이. 둔해서 쓸모가 없다 캐갖고 집에서 쫓겨난 기다. 돌아갈 곳 따위 없대이. 무서버서, 무서버서 참을 수가 없대이. 도망가고 싶지만, 도망가삐고 싶지만, 친구를 두고 도망치는 것도, 경멸당하는 것도 싫대이. 와 내한테는 이짝밖에 살아갈 곳이 없는 기고."

호르스는 목소리를 억누르며 울었다. 리저드가 다시 호르스의 어깨를 건드렸다. 이번에는 쳐내지 않았다. 리저드가 쿠로노를 봤다. 여긴 맡겨 줬으면 한다고 말한 듯한 느낌이 들었다.

쿠로노는 제1 방어선—— 미노가 있는 곳으로 갔다. 미노는 제1 방어선에서 적을 노려보고 있었다. 쿠로노를 알아챈 것이리라. 어깨 너머로 시선을 향했다.

"대장, 무슨 일이심까?"

"잠이 깼으니까 모두의 상태를 확인해 두려고 생각해서."

쿠로노는 미노 옆에 서서 눈을 가늘게 떴다. 적에게 움직임은 없는 모양이다.

"그러고 보니, 호르스와 어떤 이야기를 하셨는지?"

"뭐야, 듣고 있었어?"

"대화 내용까지는 들리지 않았습니다만."

"조금 예민해져 있는 것 같으니까 리저드한테 맡기고 왔어."

"호르스가 폐를 끼쳤군요. 신경 써주셔서 감사함다."

"감사의 말을 들을 만한 건 아니야. 별 대단한 건 해주지 못했고."

역시, 나는 귀족의 직함으로 지휘관을 하는 거구나, 하고 쿠로노는 쓴웃음을 지었다.

"그런데, 어째서 대장은 이번에도 남으신 검까?"

"……난 상관이니까 말이지."

쿠로노는 조금 뜸을 두고 대답했다.

"있는 그대로 말씀해 주실 수는 없겠슴까?"

"믿지 못하겠어?"

"믿고 싶다고는 생각함다."

쿠로노가 되묻자, 미노는 한숨을 내쉬듯이 말했다.

"대장은 훌륭하신 분임다. 영민뿐만 아니라, 저희까지 소중히 여겨 주시고. 개심하면 도적까지 부하로 맞아들이심다. 그뿐만이 아니라 노예나 창부까지 지키려 합지요. 지금까지 여러 인간을 봐 왔지만, 대장은 성인이라고 해도 좋을 정도임다."

"내가 태어난 세계에서는 당연한 건데."

"그런 소리 마십쇼. 이세계에서 왔다는 실없는 이야기가 진짜고, 대장의 가치관이 그 세계에서 당연한 것이었다고 해도, 보통은 그런 일 못 함."

미노는 설파하듯이 말했다.

"여유가 없는 상황에서는 당연한 걸 할 수 없게 됩니다. 그게 보통임. 그런데도 대장은 자신의 목숨이 걸린 상황에서 그 당연한 걸 실행하고 있습니다. 이건 평범한 게 아님. 조금 전에도 말씀드렸던 대로, 성인이심. 하지만, 바로 그렇기에 알 수가 없는 겁다."

"알 수가 없어?"

"성인인 것치고는, 대장은 사람을 너무 많이 죽이심."

쿠로노가 되풀이하듯이 중얼거리자, 미노는 낮은 목소리로 말했다. 다만 딱히 충격은 없었다.

"의무감 같은 게 아니었을까 생각하는데."

"거짓말하시면 안 됨. 첫 전투 때는 몰라도, 지금의 대장은 토지를 지닌 귀족임. 애인이 세 명이나 있고, 그럴 마음이 들면 행복을 얼마든지 붙잡을 수 있는 사람임. 그런 사람이 의무감으로 사지에 남다니, 배운 게 없는 저라도 거짓말이라는 걸 알 수 있슴다."

쿠로노는 쓴웃음을 지었다. 납득해 주지 않는 것에, 가 아니다. 다른 이들이 꿰뚫어 보고 있다고 느꼈던 자신의 속마음을 실은 잘 숨겨 오고 있었다는 것에, 다. 슬슬 때가 되었으려나, 하고 생각했다.

"……작년의, 내 첫 전투를 기억해?"

"예입, 오른쪽 눈을 잃으셨습다만, 훌륭한 지휘관의 모습이었다고 생각했습다."

쿠로노는 오른쪽 눈을 만졌다. 때가 되었다고 생각한 참인데도 막상 말하려니 겁이 난다.

사실을 말하려면 용기가 필요하다는 것을 통감한다.

"레이라와 휘하 부대가 돌아왔을 때, 나는 이렇게 생각했어. 엘프들이 굼뜬 탓에 100명 이상이나 되는 부하가 죽은 거다. 나는 잘못 없다고. 그때의 나는 창피함을 모르는 녀석이었고, 비겁한 최악의 쓰레기였어. 그래서야. 누군가한테 뒤에서 손가락질당하는 건 괜찮아. 비겁자라고 불리는 것도 신경 안 써. 하지만, 나 스스로가 최악의 쓰레기가 되는 건 죽어도 싫어."

쿠로노는 고개를 숙이고, 주먹을 꽉 쥐었다.

"대장, 대장은 부끄럽게 여길 짓을 무엇 하나 하지 않으셨습다. 그건 제가, 아니, 저희가 잘 알고 있습다."

"……미노 씨, 고마워."

쿠로노는 작게 웃었다. 조금 숙연한 느낌이 들고 만다.

"대장! 앞을 봐주십쇼!"

갑자기 미노가 소리쳤고, 쿠로노는 전방── 적을 바라봤다. 적 병사가 움직이고 있었다. 드디어 쳐들어오는 건가 싶었는데, 아니었다. 적 병사가 물러나고 있었다. 하지만 저쪽은 우리를 얌전히 보내줄 생각이 없을 거다. 그렇다면——.

"역시, 오늘이 고비가 되겠네."

"그렇게 되겠슴다."

쿠로노가 중얼거리자, 미노는 진지한 표정으로 고개를 끄덕였다.

※

아침—— 착, 착, 하는 발소리를 등 뒤로 들으며, 이그니스는 말을 타고 좁은 길을 나아갔다. 옆에는 말에 탄 신기관이 있었다. 악마를 죽이는 거다, 하며 엄지손톱을 깨문 채로 중얼거리고 있다. 제정신이 아닌 거 같았지만, 그렇다고 광기에 빠졌다고 하기에는 또 애매했다.

왜냐면 동이 트자마자 신기관이 좁은 길 입구까지 병사를 물렸기 때문이다. 거기서 부대를 재편성하고, 이그니스의 의견을 들으며 작전을 세웠다. 신기관이 의견을 구했을 때는 드디어 체면 따지고 있을 수 없게 된 건가 하고 생각했을 정도다. 하지만 대열을 짤 때 신기관은 자기 병사를 전방에, 이그니스의 병사를 후방에 배치했다. 아무래도 아직 공을 따질 여유가 있는 모양이다. 그래서 정상인지 아닌지 판단하기 애매한 것이지만.

여하튼 부대를 재편성하면서 현재 전력을 확인할 수는 있었다. 이그니스와 신기관의 부하를 합한 병사 수는 약 5천 9백 명——

기병이 9백, 궁병이 5백, 보병이 4천 5백이다. 길이 좁고 제국군이 쌓은 바리케이드가 있으니 말은 별 도움이 되지 않는다. 기병은 말에서 내려서 싸워야 한다. 실질적으로는 궁병 5백, 보병 5천 4백이라고 생각해야 한다.

제국군 병력은 1천 5백. 병력 차이는 네 배에 가깝다. 평원이었다면 틀림없이 이길 수 있을 테지만, 좁은 길에서는 수적 우위를 살리기 어렵다. 게다가 적의 지휘관은 쿠로노다. 또 뭔가 수를 쓰는 게 아닐까 하는 불안이 들었다.

이그니스는 내심 병사를 퇴각시키고 싶었다. 전사자가 제법 나오긴 했지만, 제국군 격퇴는 성공했다. 이 이상은 귀중한 인재를 소모할 뿐, 아무런 득이 없다.

이그니스는 말을 멈췄다. 제국군 야전 진지—— 바리케이드에서 200m 정도 떨어진 곳이었다. 이그니스는 시선을 이리저리 옮겼다. 쿠로노는 바리케이드의 낮은 부분에서 이쪽을 보고 있었다. 팔짱을 낀 모습이 대담하게 보였다. 경사면을 올려다봤다. 경사면 상부에 궁병용 발판이 설치되어 있었다. 경사면 상부에도 궁병이 있는 것이리라. 하지만 아직 공격은 없었다.

아마 화살이 부족한 거겠지. 반에게 들은 이야기에 의하면 제국군은 궁병의 원호를 많이 쓴 모양이다. 보급의 전망이 있다면 또 모를까, 녀석들은 적지에 고립되어 있다. 몇 번이고 화살 공격을 펼치면 당연히 화살이 동날 수밖에 없다.

"궁병! 앞으로오오오오!!"

신기관이 목소리를 높였고, 궁병이 일제히 뛰쳐나오더니 50m 정도 앞에 대열을 짰다. 길의 폭이 좁아 옆으로 20명도 채 늘어설 수 없는지라 경사면 쪽에도 자리를 잡았다. 편자를 좌우로 펴면 이런 형태가 될 것이다.

"사격 준비이이이이이이!!"

신기관의 명령에 따라 궁병이 화살을 메겼다. 신기관이 발사 명령을 내리기 위해 크게 숨을 들이마신 순간, 느닷없이 통나무가 경사면에서 무수히 굴러떨어졌다. 이윽고 통나무가 궁병을 후려쳤다. 그리고──.

"공격!!"

쿠로노가 힘차게 검을 뽑아 들고, 바리케이드를 뛰쳐나왔다. 이그니스는 호오, 하고 무심코 감탄했다. 쿠로노는 비겁자이지만, 겁쟁이는 아니다. 선봉에 서서 달려 나가는 모습은 더 없이 훌륭한 지휘관이었다. 쿠로노 뒤로 수인들이 뒤따랐다. 대형 아인── 미노타우로스와 리자드맨의 모습은 없었다. 속도를 살려 재빨리 궁병을 무력화할 심산인 모양이다.

"신기관님, 명령을."

"아, 아으, 아── 죽여라! 그 악마를 죽여!!"

신기관이 소리쳤고, 이그니스는 깊은 한숨을 내쉬었다. 그런 명령으로 움직일 병사가 어디 있겠는가. 궁병들이 일어서서 활을 겨눴지만, 그건 극히 일부였다. 나머지는 통나무에 치여 즉사했거나 중상으로 일어서지 못하고 있었다.

"죽여라! 죽여어어어어!"

신기관이 아우성쳤다. 그걸 명령이라고 생각한 것인가, 아니면 자신의 판단인가. 궁병이 화살을 쐈다. 화살이 몸에 꽂혔지만, 수인은 속도를 늦추지 않았다. 죽음을 각오한 돌격인가? 아니, 다르다. 장비가 치명상을 막아준 것이다. 어느샌가 호랑이 수인이 선두를 달리고 있었다.

쿠로노는 수인의 흐름에 삼켜졌다. 겁을 먹은 게 아니라, 다리가 쫓아가지 못한 것이리라.

"화염이외다!"

호랑이 수인이 궁병들 속으로 뛰어들어 대검을 한 번 휘둘렀다. 약간 늦게 폭발이 일어났다. 궁병이 날아갔고, 거기에 수인이 우르르 밀어닥쳤다. 궁병은 검을 뽑아 과감히 응전했지만, 눈 깜짝할 사이에 숫자가 줄어들어 갔다. 어쩔 수 없다. 궁병은 보병보다 백병전 수행 능력이 떨어진다. 게다가 신체 능력과 장비 차이도 있다. 정면에서 공격해도 상대가 막아낼 뿐이고, 그렇다고 빈틈을 공격해도 강고한 장비에 막혔다. 궁병들의 저항은 무의미한데 적의 공격은 가죽 갑옷을 꿰뚫고, 베어 가른다. 하지만 이 악몽 같은 상황에서도 궁병은 50명 정도의 수인을 길동무로 삼았다.

"신기관님, 지시를."

"보병, 앞으로!! 궁병을 구해라!!"

이그니스가 다시 말을 걸자, 신기관은 날카로운 목소리로 외쳤다. 보병이 움직였고——.

"후퇴!!"

즉각 쿠로노가 외쳤다. 수인들은 몸을 돌려 정연히 퇴각하기 시작했다.

"기회다! 쫓아라! 쫓아아아아아!!"

"기다——"

우오오오오오!! 하고 보병이 우렁찬 외침을 지르며 돌진했다. 이그니스의 목소리는 함성에 삼켜졌다. 하지만 위세가 좋은 함성은 곧바로 짧은 비명으로 변했다. 경사면에서 화살이 쏟아져 내린 것이다. 경사면에 궁병용 발판이 빤히 보이는데 어쩌자고 무방비하게 돌진시키는 것인가. 보병들이 잇따라 풀썩풀썩 쓰러졌고, 농밀한 피 냄새가 퍼졌다. 큭, 하고 신기관은 신음하고는 흔들리는 시선으로 말했다.

"이그니스 장군! 어떻게든 해라!!"

"……알겠습니다."

어차피 떠넘길 거였으면 처음부터 넘겼으면 좋았을 것을.

이그니스는 말에서 내린 뒤 야전 진지를 향해 발을 내디뎠다. 그 순간 발밑에 화살이 꽂혔다. 경고인가? 이 정도로 내가 겁을 먹을 줄 알았다니, 제법 얕보인 모양이다.

"진흥이자 파괴를 관장하는 전신이여."

이그니스는 기도를 올리고 발을 내디뎠다. 화살의 비가 쏟아져 내린다. 하지만 화살은 이그니스를 건드리지 못하고 공중에서 증발했다.

"……신이여."

왼손을 가슴 높이로 들고 기도를 올렸다. 빨간빛이 모여 구형을 이룬다. 경사면을 향해 빨간빛을 발사했다. 한 박자 뜸을 둔 뒤, 폭발이 일어났다. 발판과 경사면이 무너져 내려 적 궁병이 굴러 떨어졌다. 아군 보병이 달려가 창을 내찌른다. 그런데 직후, 그 보병이 화염에 휩싸였다. 떨어진 궁병의 반격이었다. 적 궁병——엘프는 마술을 쓸 수 있다. 마술의 성가신 점은 입을 움직일 수가 있다면 사용 가능하다는 점이다. 엘프는 전장에서 가장 경계해야만 할 적이다.

"신이여!"

보병에게 궁병 처리를 맡기고, 이그니스는 반대편 경사면에 빛을 쐈다. 조금 전과 마찬가지로 폭발이 일어났고, 발판과 경사면이 무너져 내렸다. 이그니스의 시야가 기우뚱 흔들렸다. 신위술을 과하게 사용한 부작용이다. 평소라면 이그니스가 고작 이 정도로 부작용을 겪었을 리 없었다. 생각했던 것 이상으로 지친 것이다. 이그니스는 이를 악물고, 전방을 똑바로 바라봤다. 그 시선 끝에는 쿠로노의 모습이 있었다. 그는 수인의 보호를 받으며 야전 진지로 돌아가는 중이었다.

"신이여!"

이그니스는 쿠로노의 등을 향해 빛을 쐈다.

※

정신을 차리고 보니 쿠로노는 지면에 쓰러져 있었다. 직전의 기억이 없다. 온몸이 아팠다. 소리도 흐릿하게 들렸다. 어째서 이렇게 된 건지 영문을 알 수가 없었다. 문득 빨간빛을 본 것을 떠올렸다. 그 빨간빛을 본 직후에 날아가 버린 것이다. 이그니스가 신위술을 쓴 게 분명하다. 이대로 쓰러져있는 건 곤란하다. 여기는 이그니스의 사정거리 안이다.

쿠로노는 도망치고자 몸을 일으키다가 문득 상황을 깨달았다. 주위에 부하들의 시체가 흩어져 있었다. 온전한 시체는 하나도 없었다. 목이 콱 조여들고 안구 안쪽이 저릿했다. 이러고 있을 때가 아닌데도 울음이 터질 것만 같다.

"……신이여."

연약한 목소리가 울렸다. 아군 진영에서 달리라는 목소리가 났다. 그 목소리를 따라 발을 내디딘 다음 순간, 등 뒤에서 진홍빛이 작렬했다. 폭풍에 휩쓸려 날아갔다. 다시 일어서려 한 순간, 몸이 붕 떴다. 타이가와 엣지가 쿠로노의 팔을 잡고 뛰기 시작한 것이다. 두 사람은 제1 방어선 안쪽으로 뛰어들어 자빠졌다. 쿠로노는 참호로 굴러떨어졌다.

"젠장! 저건 반칙이잖아."

쿠로노는 거칠게 내뱉었다. 경사면 발판이 파괴되면서 궁병을 많이 잃었다. 야전 진지의 방어 기능이 대폭 저하됐다. 쿠로노는 자기 손을 내려다봤다. 조금씩 떨리고 있었다. 이 상황이 무섭다는 게 새삼 느껴졌다. 쿠로노가 반칙이라고 아무리 떠들어도 적은 인정사정없이 신위술을 사용할 거다.

가능하면 전투가 끝날 때까지 참호에 틀어박히고 싶지만, 쿠로노는 지휘관이다. 그럴 수는 없다. 현재 전력으로 대항할 수밖에 없다. 양손으로 뺨을 때리고, 참호에서 기어 나왔다. 제1 방어선에서는 호르스와 리저드가 이끄는 병사가 돌을 던지고 있었다. 쿠로노는 제1 방어선 뒤에 서 있는 미노에게 다가갔다.

"대장, 조금 더 쉬고 계셔도 괜찮습다."

"충분히 쉬었어."

쿠로노는 미노에게 답하고는 손등으로 코 밑을 문질렀다. 목이 까끌까끌해서 침을 뱉었다. 그러자 새까만 침이 지면에 퍼졌다. 폭발로 일어난 흙먼지를 들이마신 모양이다. 두세 번 헛기침하자 위화감이 누그러졌다.

"이그니스 장군은?"

"대장에게 신위술을 쓴 뒤에 갑자기 무릎이 꺾이며 쓰러지더니 후방으로 실려 갔습다."

쿠로노는 휴, 하고 안도의 한숨을 내쉬었다. 다시 전선에 복귀하겠지만, 지금 당장 야전 진지가 날아갈 걱정은 없을 듯하다.

"이그니스 장군이 없더라도 안심할 수는 없습다."

"무슨 말이야?"

"저걸 봐주십쇼."

쿠로노는 적을 봤다. 적 병사가 접근해 온다. 이건 어제와 같다.

어제와 다른 점은 나뭇가지를 묶은 것—— 가지 다발을 들고 있다는 점이다. 가지 다발에 돌이 직격하자 적 병사가 엉덩방아를 찧었다. 엉덩방아를 찧었을 뿐이다. 병사는 곧바로 일어서서 걷기 시작한다.

"궁병의 원호는?"

"화살이 다 떨어져 가고 있슴다. 재분배시켰슴다만……."

미노가 귓엣말하자, 쿠로노는 얼굴을 찌푸렸다. 예상보다 화살 소비가 격심했다.

"어쩌시겠슴까? 전력을 집중시키시겠슴까?"

"아니, 원호를 할 수 없더라도 고지를 잃는 건 뼈아파."

문득 불안감이 솟아오른다. 작년의 전투에서 신성 아르고 왕국군은 목책을 우회하려 했다. 이번에도 본진을 우회해서 측면에서 공격을 펼쳐 오는 것 아닐까 하고.

"미노 씨, 보병 절반을 위로 이동시키자."

"그러면 본진이 허술해짐다만?"

"그건 그렇지만, 측면에서 공격당할 가능성을 줄이고 싶어."

"알겠슴다."

미노는 고개를 끄덕이고는 타이가와 엣지에게 시선을 향했다.

"타이가, 엣지. 부하를 이끌고 위로 가라."

"알겠소이다."

"알겠습니다."

타이가와 엣지는 경례한 뒤 몸을 돌렸다. 부하를 불러 경사면을 오르기 시작했다.

그때, 호르스가 비명 같은 소리를 냈다.

"투석이 안 통한대이! 적이 바로 근처까지 왔대이!!"

쿠로노는 정면을 봤다. 호르스의 말대로 적 병사는 바로 앞까지 육박해 있었다. 거리는 제1 방어선까지 10m 남짓일까. 이제 투석은 통하지 않는다. 미노가 외쳤다.

"투석은 중지다! 무기를 들어라!!"

"알았대이."

"……이해."

호르스와 부하들은 돌을 그 자리에 내던지고 무기를 손에 들었다. 우리의 의도를 알아챘는지 적 병사가 가지 다발을 내던지더니 검을 뽑아 그대로 돌진해 왔다.

"이짝으로 오지 마래이!"

호르스가 창을 내찔렀다. 창이 적 병사의 가슴을 꿰뚫었다. 가죽 갑옷을 아무렇지도 않게 관통했다. 역시나 골디가 만든 무기다. 적 병사가 고꾸라진다. 하지만 뒤에 있던 병사가 그 빈 자리를 메웠다. 호르스가 다시 창을 내찔렀다. 리치 차이는 절대적이다. 적 병사는 목을 꿰뚫려 고꾸라졌다. 휴, 하고 안도의 한숨을 내쉴—— 수는 없었다. 바로 뒤에 또 다른 적이 기다리고 있었다.

쿠로노는 시선을 이리저리 옮겼다. 어디에서건 비슷한 광경이 펼쳐지고 있다. 제1 방어선 너머는 적 병사로 가득 메워져 있다. 얼마나 죽여야 쉴 수 있을지 생각한 것만으로도 기분이 메스꺼워졌다. 적의 후방을 보니 신기관이 말 위에서 아우성치고 있었다. 수에 맡긴 조잡한 작전인데도 아군은 궁지에 빠져 있었다. 쿠로노는 분노가 치밀어 올랐다.

"대장, 진정하십쇼."

"그래."

미노가 타이르듯이 말했고, 쿠로노는 깊게 숨을 들이마셨다. 하늘을 올려다보고, 숨을 내쉬었다. 무오오——! 하는 비명이 들렸다. 미노타우로스의 비명이다. 비명이 난 쪽을 보니 미노타우로스가 고꾸라지던 참이었다. 목이 창에 꿰뚫려 있다. 큭, 하고 쿠로노는 신음했다. 리치 차이는 절대적이라고 생각했던 자신을 죽여 주고 싶다. 이쪽이 무기를 바꿔 든 것처럼, 적 병사 역시 무기를 바꿔 들 수 있는 것이다. 이런 단순한 사실을 놓쳐서 어쩌자는 것인가.

"쓰러진 녀석의 빈 자리를 메워라! 절대 돌파당하지 마라!!"

미노가 목소리를 높였다. 뒤에 있던 리자드맨이 앞으로 나와 창을 내찔렀다. 그사이에 부상당한 미노타우로스는 후방으로 옮겨졌다. 목을 손으로 누르고 있지만, 살아나지 못하리라.

「쿠로노 님! 적 병사가 접근 중인 것 같은!」

「이쪽에도 적이 다가오고 있다.」

통신용 매직 아이템에서 아리데드와 나스르의 목소리가 났다. 쿠로노는 파우치에서 통신용 매직 아이템을 꺼내 물었다.

"타이가와 엣지는?"

「이미 도착했소이다.」

「마찬가지입니다.」

둘의 목소리가 통신용 매직 아이템에서 울렸고, 쿠로노는 가슴을 쓸어내렸다.

"타이가와 엣지는 적 병사 배제를 최우선으로 하고, 아리데드, 데네브, 나스르는 가능한 한 화살을 온존하며 싸워 주길 바라. 어렵겠지만, 부탁해."

「알았어!」

대표해서일까. 아리데드와 데네브의 목소리가 울렸다. 쿠로노는 신기관을 노려봤다.

"적 지휘관을 쓰러뜨리지 않으면······."

질질 밀리다가 지겠지, 하고 쿠로노는 입속으로 중얼거렸다.

※

저녁—— 짧은 비명이 단속적으로 일어났다. 제1 방어선을 지키던 미노타우로스들이 적의 공격을 받고 부상당한 것이다.

"앞으로 나가래이! 그사이에 후방으로 물러나래이!"

호르스가 창을 내찌르며 외쳤다. 쓰러진 미노타우로스의 빈자리를 리자드맨이 메운다. 그사이에 다친 미노타우로스는 자력으로 제1 방어선을 벗어나거나, 동료의 도움을 받아 후방으로 끌려갔다. 제1 방어선 후방은 사상자로 넘쳐나고 있었다. 응급처치 강

습을 받은 덕분에 그나마 나은 처치를 받을 수 있었지만, 중상자
는 손을 쓸 도리가 없었다. 아주 약간 죽음을 뒤로 미루는 것뿐이
었다.

「적 격퇴에 성공했소이다만, 이번에는 네 명이 당했소이다.」

「이쪽은 세 명입니다.」

"증원은 보낼 수가 없다. 어떻게든 견뎌라."

통신용 매직 아이템에서 타이가와 엣지의 침통한 목소리가 울
렸고, 미노가 신음하는 듯한 목소리로 대답했다. 아군의 양익을
향한 공격이 몇 번째인지 알 수 없다. 공격이 올 때마다 어떻게든
버티고 있지만, 그때마다 희생자가 나왔다. 아니, 정확하게는 희
생을 대가로 파탄을 아슬아슬하게 피하고 있었다.

사망자는 본진과 양익을 합쳐 3백 명을 넘었고, 부상자는 이루
헤아릴 수 없다. 물론 쿠로노와 부하들도 잠자코 당하고 있지는
않았다. 적어도 세 배 이상의 적 병사를 죽였다.

「화살이! 화살이 다 떨어질 것 같고!」

「이쪽도 마찬가지고!」

아리데드와 데네브의 비명이 일어났다. 쿠로노는 입술을 꽉 깨
물었다. 하지만, 둘을 타박할 수는 없다. 적을 물리치기 위해서는
어떻게든 화살을 써야만 했다.

"재분배해라! 재분배!!"

「재분배해도 한 사람에 다섯 개 정도밖에 되지 않는다.」

미노가 통신용 매직 아이템에 대고 소리쳤고, 나스르가 담담하

게 대꾸했다.

"없는 것보다는 낫다!"

「알았다.」

미노가 소리쳤고, 역시 나스르가 담담하게 응했다. 약간 발끈한 것처럼 들린 건 여유가 없기 때문이리라. 물론, 그건 전원에게 할 수 있는 말이다.

"젠장! 항상 왜 이런 상황이냐고."

쿠로노는 거칠게 내뱉고는, 적—— 그 후방을 노려봤다. 거기에는 신기관이 있다. 죽이라느니, 전진하라느니, 말 위에서 아우성치고 있다. 지금은 방어 이틀째 저녁이다. 이미 알포트를 사로잡는 건 물건너간거나 마찬가지인데도 공격을 몰아치고 있었다. 신기관 안에서 수단과 목적이 뒤바뀌었든가, 목적이 쿠로를 죽이는 것으로 변한 것이리라. 불현듯 적 병사가 술렁였다. 안 좋은 예감이 들었다. 후방의 적이 좌우로 갈라지더니 이그니스가 말에 탄 채 앞으로 나왔다. 쿠로노의 몸에서 땀이 확 뿜어져 나왔다. 이그니스가 신위술을 쓰는 상황을 생각했다가 고개를 흔들었다. 그 뒤로 그렇게 시간이 오래 지나지 않았다. 게다가 이런 상황에서 신위술을 쓰면 아군이 말려든다. 아무리 이그니스가 돌아와도 신위술은 쓸 수 없을 터다.

이그니스가 신기관 앞으로 나섰다. 그러자 신기관은 발끈한 표정을 띠고는 이그니스 앞으로 나왔다. 실제로 일어난 건 그 정도다. 그런데도 적의 압력이 강해졌다. 우렁찬 함성을 지르며, 아군의 시체를 넘어 몰려왔다.

마침내 제1 방어선이 뚫렸다. 리자드맨이 쓰러지고 거기에 적 병사가 물밀듯이 밀어닥쳤다. 곧바로 미노타우로스와 리자드맨이 대응했다. 적 병사를 감싸듯이 늘어서서 창을 내찌른다. 창이 적 병사를 꿰뚫는다. 하지만 적 병사는 비명을 지르지 않는다. 쓰러지지도 않는다. 우렁찬 함성을 지르며 달려든다. 틀렸다. 이대로는 밀린다. 상황을 본 미노가 쿠로노에게 시선을 향했다. 곧바로 그 의미를 깨달았다.

"퇴각한다! 제2 방어선까지 후퇴! 제1 방어선에서 거리를 둬!"

쿠로노가 목소리를 높이자 부하들이 웅성거렸지만, 곧 명령에 따랐다. 이대로 있으면 밀린다는 것을 느끼고 있었기에 나오는 반응이다.

전선을 지탱하고 있던 부하들이 후퇴하고, 적 병사의 중량에 제1 방어선이 기울었다.

"리저드!!"

"……벼락."

쿠로노가 이름을 부르자, 리저드가 조용히 중얼거렸다. 자이언트 해머에서 벼락이 내뿜어졌다. 벼락이 제1 방어선을 핥다시피하며 힘차게 나아갔고, 그 뒤에 있던 장작이 불타올랐다.

머지않아 제1 방어선이 화염에 휩싸였다. 적 병사는 이그니스의 등장으로 흥분한 상태였지만, 아무리 그래도 화염 속으로 돌진하지는 않았다. 적의 선두가 본진과 분단됐다. 창을 내찔러 제

1 방어선 안쪽으로 침입한 적 병사를 처치했다.

"제2 방어선까지 물러나라! 부상자는 부축해라! 시체는…… 내버려 둬라!!"

"알았대이! 도망친대이!!"

"……이해. 퇴각."

미노가 목소리를 높였고, 호르스와 리저드가 부하에게 지시를 내렸다. 경상자는 자력으로, 중상자는 동료의 도움을 받아 이동하기 시작했다. 쿠로노는 화염에 휩싸인 제1 방어선을 바라봤다. 이거라면 어느 정도 시간을 벌 수 있을 터다. 파우치에서 통신용 매직 아이템을 꺼냈다.

"그쪽 상황은 어때?"

「조금 전까지 격렬하게 공격받는데, 지금은 공격이 멈춘 것 같은.」

「하지만, 이쪽을 노려보고 있고.」

「이쪽도 마찬가지다.」

쿠로노의 물음에 아리데드, 데네브, 나스르가 대답했다. 아마도 적은 제1 방어선이 완전히 불타 사그라지는 것에 맞추어 공격을 펼칠 생각이리라.

"조금만 쉬어."

「알았고.」

「알겠다.」

세 사람이 대답했고, 쿠로노는 통신용 매직 아이템을 파우치에 집어넣었다.

"대장, 퇴각합죠."

"응, 알았어."

미노의 재촉을 받고 쿠로노는 걷기 시작했다. 제2 방어선은 엎어지면 코 닿을 거리다. 흙으로 뒤덮인 제2 방어선을 넘어, 시선을 이리저리 옮겼다. 대피는 끝난 모양이다.

"교대로 휴식시키겠습니다."

"응, 부탁해. 하지만, 그전에……."

쿠로노는 길 한구석에 있는 나무 상자에 시선을 향했다.

"금화를 모두에게 나눠주지 않겠어?"

"괜찮은 검까?"

"아마도, 이걸로 마지막일 테니까 말이야. 여기까지 따라와 준 모두에게 보답하고 싶어."

"……알겠습다."

미노는 고개를 숙이고는 어깨를 떨었다.

"하지만, 전 필요 없습다. 마지막까지 대장과 같이 있겠습다."

"그거 부담되네~."

"전 보좌역이니 말임다. 지옥까지 함께하겠습다."

이럴 때는 천국이라고 말하자고, 라며 쿠로노는 웃었다. 미노도 웃고 있다.

"그래도, 나는 마지막까지 포기할 생각은 없어."

"저도임다."

"그래. 귀족답지 않을지라도, 마지막까지 발버둥 칠 거야."

쿠로노는 주먹을 꽉 쥐고는 적을 노려봤다. 아직 하고 싶은 게 있다. 살아서 돌아가겠다고 약속했다. 그걸 위해서도 죽을 수 없다.

※

"가라! 돌격해라! 척안(隻眼)의 악마는 바로 저기에 있다!!"

신기관이 말 위에서 마구 소리쳤다. 하지만 병사들은 이에 따르지 않았다. 당연했다. 코앞에서 바리케이드가 불타는 중인데, 화염의 벽에 돌진하라는 말을 들은들, 돌진할 수 있을 리가 없었다.

"이그니스 장군, 신위술이다! 신위술로 날려 버려라!!"

"그러면 신기관님을 지킬 수 없게 됩니다만, 괜찮겠습니까?"

"그, 그건 곤란하다."

이그니스가 한숨 섞인 어조로 묻자, 신기관은 새된 목소리로 대답했다. 눈을 가늘게 뜨고, 좁은 길을 바라봤다. 제국군이 퇴각을 시작하고 나서 하루 반이 지났다. 이제는 쿠로노와 그의 부하들을 격파해도 알포트를 사로잡기란 사실상 불가능하다. 신기관에게는 파멸하는 미래밖에 남지 않았다.

그러나 그는 여전히 보신을 우선했다. 이 남자는 자기가 파멸하리라고는 조금도 생각지 않는 것이다. 분명 파멸하는 그 순간까지 이대로일 것이다. 하지만 이 이상 병사를 잃게 둘 수는——.

"신기관님, 병사를 물리는 건 어떻겠습니까?"

"무슨 말을 하는 건가!"

신기관이 거친 목소리로 말했다. 역시 듣지 않는군. 이그니스는 피로감을 느꼈다. 하지만 헛수고라는 걸 알아도 명색이 장군 직책에 있는 몸이다. 이대로 손 놓을 수는 없다.

"이미 눈앞의 적을 격파해도 알포트를 사로잡는 건 불가능합니다."

"해보지 않으면 모르지 않나! 그리고, 저 악마를 죽여야만 한다! 저 악마는 왕국에 반드시 재앙을 초래할 거다! 나는 알 수 있어!"

신기관이 빠르게 지껄이듯이 말했다. 혹시 쿠로노를 죽이고자 혈안이 돼서 이러나 싶었는데, 신기관은 아직도 알포트를 사로잡을 생각이었다.

"정녕 병사를 물리지 않으실 작정입니까?"

"그, 그렇다! 나는 국왕 폐하로부터 지휘관에 임명된 거다! 아직 지휘관에서 해임되지 않았어! 난 아직 지휘관이란 말이다! 내 명령에 따라라!"

"알겠습니다."

이그니스는 조용히 고개를 끄덕였다. 예상하던 답변이었지만, 한숨이 나오는 걸 막을 수는 없었다. 이러니저러니 해도 슬슬 포기하기를 마음속 어딘가에서 기대하고 있었던 모양이다.

이그니스는 적의 야전 진지에 시선을 향했다.

병사가 일렬로 늘어서 있고, 쿠로노가 무언가를 건네고 있었다.

또 무슨 수작인지는 모르겠지만, 정신을 바짝 차려야 할 것 같다.

※

쿠로노는 제1 방어선을 바라봤다. 제1 방어선을 구축하는 목재는 불에 타 눌었고, 불은 꺼져 가고 있다. 쿠로노는 파우치에 손을 넣어 알사탕을 꺼냈다.

"미노 씨, 먹을래?"

"아닙다, 전 제 것이 있기에."

미노는 그렇게 말하고는 파우치에서 알사탕을 꺼냈다. 입에 넣은 뒤, 만족스럽게 웃었다. 쿠로노도 알사탕을 입에 넣었다. 입안에 달콤함이 퍼졌다. 시선을 옮기자 부하들도 알사탕을 입에 넣고 있었다. 입에서 알사탕을 굴리며 제1 방어선을 바라봤다. 약간 남아 있던 불이 서서히 작아져 간다. 알사탕이 완전히 녹았을 즈음, 불이 꺼졌다. 하얀 연기가 오른다. 바람이 불었고, 제1 방어선이 무너져 내렸다. 그리고——.

"돌겨어어어어어억!!"

신기관이 말 위에서 목소리를 높였다. 적 병사가 가지 다발을 들고 몰려왔다. 투석을 여전히 경계하는 것이다. 주의 깊은 상대는 이래서 싫다. 그때, 갑자기 선두를 달리던 적의 모습이 사라졌다. 두 번째로 달리던 병사가 선두가 되었고, 그 또한 모습이 사라졌다. 세 번째로 달리던 적 병사가 당황해서는 속도를 늦춰 시선을 이리저리 옮겼다. 그리고——.

"함정이다!!"

큰 목소리로 외치고는 멈춰 섰다. 주위에 구멍 두 개가 뚫려 있다.

"미, 밀지 마!"

"멈춰!"

"함정이 있다고!"

"나도 뒤쪽에서 밀리고 있어!"

후속 병사들도 멈춰 서서 소리쳤다. 하지만 압력은 높아지기만 할 뿐이다. 그래도, 어찌어찌 멈춰 서서 버티고 있었지만, 이윽고 파탄이 찾아왔다. 압력에 굴해 적 병사 중 한 명이 크게 발을 내디뎠다. 지면이 함몰되고, 적 병사가 떨어졌다. 소름 끼치는 절규가 구멍 바닥에서 울렸다. 적 병사는 왔던 길을 되돌아가고자 했으나, 그건 불가능했다. 뒤에는 아군이 있는 것이다. 적 병사는 아군한테 밀려 비명을 지르며 구멍에 떨어졌다.

"지금이야!"

"돌을 선사해 주겠대이!"

"……투석."

쿠로노가 외치자, 호르스와 리저드가 무기를 내려놓고 돌을 손에 들었다. 둘의 부하도 마찬가지였다. 호르스와 리저드가 돌을 던지자, 부하가 뒤따라 던졌다. 돌이 살을 에고, 뼈를 부쉈다. 가지 다발로 화를 면한 자도 있었지만, 결과는 마찬가지였다. 균형을 잃고 미끄러져 함정 구멍의 먹잇감이 되었다. 무사했던 자들도 서로 밀고 밀리는 끝에 같은 운명을 걸었다. 깨닫고 보니 적 병사는 함정 구멍의 훨씬 앞에서 멈춰 서 있었다.

"전진해라! 전진해애애애애! 함정 구멍을 네 녀석들의 몸으로 메우란 말이다!!"

신기관이 말 위에서 시끄럽게 떠들었다. 악마 같은 명령이다. 아니, 악마도 이보다는 자비심이 있을 게 틀림없다. 그때, 무슨 생각인지 적 병사가 가지 다발을 구멍에 던져 넣었다. 직후 그는 날아온 돌에 얼굴이 짓뭉개졌다.

주변에 있던 병사가 영문을 알 수 없다는 듯 구멍을 내려다봤다. 그리고는 번뜩 깨달은 듯한 표정으로 서로 얼굴을 마주 봤다. 설마 벌써 타개책을 찾아냈는가 했는데, 그 설마였다. 가지 다발을 들고 있는 사람이 전면에 서서 공격을 막고, 다른 사람이 뒤에서 가지 다발을 구멍에 던져 넣었다. 마치 여러 사람이 일렬로 늘어서 양동이 물을 앞으로 전달하여 나르는 양동이 릴레이처럼, 적 병사는 가지 다발을 운반하여 구멍을 메워 버렸다.

구멍이 메워지자, 적 병사는 다시 우렁찬 함성을 지르며 밀어 닥쳤다. 함정을 극복해서 기세등등해진 건가, 그게 아니면 동료가 죽은 것에 분노하고 있는 것인가. 아무리 돌을 던져도 위축되지 않고 돌진해 왔다.

"무기를 들어라!!"

"알았대이!"

미노가 목소리를 높였다. 그러자 호르스는 당황한 기색으로, 리저드는 말없이 무기를 손에 들었다. 거기에 적 병사가 밀어닥친다. 아군이 연신 창을 들이밀었지만, 적은 겁먹지 않았다. 아무래도 이그니스의 존재가 용기를 더하는 모양이다. 야습 때 확실히 숨통을 끊어 놓았다면 좋았을 것을. 그런 생각을 하고 있었더니──.

"대장!"

미노가 비명 같은 소리를 냈다. 그가 이런 소리를 내다니 처음 있는 일이었다. 쿠로노는 무슨 일인지 확인하고자 전방을 보았다가, 눈이 번쩍 뜨였다.

"파성추임다!"

"보면 알아!"

쿠로노는 맞받아 소리쳤다. 파성추가 접근하고 있었다. 짐수레에 통나무를 동여맨 정도의 조잡한 만듦새지만, 제2 방어선이 버틸 수 있을지 알 수 없다. 파우치에서 통신용 매직 아이템을 꺼내 외쳤다.

"누가 파성추를 멈춰!"

대답은 없었다. 그 대신에 경사면에서 화살이 날아왔다. 하지만 그 모습을 본 쿠로노는 비명을 지르고 싶은 심정이었다. 화살의 수가 너무나도 적었다. 파성추를 지탱하는 적 병사가 몇 명인가 쓰러졌을 뿐, 곧바로 다른 병사가 뒤를 이었다. 쿠로노는 그제야 적 병사가 위축되지 않았던 이유가 이해된 느낌이 들었다.

이그니스의 존재가 뒷받침이 되어 준 것도 있다. 하지만 중요한 건 그게 아니다. 적 병사는 파성추를 사용하면 이길 수 있다고 생각하는 거다. 희망을 앞에 둔 인간은 때로 믿기지 않는 힘을 발휘한다. 희망은 쿠로노와 그 부하들의 전유물이 아니다.

"이제 다 틀렸대이이이! 이럴 줄 알았으면 급료를 다 써버릴 걸 그랬대이!!"

호르스가 한심한 비명을 지른 그때, 리저드가 제2 방어선에서 뛰쳐나갔다.

"막아! 저 녀석을 막아!!"

"바리케이드를 부수면 이쪽 승리다!"

"달라붙어! 1초라도 좋으니까 시간을 벌어!!"

적 병사가 리저드에게 달려들었다. 하지만 리저드는 적의 방해 따위 아랑곳하지 않고 돌진했다. 낮은 자세로 자이언트 해머를 든다. 매직 아이템이라면 파성추를 받치고 있는 적 병사를 쓰러뜨릴 수 있겠지만——.

"리저드! 파성추가 가까워!!"

"……벼락."

쿠로노는 소리쳤다. 하지만 리저드는 개의치 않고 매직 아이템을 썼다. 벼락이 자이언트 해머에서 뿜어져 나왔다. 벼락을 맞은 적 병사가 쓰러졌다. 그러나 파성추는 멈추지 않았다. 이미 속도가 붙었다. 그러자 리저드는 몸으로 막아낼 생각인지 자이언트 해머를 지면에 내려놓고 자세를 취했다.

리저드와 파성추가 격돌했다. 파성추의 속도가 조금 줄어들었지만 이내 곧 리저드와 함께 제2 방어선에 돌진했다. 제2 방어선 한구석이 무너지고 흙먼지가 일어났다. 환성이 오른다. 물론, 적 병사의 환성이다. 그 광경은 쿠로노와 부하들에게 절망 그 자체였다. 눈앞이 새까매진 듯한 느낌마저 들었다. 하지만──.

「쿠, 쿠로노 님! 돌파당한 것 같은!」

「미안하다! 이쪽도다!」

통신용 매직 아이템에서 아리데드와 나스르의 목소리가 울렸다. 경사면을 올려다보니, 적 병사가 달려 내려오는 참이었다. 제2 방어선이 파괴된 것만으로도 절망적인데, 지독한 쐐기였다. 무심코 웃음이 치밀어 올랐다.

「어, 어쩌지 같은!」

「미안해! 버티지 못했어 같은!」

아리데드와 데네브의 목소리가 울렸다. 당장이라도 울 것 같은 목소리다.

마음은 이해한다. 쿠로노도 지휘관이 아니었더라면 울었을 것이다.

"울지 마! 반드시 어떻게든 하겠어! 그러니까, 더 이상 적한테 돌파당하지 마!!"

『아, 알았어!』

쿠로노가 외치자, 아리데드와 데네브는 맞받아 외쳤다. 시선을 옮겼다. 부서진 제2 방어선 틈새에서 적이 우르르 밀려온다. 게

다가 양익에서도 적이 온다.

"미노 씨는 호르스의 지휘를 이어받아서 제2 방어선에서 적을 막아줘! 호르스는 제2 방어선 안쪽에 들어온 적을 처리해!"

"알겠슴다!"

"아, 아아, 알겠대이! 너네들, 따라오래이!"

미노가 기세 좋게, 호르스가 떨리는 목소리로 대답했다. 쿠로노는 경사면을 쳐다봤다. 수십 명의 적 병사가 경사면을 달려 내려온다. 우선은 녀석들의 발을 묶는다.

"······천추신악."

술식명을 중얼거리자, 마술식이 눈앞에 흘러내렸다. 관자놀이가 아프다. 마술이 기동하여 칠흑 구체가 생겨난다. 선두를 달리는 적 병사를 향해 칠흑 구체를 발사했다. 칠흑 구체가 적 병사의 머리에 닿자, 쿠로노는 주먹을 꽉 쥐었다. 적의 머리가 소실되고, 뒤따라오던 병사들까지 말려들어 경사면을 굴러떨어졌다.

"지금이대이! 돌진하래이이이!!"

호르스가 외쳤고, 미노타우로스가 적 병사에게 달려들어 인정사정없이 창을 내찔렀다. 짧은 비명이 일어났고, 적 병사의 숨이 끊어졌다. 어깨에 충격이 지나갔다. 휘청거리며 뒤돌아보니 적병사가 있었다. 방심하고 있을 상황이 아닌데도 앞의 적 병사에 대처하느라 정신이 팔려있었다.

쿠로노는 검집에서 검을 뽑아, 적을 향해 끝부분을 내찔렀다. 신병이었는지 칼끝이 싱겁게 목을 꿰뚫었고, 적 병사는 고꾸라졌다.

이번에야말로 정신을 바짝 다잡았다. 적은 아직도 많이 남아
있다.

※

이제 틀렸을지도 몰라, 라고 쿠로노는 멍하게 생각했다. 쓰러
뜨려도 쓰러뜨려도 적 병사가 제1 방어선 안쪽으로 들어온다. 앞
으로 몇 명을 더 죽이면 되는 걸까. 피 냄새로 후각이 마비되고
있다. 마술을 너무 많이 쓴 탓인지 머리가 아프다. 시야도 어둡
다. 소리도 멀다. 주위에서 일어나고 있는 것 전부가 다른 세계의
일처럼 멀게 느껴진다.

적 병사가 검을 내리쳤다. 쿠로노는 휘청거리다시피 하며 피한
뒤, 검을 내리쳤다. 고통으로 적 병사가 얼굴을 찌푸렸다. 정확하
게 휘둘러 맞추지 못한 것이다. 아랑곳하지 않고 몇 번이고 몇 번
이고 검을 내리친다. 마침내 적 병사가 쓰러졌다.

쿠로노는 시선을 옮겼다. 주위에 무수한 시체가 나뒹굴며 지면
을 가득 메웠다. 한눈에 보아도 적의 시체가 더 많았다. 미노는
필사적으로 제2 방어선에서 완강히 버티고 있다.

아리데드, 데네브, 타이가, 나스르, 엣지 다섯 명은 어찌 됐는
지 알 수 없었다. 이따금 간헐적으로 엘프와 수인의 시체가 경사
면을 굴러떨어져 내려오는 걸 보면 필사적으로 싸우고 있는 것이

리라. 이만큼이나 죽이고 있는데도 전황을 뒤집지 못하고 있다.

호르스의 모습을 찾아봤다. 그랬더니, 호르스는 적 병사한테 포위되어 있었다. 눈물과 콧물을 흘리고 있다. 도울 생각에 발을 내디뎠지만, 적 병사가 앞을 막아섰다. 나이는 카일과 같은 정도일까.

카일—— 고문당해 죽은 신성 아르고 왕국의 불쌍한 아이. 지금 와서 말한들 소용없는 일이지만, 신변 안전에 신경을 써줬더라면 좋았을 것을 그랬다.

새삼스럽다. 카일은 이미 죽었고, 쿠로노는 여기서 죽을 수는 없는 노릇이다. 돌아가야 한다. 에라키스 후작령으로. 작게 한숨을 내뱉고는 쓰러지는 것처럼 발을 내디뎠다. 적 병사는 반응하지 못했다. 지면을 강하게 박차고, 적 병사의 콧등을 팔꿈치로 강하게 가격했다. 코뼈가 부러지는 감촉이 전해져 온다. 그만하라는 듯 손바닥을 이쪽으로 향했지만, 아랑곳하지 않고 검을 내리쳤다. 검이 적 병사의 어깨에 박혔다. 쿠로노의 힘이 부족한 탓이었다.

적 병사는 엉덩방아를 찧고는 손과 다리를 이용해 후퇴했다. 용서할 생각은 없다. 천천히 거리를 좁혀 검을 치켜든다. 그러자 적 병사는 머리를 감싸 쥐고 소리쳤다. 엄마, 라고 들렸다. 그 비명을 듣고 현실로 이끌려 돌아왔다. 빛이, 소리가, 냄새가 현실감을 동반하여 몰려온다. 몸에 충격이 지나갔다. 시선을 내리자, 적 병사가 쿠로노의 배에 머리를 밀어붙이고 있었다. 허벅지에 열이 생겨나고, 격통이 되어 뇌를 직격했다. 쿠로노는 반사적으로 적을 밀쳐냈다. 다시 적 병사가 엉덩방아를 찧었다. 적이 단검을 꽉 쥔 모습을 보며 쿠로노는 검으로 적 병사의 머리를 베어 날렸다.

아아, 하고 쿠로노는 소리를 냈다. 사람을 죽이는 것에 죄의식을 느끼지 않는다는 건 거짓말이다. 그의 비명을 들은 순간, 주저했다. 죽이지 않으면 자신이 죽는 상황에서 주저한 것이다. 그건 죄의식을 느끼고 있다는 말이다. 필사적으로 덮개를 덮어 뒀던 것이 솟구쳐 나온 것이다. 별 대단한 건 아니다. 쿠로노는 미쳐 있지 않았다.

아아, 하고 한 번 더 소리를 냈다. 몇 명의 병사가 슬금슬금 다가온다. 이제 틀렸을지도 모르겠군, 하고 멍하게 생각했다. 하지만, 검을 쥐는 손에 힘이 들어간다. 마지막까지 발버둥 칠 거다. 돌아가겠다고 약속했다. 그러니, 싸우는 것이다.

"죽──!"

"무오오오오오오오!!"

적 병사의 목소리는 다른 목소리에 의해 지워졌다. 호르스의 목소리였다. 직후 적 병사는 호르스의 몸통 박치기를 맞고 날아갔다. 적 병사가 일제히 달려들었고, 호르스는 마구잡이로 창을 휘둘렀다. 창 자루에 얻어맞아 적 병사가 날아갔다.

"손 못 댄대이! 쿠로노 님한테는 손 못 댄대이!!"

"뭐야, 조금 전까지 훌쩍훌쩍 울고 있던 미노타우로스잖냐. 나 참, 울면서 목숨 구걸하니까 봐줬는데 말이지……. 느닷없이 튀어나오지 말라고! 지휘관을 죽이면 집에 돌아갈 수 있단 말이다! 나는 집에 돌아가고 싶다고!!"

적 병사 중 한 명이 초조한 듯이 소리치고는 창을 내찔렀다. 하지만 창날 끝은 호르스에게 닿지 않았다. 그보다도 빠르게 호르스가 창을 내리친 것이다. 적 병사가 그 자리에 고꾸라진다.

"내, 내는 목숨 구걸 따위 하지 않았대이! 내는 강하대이! 내는 강하다 안카나! 목숨 구걸 따위 할 리가 없대이! 내는 쓸모없는 놈이 아니대이! 보호받기만 하는 놈이 아니대이! 내는, 내는…… 훌륭하게 싸울 수 있대이!!"

"누가 좀 와줘!"

"증원, 증원을 부탁한다!"

"기다려! 지금 간다!"

적 병사가 도움을 요청하자, 원군이 왔다. 적 병사가 호르스에게 덤벼들었다. 하지만 호르스는 창을 휘두르며 저항했다. 곧장 돕고자 쿠로노는 발을 내디뎠지만, 의지가 무색하게도 엉덩방아를 찧었다. 쿠로노는 자기 허벅지를 보고 얼굴을 찌푸렸다. 피가 흘러나오고 있었다. 재빨리 파우치에서 폭이 있는 천을 꺼내 상처를 누르다시피 하며 허벅지에 감았다. 그리고는 자리에서 일어서서, 상처가 있는 쪽 다리에 체중을 실어보았다. 상당히 아프지만, 걷지 못할 정도는 아니다.

쿠로노는 호르스를 찾아 시선을 옮겼다. 하지만 호르스의 모습은 어디에도 없었다. 좋지 않은 예감이 들었다. 한쪽 다리를 질질

157

끌다시피 하며 호르스를 찾아다니다가, 멈춰 섰다.

"……호르스."

쿠로노는 경사면을 쳐다봤다. 호르스는 팔다리를 내던지다시피 하며 경사면에 몸을 기대고 있었다. 쿠로노는 다가가 호르스의 어깨를 흔들었지만, 꿈쩍도 움직이지 않았다. 호르스는 이미 죽었다.

"파성추다!! 또 파성추가 왔다고!!"

누군가의 목소리가 울렸고, 쿠로노는 뛰었다. 한쪽 다리를 다쳤기에 잘 뛸 수 없다.

"천추신악, 천추신악, 천추——."

뛰면서 마술을 기동, 기동, 기동—— 겹치는 마술식으로 시야가 가득 메워지고, 격렬한 두통이 엄습한다. 권총이 있다면 관자놀이에 꽉 대고 방아쇠를 당겨 머리를 날려 버렸을 참이다. 하지만 이 세계에 권총은 없다. 화승총조차 없다. 만드는 법도 모른다.

머리가 어질어질했다. 지면이 쿠션이라도 된 것만 같다. 제2 방어선에서 뛰쳐나오자, 파성추가 육박해 있었다. 쿠로노는 파성추를 향해 달렸다. 달리고, 달리고, 또 달렸다. 적 병사가 뛰쳐나와 창을 내찔렀다. 화려하게 피할 생각이었는데, 옆구리를 스쳤다.

투둑, 하는 소리가 울리고 시야가 새까매졌다. 갑자기 시야가 원래대로 돌아온다. 지면이 눈앞에 육박하고 있었다. 발을 크게 내디뎌 넘어지는 걸 면했다. 고개를 들자, 파성추가 눈앞에 있었다. 짐승처럼 포효한 뒤, 지면을 박찼다. 파성추 위에서 구르며 칠흑 구체를 동시에 소멸시켰다. 20개가 넘는 천추신악에 의해 파성추가 구멍투성이 치즈처럼 변했다. 당연히 그걸 받치고 있던 적 병사들도 무사하지 못했다. 이윽고 기우뚱하며 시야가, 아니, 파성추가 기울었다.

커다란 소리가 나고, 쿠로노는 지면에 내팽개쳐졌다. 여러 번 데굴데굴 구른 뒤에야 겨우 멈춰, 가볍게 기침을 했다. 철 냄새가 입안에 퍼진다. 미끌미끌한 것이 목 안쪽으로 흘러내리는 감각이 있다. 코피가 나온 것이리라.

아픈 것인지, 뜨거운 것인지, 어느 쪽인지 모를 감각에 시달리며 몸을 일으켰다. 신기관이 시끄럽게 떠들고 있다. 악마라느니, 죽이라느니, 제멋대로 실컷 떠들어 댔다. 신기관까지는 수십 미터 남짓일까. 수십 미터 나아가면 이 싸움을 끝낼 수 있다. 그런데도 그 수십 미터가 절망적으로 멀다. 하물며 적 병사가 몰려왔다. 이 거리를 답파하는 건 불가능하다.

이제 틀렸을지도 모르겠어, 하고 생각하며 다리에 힘을 주었다. 어찌어찌 일어설 수 있었다.

검은 없다. 어딘가에 떨어뜨린 것이리라. 그래서, 단검을 들었다.

"내 이름은……."

쉰 목소리가 새어 나왔다. 다행이다. 아직, 똑바로 말할 수 있다. 목소리를 낼 수 있다.

"내 이름은 쿠로노! 구국의 영웅 클로드 크로포드와 에르아 프론드의 아들!! 이 부대의 지휘관이다! 겁이 없다면 덤벼라!!"

쿠로노가 웃자, 적 병사가 움직임을 멈췄다. 대장! 하고 외치는 미노의 목소리가 들려온다. 등을 향하고 있기에 모습은 보이지 않는다. 하지만 폴 액스로 적을 쓰러뜨리며 나아가는 그의 모습이 보이는 듯했다. 괜찮다, 포기하지 않았다. 마지막까지 발버둥치는 거다.

앞으로 해야 할 것들이 아직 많이 있으니까. 반드시 살아서 돌아갈 테니까. 발을 내디딘 순간, 몸에서 힘이 빠졌다. 이번에는 버티지 못하고 무릎이 꺾였다. 갑자기 시야에 그늘이 져서, 고개를 들었다.

"⋯⋯리저드."

고개를 든 채 멍하게 중얼거렸다. 거기에 리저드가 있었다. 지금까지 기절해 있었던 건지, 그게 아니면 싸우고 있었던 건지 전신이 피투성이에, 얼굴 절반이 너덜너덜해져 있었다. 리저드는 대롱대롱하며 흔들리는 엄니를 아무렇게나 잡아당겨 뽑아서는 쿠로노에게 내밀었다. 뭘 전하고 싶은 건지 알지 못한 채 양손을 내밀었다. 그러자. 리저드는 이빨에서 손을 뗐다. 피로 범벅이 된 이빨이 쿠로노의 손 위에 떨어진다.

"⋯⋯유품."

리저드가 작게 중얼거리고는, 자이언트 해머를 들고 달려 나갔다.

※

　리저드는 자이언트 해머를 손에 들고 달렸다. 리자드맨의 통각
은 둔하여, 자신이 어느 정도의 상처를 입었는지 알지 못한다. 하
지만 한 걸음, 또 한 걸음 내디딜 때마다 사는 데 필요한 힘이 몸
에서 흘러나가는 걸 알 수 있었다.

　리저드는 자신이 곧 죽을 것을 직감했다. 이대로 다리를 멈추
면, 당장 얼마간은 살 수 있을지도 모른다. 하지만 리저드는 열심
히 다리를 움직였다. 적 병사가 창을 내찔렀지만, 리저드는 피하
지 않았다. 팔에, 가슴에, 목덜미에 창이 꽂혔다.

　어째서일까? 리저드맨으로 태어난 자신은 제국을 위해 싸울 이
유가 없었다. 이미 병사로서 충분히 싸웠을 터다. 적어도 자신을
버리는 말로 썼던 군을 위해 더 싸울 의리는 없다.

　동료를 위해, 쿠로노를 위해? 아니, 자신은 기대하는 것이다.
세계인권선언── 쿠로노라면 아인도, 노예도, 평민도, 귀족도
동등하게 가치를 지닌 세상으로 바꿔 줄 터다.

　이상(理想). 그런 말이 뇌리를 스쳤다. 이상, 이상을 위해서다.
수업을 끝내고 동료랑 이야기했던 꿈을 위해서다. 이상을 품을
수 있었다. 꿈을 꿀 수가 있었다. 내일에 기대를 품을 수 있게 되
었다.

　그것만으로도 충분하다. 리저드는 적 병사를 뿌리치고 한쪽 팔
로 자이언트 해머를 치켜들었다. 어느새 적 지휘관이 눈앞에 있

었다. 그 직후, 리저드의 시야는 화염으로 가득 메워졌다.

※

이그니스는 말에서 내려, 지면에 쓰러져 엎드린 리자드맨에게
다가갔다. 리자드맨은 처참한 꼴이었다. 얼굴 절반과 왼팔을 잃
었고, 몸은 창에 찔린 상처와 화상으로 뒤덮여 있었다.

"……적이지만 훌륭하다."

잠시 망설인 끝에 상찬(賞讚)의 말을 꺼냈다. 더 없는 진심이었다.
이 리자드맨은 훌륭했다. 이만한 상처를 입으면서도, 신기관 앞
까지 당도했다. 이그니스가 방해하지 않았더라면 숙원을 이룰 수
있었으리라.

숙원── 그렇다, 숙원이다. 이 리자드맨은 신기관만을 보고
있었다. 아마도, 마지막 순간까지 이그니스의 존재를 알아차리지
못했을 것이다. 그렇기에, 리자드맨을 칭찬하는 말을 입에 담을
자격이 자신에게 있는지 망설인 것이다.

"오오, 이그니스 장군. 잘해주었다."

"……신기관님."

이그니스가 시선을 향하자, 신기관이 말에서 내려 다가오던 참
이었다. 그는 리자드맨을 내려다보고는 인상을 찌푸렸다. 그리
고──.

"이! 미천한 도마뱀 놈이! 이 나를 죽이려 하다니 주제를 알아라!"

드맨을 짓밟자, 이그니스는 자기도 모르게 거친
다.

신성 아르고 왕국의 장군이면서 아인을 감싸는 건

것이──!"

그니스가 반론하려고 입을 연 순간, 시야 한구석에서 무언가
움직였다.

"하히이이익!!"

갑자기, 신기관이 얼빠진 목소리를 냈다. 리자드맨이 신기관의
목덜미를 문 것이다.

"이, 이이, 이 리자드맨 살아 있어?!"

신기관은 오줌을 지리며 리자드맨의 코끝을 주먹으로 후려갈
겼다. 하지만, 리자드맨의 힘이 느슨해질 낌새는 없었다. 그러
기는커녕 힘이 더 강해진 듯했다. 엄니가 피부를 뚫고 근육에 박
혔다.

리자드맨이 신기관의 어깨를 잡자, 끼기긱, 하는 소리가 났다.
신기관의 뼈가 빠지는 소리다. 갑자기 소리가 멎었고, 촤악, 하는
소리와 함께 살점이 뜯겨 나갔다. 신기관의 목덜미에서 피가 세
차게 뿜어져 나왔다. 리자드맨은 그대로 쓰러졌다. 마지막 힘을
다 쓴 것이다.

"히이이이익! 피가, 피가, 부, 부탁이다, 이그니스 장군, 피를

멈춰 주게."

신기관은 손으로 상처를 누르며 이그니스에게 매달렸다.

"이그니스 장군, 치유술을."

"자신이 직접 신위술을 쓰시는 편이 좋지 않습니까?"

"나, 나는, 신위술을 쓰지 못해."

이미 알고 있다. 그걸 알기에 그를 일부러 여기까지 유도한 것
이다. 어찌 성공하긴 했지만 자신의 수완이 서툴렀다는 건 부정
할 수 없었다. 싸우는 것 말고는 재능이 없다는 할망구의 평가는
옳았다는 뜻이다. 어쨌든 역할을 완수했다. 나머지는 정치의 영
역이다.

"이, 이그니스 장군, 네, 네 녀, 네 녀석, 설마?!"

"……."

이그니스는 대답하지 않았다. 저승길 선물을 줄 수 있을 정도
로 통이 큰 성격은 아니다.

"시, 신전이 가만히, 있지, 않흘, 허다."

"신기관님이 신위술을 쓰지 못했다는 걸 알면 아무 말도 하지
않겠지요."

"사, 살인자놈……."

신기관은 이그니스의 멱살을 붙잡고 말했다. 그것이 마지막 말
이었다. 몸이 기울고, 그대로 옆으로 쓰러졌다. 신기관을 내려다
봤다. 이렇다 할 감개는 없었다. 죽음을 애도하기엔 그는 너무나
도 자기중심적이었다. 하다못해, 아니, 생각해도 별 소용 없다.

이그니스는 깊게 숨을 들이쉬고――.

"신기관님이 전사하셨다! 마르카브까지 퇴각! 거기서 제국군의 습격에 대비한다!"

목소리를 높여 외쳤다. 병사들이 웅성거렸지만, 거역하는 자는 없었다. 신기관의 부하는 소모가 격심하여 심신 모두 완전히 피폐해져 있었다.

※

"신기관님이 전사하셨다! 마르카브까지 퇴각! 거기서 제국군의 습격에 대비한다!"

"퇴각? 앞으로 조금만 더 밀어붙이면 쓰러뜨릴 수 있는데."

"다행이다. 이걸로 쉴 수 있어."

"어째서 좀 더 빨리……."

이그니스가 목소리를 높여 외치자, 적 병사는 술렁였다. 하지만 명령에 거스를 생각은 없는 듯 한 명이 몸을 돌려 걷기 시작하자 그 뒤를 줄줄 따랐다.

"……끝났나……?"

쿠로노는 앉은 채로 멍하게 중얼거렸다. 그만큼 격렬하게 싸우고 있었다. 솔직히 말하면 싸움이 끝났다는 말을 들어도 믿기지 않았다. 한동안 멍하게 있었더니――.

"대장, 살았습다! 리저드 덕분입다!!"

미노가 달려왔다. 쿠로노의 허벅지를 보고 얼굴을 찌푸렸다.

"설 수 있겠습까?"

"어찌어찌."

쿠로노는 미노의 부축을 받으며 일어섰다. 재차 이그니스의 목소리가 울려 퍼졌다.

"퇴각! 마르카브까지 퇴각! 거기서 진을 치고 제국군의 재습격에 대비한다!"

"함정은 아니겠지?"

"함정을 칠 의미가 없습다."

쿠로노가 묻자, 미노는 한숨 섞인 어조로 말했다. 미노의 말대로다. 쿠로노와 부하들은 만신창이다. 전투를 계속하면 쉽게 섬멸할 수 있다.

"퇴각! 마르카브까지 퇴각! 거기서 진을 치고 제국군의 재습격에 대비한다!"

목소리가 울린다. 마치 쿠로노와 부하들에게 싸움이 끝났다고 선언하는 것처럼. 아마도, 그건 잘못된 생각이 아니리라. 적 병사는 이미 마르카브를 향해 움직이고 있으니까. 쿠로노는 파우치에서 통신용 매직 아이템을 꺼냈다.

"아리데드, 데네브, 타이가, 나스르, 엣지, 살아 있어?"

「적이 물러나 줘서 목숨을 건졌어 같은.」

「하지만, 수많은 사람이 죽었고.」

「부상자, 다수이외다.」

「이쪽도다.」

「응급처치만 하고 합류하겠습니다.」

"기다리고 있을게."

쿠로노는 통신용 매직 아이템을 파우치에 넣었다. 레오가 죽고, 호르스가 죽고, 리저드가 죽었다. 그 밖에도 수많은 부하가 죽었다. 피로감이 밀려온다. 떨리는 다리로 일어서서——.

"다들, 돌아가자."

한숨을 내쉬는 것처럼 말을 꺼냈다.

※

닷새 후—— 쿠로노와 부하들은 구릉 지대를 동쪽으로 나아가고 있었다. 갑자기 다리에서 힘이 빠졌다. 그대로 주저앉을 뻔했다. 하지만, 쿠로노는 이를 악물고 어찌어찌 자신과 아리데드의 몸을 지탱했다. 자세를 다시 바로 세우고, 아리데드를 끌어 올렸다. 그녀는 체력의 한계였다. 부축해주지 않으면, 서 있지 못할 정도다.

"……쿠로노 님, 이제 충분하고."

아리데드가 연약한 어조로 중얼거렸다. 하지만 쿠로노는 말없이 걸음을 내디뎠다. 바로 옆에서는 미노가 데네브를 업은 채 걷고 있다. 사람을 업은 채 걷고 있다. 쿠로노는 부축해주고 있을 뿐이다. 아직 한계가 아니다.

"이대로는, 쿠로노 님까지 죽어 버리고."

"약한 소리 내뱉고 있을 여유가 있으면 스스로 움직여. 내 애인이 되는 거지?"

"그러고 보니 그랬던 것 같은."

약간이지만 몸이 가벼워진다. 아리데드가 기력을 되찾은 것이리라. 쿠로노는 내심 가슴을 쓸어내렸다. 요 닷새간으로 기력이 다한 사람부터 죽어 나간다는 것을 배웠기 때문이다. 누구나가 부상을 입고, 피로가 극치에 달해 있다. 이제 기력 말고는 의지할 데가 없다.

하지만, 그 기력을 유지하는 것이 어렵다. 물론 쿠로노는 필사적으로 부하들을 고무했다. 시시한 농담도 했고, 맛있는 요리를 먹게 해주겠다고 약속도 했다. 온갖 수단을 다 썼다. 그래도, 살아남은 900명의 부하는 잇따라 탈락해 갔다.

"에라키스 후작령으로 돌아가면 뭘 하고 싶어?"

"아이스크림을 배불리 먹고 싶어 같은. 쿠로노 님은?"

"그야, 여주인이랑 허릿심이 빠질 때까지……."

쿠로노는 도중까지 말하다가 입을 다물었다. 갑자기 마음이 평온해진 것이다. 그런 와중에 솟아오르는 감정이 있었다. 그건——.

"……레이라한테 사과하고 싶어."

불쑥 중얼거렸다. 첫 전투에서 레이라한테 책임을 떠넘기려 했다. 미수로 끝났지만, 그걸 입 다문 채 관계를 계속하고 있는 것에 죄악감을 느낀 것이다.

"아직 사과하지 않았어 같은?"

"그거랑은 다른……."

"무슨 말인지는 모르겠지만, 사과하고 싶으면 사과해야만 해 같은."

"그 희망은 이루어질 것 같고."

가냘픈 목소리가 들렸다. 데네브의 목소리다. 옆을 보자, 데네브는 전방을 가리켰다.

※

여주인은 냄비에서 수프를 건져 작은 접시에 옮겨 담았다. 호박색 수프다. 후―, 후― 하고 숨을 불어 식힌 뒤 입에 머금는다. 농후한 풍미가 퍼진다. 맛있게 만들어졌다. 손에 익지 않은―― 전선 기지의 주방에서 이만한 수프를 만들 수 있다니 자신은 천재인 것 아닐까 하는 만족감을 느꼈다.

"이거라면 쿠로노 님도……."

기뻐해 줄 거라고 말하려다가 말이 막혔다. 콧속이 찡해지며 시야가 눈물로 번진다. 안된다고 생각하면서도, 눈물을 참을 수 없었다. 눈물이 넘쳐흘렀다. 최근에는―― 쿠로노와 헤어지고 나서 항상 이렇다. 사소한 일로 눈물이 흘렀다. 하다못해 상황을 알 수 있다면 좋겠지만, 아무것도 알 수 없었다. 정보가 내려오지 않는 것이다.

손등으로 눈물을 쓱 훔쳤다. 그러자, 누군가가 손수건을 내밀었다. 훌륭한 자수가 들어간 손수건이었다. 무심코 고개를 드니, 하얀 군복을 입은 인물이 서 있었다. 리오 케이론이라고 하는 사람이었다. 손수건과 리오를 번갈아 가며 보고 있자──.

"빌려줄게."

"이런 비싸 보이는 것, 빌릴 수 없어요."

"그럼, 줄게."

리오는 손수건을 억지로 떠넘기고는 조리대에 몸을 기댔다. 쓰지 않는 것도 실례이려나 싶어 눈물을 닦았다.

"어째서, 손수건을? 그 이전에, 귀족님이 주방에 오시다니──."

"후후, 네가 쿠로노의 애인이라는 이야기를 들어서 말이지. 쿠로노의 연인으로서 마음 써 줘야겠다고 생각한 거야."

연인? 하고 여주인은 자기도 모르게 눈을 휘둥그레 떴다. 가슴을 보고, 그러고 나서 얼굴을 봤다. 남자치고는 가냘픈 듯한 느낌이 들지만, 여자치고는 가슴이──. 아니, 뭐, 그런 경우도 있을 것이다. 여주인은 리오의 성별에 관해 생각하는 것을 그만두었다.

"농담이야."

"뭐야, 농다──."

"마음 써 줘야겠다고 생각했다는 부분이 말이지."

여주인은 가슴을 쓸어내리려다가 그대로 움직임을 멈췄다. 리오가 쿡쿡 웃었다. 이런 때 놀릴 건 없지 않냐는 생각에 입술을 삐죽이고 말았다.

"혼자서 기다리는 게 고통이라서 말이야. 대화 상대가 있었으면 해서."

"기사님이라면 할 수 있는 일이 있는 것 아닌가요?"

"유감이지만, 대기 명령을 받으면 대기할 수밖에 없을 정도로 기사는 부자유스러운 몸이야."

리오는 팔짱을 끼고 작게 한숨을 내쉬었다.

"⋯⋯케이론 백작님은 쿠로노 님이 걱정되지 않으시나요?"

"응? 걱정이야."

리오는 팔짱을 꼈던 것을 풀고 조리대에 손을 짚었다. 그리고 난처한 듯이 웃었다.

"뭐라고 할까, 이런 경우는 처음이라서 말이지. 무언가 진정되지 않는데 어떻게 하면 좋을지 알 수가 없어. 너는 어때? 아아, 말투는 신경 안 써도 돼."

"나는⋯⋯."

여주인은 머리를 쓸어 올렸다.

"믿고 싶다고 생각하고는 있는데 말이야. 죽은 남편을 떠올리고 말아서 아무래도 영."

"아아, 결혼했구나."

"결혼했었어. 전 남편은⋯⋯ 병으로 덜컥 가 버려서 말이지."

어째서 이런 얘기를 하는 건지, 하며 여주인은 작게 한숨을 내쉬었다.

"흐음~, 그래서, 쿠로노를 좋아해?"

"왜 그런 걸 물어보는데?"

"호기심이야."

여주인이 되묻자, 리오는 가볍게 어깨를 으쓱였다.

"그래서, 어떤데?"

"그야, 뭐, 싫지는 않아. 싫지는."

여주인은 리오에게서 고개를 돌리며 말했다. 뺨이 뜨겁다. 태연히 대답해야만 하는데, 이래서야 좋아한다고 고백하고 있는 것이나 마찬가지다.

"그쪽은 어떤데?"

"나는 쿠로노를 사랑해."

리오는 태연히 대답했다. 그 솔직함이 부럽다. 아무래도 악인은 아닌 모양——.

"쿠로노가 죽었다면 신성 아르고 왕국군 녀석들을 모조리 죽이고 싶을 정도로 사랑해."

"그, 그래."

여주인은 리오에게서 시선을 돌렸다. 악인은 아니지만, 무서운 사람이다.

"모조리 죽일지, 아닐지는 레온하르트 경과 타우르 경을 기다려봐야겠지."

"그 두 사람은 왜?"

"왜냐니, 제1, 제2근위기사단이 쿠로노와 부하들을 구하러 갔으니까."

"왜 그런 중요한 걸 알려주지 않는 거야! 그 수염!!"

여주인은 발을 동동 굴렀다. 수염, 즉 베틸은 제1, 제2근위기사단이 쿠로노와 부하들을 구조하러 갔다는 것을 알려주지 않았다.

"그렇다는데. 어째서 알려주지 않았던 거지?"

리오가 입구 쪽을 봤다. 그러자 거기에는 베틸이 있었다. 어쩐지 거북해 보인다. 그렇긴 해도, 그건 여주인 역시 마찬가지다.

"정보 누설을 막기 위해서다. 게다가, 나는 의사들을 모으고 있던지라······."

베틸은 문 뒤에 몸을 숨긴 채 중얼중얼 말했다. 잘 들리지 않았지만, 바빴다고 말한 것 같은 느낌이 든다.

"바쁘다고 해도 우선순위라는 게──!!"

"수색대가 돌아왔다!"

밖에서 들려온 목소리에 여주인은 숨을 삼켰다.

"구조대잖아?"

"같은 거지!"

"아인들도 함께야!"

"──!!"

여주인은 재차 숨을 삼키고는 달려 나갔다. 문 뒤에 숨어 있던 베틸을 밀어제치고, 주방에서 뛰쳐나갔다. 해는 이미 저물었고 공기는 차가웠다. 몸을 부르르 떨며 주위를 둘러봤지만, 쿠로노와 부하들의 모습은 보이지 않았다. 어디로 가면 좋을지 자문하다가, 병사들이 어떤 방향으로 이동하고 있다는 걸 알아차렸다. 그곳에 쿠로노가 있는 게 틀림없다. 여주인은 스커트가 말려 올라가는 것도 개의치 않고 달렸다. 기지 외연부(外緣部)에 도착하자, 거기에 병사들이 모여 있었다.

마치 장례식처럼 조용했다. 설마, 하고 생각했다가 필사적으로 부정했다. 반드시 돌아오겠다고 약속했다. 혼자 두지 않겠다고 약속했다. 또 외톨이가 된다고 생각한 것만으로도 가슴이 괴로웠다. 숨이 막히는 기분을 견디며 달렸고, 병사들을 좌우로 밀어 헤치며 나아갔다. 누군가 불만을 내뱉은 듯한 느낌이 들었지만, 그런 걸 신경쓸 겨를이 없었다. 인파를 빠져나갔다. 백은 갑옷을 입은 남자들이 아인을 부축하거나, 부상자가 탄 짐수레를 끌고 있었다.

그 속으로 뛰어들어 쿠로노의 이름을 불렀다. 목이 고통을 호소할 정도로 쿠로노의 이름을 부르다가, 여주인은 두 명의 인물이 가까이 다가오는 걸 알아차렸다.

한 명은 제2근위기사단 단장 타우르. 또 한 명은—— 쿠로노였다. 그는 부축을 받으며 걷고 있었다. 가슴이 벅차올라 달려 나갔다. 발이 엉켜 넘어졌지만, 창피하다는 생각은 들지 않았다. 그 소리로 이쪽을 알아차렸는지 쿠로노가 타우르한테서 떨어져 걷기 시작했다.

허벅지를 다쳤는지 걷기만 하는데도 쿠로노는 넘어질 뻔했다. 하지만 어찌어찌 버텨 서서 두 걸음, 세 걸음, 발을 내디뎠다. 한계는 네 걸음째에 찾아왔다. 쿠로노가 무릎을 꿇었다. 하지만, 쓰러지는 일은 없었다. 여주인이 꽉 껴안아 받아냈기 때문이다. 체

온과 고동이 느껴졌다. 살아 있다. 살아서 돌아와 주었다. 약속을
지켜 주었다.

"셰라, 나…… 돌아왔어."

"그래, 알아. 알고 있어."

"허릿심이 빠질 때까지 섹스하는 건 뒤로 미뤄야겠네."

"바보! 이런 때 무슨 말을 하는 거야!"

미안, 하고 쿠로노는 연약한 미소를 띠었다.

"레오가 죽었어."

"기억해. 구릉 지대에서 있었던 일이지."

쿠로노가 불쑥 중얼거렸고, 여주인은 고개를 끄덕였다.

"호르스도, 리저드도, 그 밖에도 수많은 사람이……. 노력했지
만, 힘이 미치지 못해서!!"

"네 탓이 아니야! 네 탓이 아니라고!!"

쿠로노가 오열했고, 여주인은 팔에 힘을 주었다. 눈물이 넘쳐
흘렀다. 그 눈물은 죽어 간 병사를 위해 흘리는 눈물이 아니었다.
쿠로노가 무사해서 흐르는 눈물이다. 어쩜 이리도 자기중심적인
여자인 걸까. 정말로 넌더리가 나지만, 그것이 진실한 마음이었
다. 쿠로노를 꽉 껴안고 여주인은 소리 높여 울었다.

※

쿠로노와 여주인이 서로 끌어안고 울고 있다. 리오는 작게 한

숨을 내쉬고는 발걸음을 되돌렸다. 나도 쿠로노랑 서로 껴안고 싶은데, 라며 입술을 삐죽였다. 하지만 오늘은 그녀한테 양보해 주자는 생각이 들었다. 조용히 걷기 시작하자, 레온하르트가 말을 걸었다.

"어라, 감동의 대면을 기대하던 게 아닌가?"

"미안하지만, 난 분위기를 읽을 수 있는 편이라 말이지."

"이거, 엄하군."

하하, 하고 레온하르트는 연극이라도 하는 듯한 몸짓으로 웃었다.

"아인들의 상태는 어때?"

"난 의사가 아니니까 정확하진 않다만, 적절한 치료를 받으면 문제없을 거다."

후후, 하고 레온하르트는 소리 죽여 웃었다.

"왜 그래?"

"도중에, 쿠로노 님은 괜찮냐고 아인들한테서 몇 번이나 질문을 받아서 말이지. 그걸 떠올린 거다."

"그게 뭐가 재미있다고."

리오는 한숨을 섞으며 중얼거렸다.

"……쿠로노를 걱정하고 있었나. 조금 부럽네."

"흠? 리오 경도 걱정해 줄 사람이 있지 않나?"

"그런 의미가 아니야. 근위기사인 우리한테는 검을 바칠 상대가 없는데, 그들한테는 있어. 그게 부러운 거야."

"황녀 전하께 바치는 검으로는 불만이었나?"

"불만은 아니지만, 황녀 전하는 나를 별로 좋아하지 않았으니까."

무도회에서 그런 태도를 보이지 않았다면 편을 들어 줄 수도 있었다. 뭐, 그래도 언젠가는 끝끝내 배신했을 것 같지만——.

"레온하르트 경은 어떻지?"

"나는 누가 주군이든지 간에 근위기사로서 검을 휘두를 뿐이다."

"훌륭하네."

리오는 가볍게 어깨를 으쓱였다. 말은 그렇게 했지만, 본심으로는 그리 생각하지 않았다. 레온하르트는 무슨 일에든 무관심한 것뿐이지 않을까 하는 생각이 한층 더 강해졌을 뿐이다.

어깨를 나란히 하고 걷고 있자, 레온하르트가 떠올렸다는 듯이 입을 열었다.

"케페우스 제국의 초대 황제는 다른 세계에서 온 검은 머리 남자였다는 것 같더군."

"뜬금없이 무슨 소리를 하는 거야?"

"문득 옛날에 들었던 이야기를 떠올려서 말이지. 건국 신화다."

흐음. 리오는 맞장구를 치고는 입안에서 건국 신화라는 말을 읊조렸다. 나쁘지 않은 울림이다. 아인에게 왕은 없다. 과거에는 왕이라 불리는 존재가 있었겠지만, 그 존재는 역사의 어둠에 묻혀 버리고 말았다. 지금은 그들이 어떤 문화를 가지고 있었는지, 어떤 역사를 걸어왔는지 아는 자는 없다.

만약 그들이 다시 왕을 옹립하고, 그것이 케페우스 제국의 주춧

돌을 쌓은 초대 황제와 같은 검은 머리의 소유자라고 한다면——.

리오는 어깨 너머로 뒤를 봤다. 쿠로노와 여주인의 모습은 인파 속에 가려 보이지 않았다. 하지만, 분명 지금도 서로 껴안은 채 울고 있으리라.

"임금님치고는 시원찮네."

쿠로노의 기량은 평범한 사람보다 살짝 나은 정도다. 신의 가호도 없다. 하지만, 마음이 따뜻하다. 부하를 위해 사지에 남을 수 있는 용감한 남자다.

만약, 조금 전의 광경이 건국 신화의 일부라고 한다면——.

"……저건 첫 울음소리가 되겠네."

"뭔가 말했나?"

"아무것도 아니야."

후후, 하고 리오는 웃었다. 아무도 모르는 건국 신화를 자신만이 알고 있다. 그렇게 생각하니 약간 기분이 좋아졌다. 오늘은 아인의 왕이—— 혹은 제국에서 시달려 왔던 모든 이의 왕이 태어난 날인 것이다.

제 3 장 『반상』

　제국력 431년 1월 하순── 제도의 제1가구에 있는 팔라티움 저택의 정원. 정원을 산책하던 레온하르트는 발을 멈추고 인공 연못에 시선을 향했다. 인공 연못 수면은 얼음으로 반쯤 뒤덮여 있었다. 작년 이맘때는 얼음으로 완전히 덮여 있었는데, 올겨울은 다소 따뜻한 모양이다.

　그러고 보니 눈도 내리지 않았다. 차가운 바람이 분다. 인공 연못이 물결치고, 마른 풀이 파삭파삭하는 소리를 냈다. 신위술─활성을 쓰면 마른 풀을 푸르른 모습으로 되돌릴 수 있다. 일부 귀족이나 상인 중에는 신전에 거액의 기부를 하여, 겨울철에 꽃이 흐드러지게 피게끔 하는 사람도 있다고 한다.

　레온하르트는 마른 풀을 쳐다보고는, 작게 고개를 흔들었다. 신위술은 가볍게 쓸 것이 아니고, 푸르른 모습으로 되돌린들 금세 시들어 버리고 말 것이다. 게다가 겨울의 정원 또한 나름의 정취가 있다.

　멍하게 정원을 바라봤다. 전쟁의 뒤처리로 바쁜 나날이 계속되고 있었다. 그러나 제1근위기사단 단장인 자신은 이렇게 느긋하게 지내고 있다. 죽은 부하를 생각하면 레온하르트는 이 시간이 너무나도 사치스럽게 느껴졌다. 그런 생각을 하고 있었더니──.

"내 참! 이런 데 있었나!"

정원에 리라의 목소리가 울렸다. 옷을 두껍게 입었는지 기억하던 모습보다 통통하게 부풀어 있었다. 그녀는 스커트를 걷어붙이고 성큼성큼 걸어왔다.

"그래 얇게 입어 가꼬 감기 걸리믄 우짤 기고!"

리라는 레온하르트 앞에 멈춰 서더니 거친 목소리로 말했다. 발밑을 봤다. 마른 풀이 짓밟혀 있었다. 마른풀은 마치 저항하듯, 끝부분이 삐져나와 있다.

"머 보고 있는 기고?"

"마른 풀을——."

"아~아! 이런 데 있어가 몸이 완전히 식어삣다 아이가!"

리라는 양손으로 레온하르트의 얼굴을 사이에 끼고 말했다. 따뜻하게 해주려는 건지 그녀가 손을 앞뒤로 움직였다. 다만 손이 온통 거칠게 터 있기에 줄로 다듬는 듯한 기분이 들었다.

"근데, 이런 데서 뭐 하고 있었던 기고?"

"겨울의 경관을 즐기고 있었어."

"예전부터 생각한 긴데, 레온하르트 님아는 젊은데 할배 같대이."

"그런가?"

"그야 글태이. 젊은 사람은 밖에서 노는 법이대이."

리라는 가슴을 펴고 말했다. 자기가 잘못되어 있다고는 추호도 생각지 않는 태도다.

"글고, 집에 틀어박혀 있으면 몸이 썩어삔대이."

"흠, 리라는 놀러 가고 있나?"

"물론이대이."

흐흥, 하고 리라는 콧방귀를 꼈다. 놀라서 눈이 살짝 휘둥그레졌다. 물론 더부살이로 거두어진 경위가 있다고는 해도 급료는 주고 있다. 하지만 리라가 노는 모습은 쉬이 상상되지 않았다.

"뭘 하면서 놀고 있지?"

"신시가지에 간대이."

"뭘 하면서 놀고 있지?"

"신시가지에 놀러 간다 캤다 아이가."

레온하르트가 같은 질문을 던지자, 리라는 의아하다는 듯이 미간을 찌푸렸다.

"구체적으로 뭘 하면서 놀고 있는지 알려주지 않겠어?"

"뭐꼬, 그런 의미였나. 똑디 안 물어보면 모른대이."

리라는 부루퉁해진 듯한 표정을 짓고 있다. 똑바로 물었다고 생각하는데, 커뮤니케이션이란 상당히 어렵다.

"그래 말하는 기 서툴러 가꼬 일 똑디 할 수 있나?"

"우수한 부하 덕분에 어떻게든 해내고 있어."

"하~, 레온하르트 님아의 부하는 힘들겠대이. 내도 힘내야겠대이."

리라는 그렇게 말하고는 알통을 만들었다.

"그래서, 신시가지에서 뭘 하면서 놀고 있지?"

"즉당이 걸어 다니믄서 밥 먹는 기라. 아아, 글고 보이 유랑 광대가 연극을 하고 있었대이."

"호오, 어떤 연극이지?"

"레온하르트 님아가 나왔었대이."

"리라, 나는 배우가 아니야."

"그런 건 알고 있대이. 내는 연극의 역할······ 역할이라 캐도 되나? 뭐, 우쨌든, 연극에서 레온하르트 님아 역할이 있었대이. 레온하르트 님아가 우짠 일을 하고 있는지 몰랐으니까 쪼매 놀랐대이. 특히 알포트 님을 지키기 위해 대군에 맞선 부분 같은 건 심장이 멈추는 줄 알았대이."

"······그렇군."

레온하르트는 조금 뜸을 두고 고개를 끄덕였다. 알포트의 이름이 나왔다는 것은 신성 아르고 왕국과의 전쟁이 테마가 된 것이리라.

"······너무 빠른데."

레온하르트는 작게 중얼거렸다. 누군가가 여론을 조작 중인 것이다. 제국의 신민은 직접적인 정치적 영향력을 지니지 않지만, 어떤 군주든지 간에 여론을 무시하는 건 불가능하다. 민중이 불안을 품으면 그것만으로도 나라는 혼란스러워지는 법이다.

리라의 이야기를 듣는 한, 불안을 부채질하고 있지는 않은 모양이다. 그렇다면 흑막은 군무국이거나, 알코르 재상 중 어느 한쪽일 것이다. 레온하르트가 최후방에서 적을 막는 역할을 맡았다는 줄거리는 구귀족의 인상을 좋게 만들고 싶다는 의도임이 분명하다.

"리라, 연극 중에 쿠로노라는 역할은 있었어?"

"없었대이. 쿠로노가 머 어떻게 됐나?"

"아니, 아무래도 내 착각인 모양이군."

리라는 미심쩍은 표정을 지었지만, 추궁은 하지 않았다. 그러고 보니 쿠로노는 어떻게 지내고 있을까? 레온하르트는 그런 생각을 하며 하늘을 올려다보았다. 전선 기지에서 헤어지고 나서 만나지 않았다. 건강히 지낸다면 좋겠다만──.

"아, 글고 보이 할배가 찾고 있었대이."

"할아버님이?"

리라가 떠올린 듯이 말했고, 레온하르트는 고개를 갸웃했다. 글쎄, 무슨 용건일까. 저택의 유지, 운영에 관해서는 할아버지에게 맡기고 있는데──.

"논고행사가 어쩌니 말했대이."

"논공행상 말이려나?"

"그래 말했대이."

리라는 약간 부루퉁해진 듯이 말했다.

"근데, 논공행상이라는 기 뭐꼬?"

"논공행상이라는 건…… 요컨대 호출을 받았다는 거야."

"호출이라니, 큰일이다 아이가!"

리라는 놀란 듯이 눈을 휘둥그레 떴다.

"레온하르트 님아, 곧바로 할배 있는 곳에 가재이!"

"그렇게 서두를 필요는 없다고 생각하는데."

"할배가 찾고 있다 카는 건 급하다는 기다!"

리라는 레온하르트의 손을 붙잡고는 걷기 시작했다. 참말로, 내가 엄스몬 암것도 몬한다이까, 라며 투덜거리듯이 말했다. 레온하르트는 훗, 하고 웃었다. 그녀 안에서 자신은 처음 만났을 때 그대로—— 아니, 잘 생각해 보니 그녀한테 신세를 진 기억이 거의 없다.

처음 만났을 때부터 이랬다. 아마도 만난 순간에 자신은 손이 많이 가는 남동생이라 여겨지고, 그 인식이 줄곧 변하지 않은 것이리라. 그 인식이 죽을 때까지 고쳐질 일이 없는 것 아닐까 하는 생각에 레온하르트는 탄식했다.

※

"——!!"

쿠로노는 채 말소리가 되지 않는 비명을 지르고는, 침대에서 벌떡 일어났다. 상반신을 일으킨 채 시선을 이리저리 옮겼다. 그곳은 제도의 크로포드 저택에 있는 자신의 방이었다. 어째서 자신이 크로포드 저택에 있는 건가 싶어 고개를 갸웃하다가, 지금까지의 경위를 떠올렸다.

그 뒤—— 전선 기지로 돌아온 쿠로노와 부하들은 치료를 받았다. 베틸이 의사를 모아 준 것이다. 치료를 받고, 막상 에라키스 후작령으로 귀환하려는 찰나, 제도에서 사자가 찾아왔다. 논공행상이 있으니 제도에 와줬으면 한다는 것이었다. 그래서 뒷일은 미노에게 맡기고 제도로 왔다.

쿠로노는 숨을 내뱉고는 침대에 풀썩 자빠졌다. 전신이 땀에 젖어 불쾌했다. 천장을 올려다본 채로 깊은 한숨을 내쉬자――.

"" "쿠로노 님! 안녕히 주무셨어요 같은!!"""

텅, 하는 소리와 함께 문이 열리고, 아리데드와 데네브가 뛰어들어왔다. 군복이 아니라 메이드복을 입고 있었다. 레이라가 입고 있던 때와 달리, 사이즈가 딱 맞았다.

두 사람은 그대로 침대에 다이빙했다. 침대가 삐걱거렸다.

"쿠로노 님, 이제 아침이야 같은."

"아침 식사 준비가 되어 있고."

아리데드와 데네브는 침대에 누워 뒹굴며 말했다.

"둘 다 좋은 아침."

둘에게 인사를 하면서 하품을 했다.

"한 번 더 잘 거면 같이 자줄 거고."

"메이드라는 직업은 병사와는 다르게 피곤한 느낌이고."

아리데드는 어딘가 즐거운 듯이, 데네브는 왠지 모르게 지친 듯이 말했다.

"그건 그렇고 엄청난 땀이고."

"어제도 가위에 눌렸던 것 같고. 의사한테 진찰을 받는 편이 좋을지도 모르겠어 같은."

"아마 정신적인 거니까, 진찰을 받아도 헛수고일 거야."

쿠로노는 미소 지었다. 그럴 생각이었지만, 아리데드와 데네브는 애처로운 것이라도 본 듯한 얼굴로 고개를 숙이고 말았다. 아마, 잘 웃지 못하고 있는 것이리라.

"……일어날게."

"조금 더 자도 OK인 것 같은."

"뭣하면 오늘은 누워서 지내도 OK고."

"오늘은 성에 가는 날이니까, 그럴 수는 없어."

쿠로노는 작게 한숨을 내쉬었다. 가능하면 둘의 말을 받아들이고 싶지만, 그래서는 제도에 온 의미가 없다. 게다가 몸 상태가 좋지 않아도 일은 해야 한다.

"쿠로노 님의 마음은 알았지만, 조금 더 자고 있어 주세요 같은."

"쿠로노 님이 일어나 버리면 아침 식사 준비가 기다리고 있고."

"……둘 다 얼른 침대에서 내려와서 아침 식사를 준비하도록 하세요."

""——!!""

땅속에서 울리는 듯한 목소리에 아리데드와 데네브는 벌떡 일어났다. 방 입구에는 마이라가 서 있었다. 그녀는 팔짱을 낀 채 웃고 있었다.

"우리 일은 쿠로노 님을 깨우는 거고."

"아직 침대에 누워 있고."

아리데드와 데네브가 입술을 삐죽이며 말하자, 마이라가 성큼

성큼 걸어 다가왔다. 문득 위화감을 느꼈다. 어째서일까? 하고
고개를 갸웃하자, 위화감의 정체가 짚였다. 발소리다. 무음살인
술의 마이라라고 불렸던 그녀가 발소리를 내고 있다. 마이라는
아리데드의 머리를 붙잡고, 그대로 들어 올렸다. 아리데드의 몸
집이 작다고는 해도 한 손으로 들어 올리다니—— 무시무시한 악
력과 완력이다.

"이대로 두개골이 부서지든가 아침 식사 준비를 하든가 선택하
도록 하세요."

"우, 우오오오오, 두개골에서 두개골이 삐걱거리는 소리가 들
리는 것 같은!"

"상황을 설명할 여유가 있으면 얼른 대답해 같은!"

"두, 두두, 두개골이 부서지는 걸 선택하겠어 같은!"

"그렇게까지 자고 싶은 거야 같은?!"

아리데드의 말에 데네브의 눈이 휘둥그레졌다.

"그, 그그, 그런 게 아니고! 이, 이건 애인으로서의 긍지 같은!"

"훌륭한 각오입니다. 제가 이대로 두개골을 부술 수 없을 거라
고 우습게 보지 않았을 때의 이야기이지만요."

"아, 죄송합니다. 우쭐거리고 있었어요. 곧바로 아침 식사 준비
를 할게요 같은."

마이라가 한층 깊은 미소를 띠자, 아리데드는 선뜻 앞서 한 말
을 뒤집었다. 마이라가 어처구니없다는 듯이 한숨을 내쉬고는 손
을 놓았다. 아리데드는 네 발로 엎드린 자세가 되어 거친 호흡을

되풀이했다.

"애인으로서의 긍지 운운해놓고서는 기가 차네 같은."

"그런, 대사는, 두개골이 부서질 뻔하고 나서, 해야만 하고."

아리데드가 어이없다는 듯이 말하는 데네브를 노려봤다.

"그러면, 두 사람은 아침 식사 준비를."

"'네~에.'"

둘은 나른한 듯이 말하고는 방에서 나갔다. 하아~, 하고 마이라는 이 이상 없을 정도로 깊은 한숨을 내쉬었다. 발소리도 그렇고, 한숨도 그렇고, 드문 일투성이다. 가능한 자극하지 않도록 쿠로노는 살며시 침대에서 내려왔다. 그러자——.

"도련님, 머리가 뻗쳐 있습니다. 괜찮으시다면 머리를 빗겨 드리겠습니다만?"

"아침 먹고 나면 목욕할 거니까 괜찮아."

"친밀한 사이에도 예의를 지켜야 한다는 말이 있습니다."

"하아, 알았어. 부탁할게."

쿠로노는 작게 한숨을 내쉬고는 의자에 앉았다. 마이라는 성큼성큼 걸어와, 쿠로노의 머리카락을 빗기기 시작했다. 다만 어지간히 짜증이 나 있는지 손놀림이 난폭했다.

"그 두 사람은······."

마이라는 손을 멈추고 불쑥 중얼거렸다.

"그 두 사람은 열악합니다. 저렇게까지 글러 먹은 메이드를 저는 본 적이 없습니다."

"그, 그런 식으로 말하지 않아도⋯⋯. 일단 둘 다 나를 걱정해서 남아 준 거니까."

"예! 예에! 도련님이 걱정되어서 따라왔다는 이야기를 들었을 때는 감탄했고, 메이드 수업을 하고 싶다는 말을 꺼냈을 때는 감동으로 가슴이 가득했죠! 하지만, 그 뒤가 완전히 글러 먹었습니다!"

마이라는 난폭하게 손을 움직였다. 그때마다 고통이 느껴지고 머리카락이 뽑혀나갔다. 어찌 이리도 지독한 짓을 하는 걸까. 마이라는 악마다.

"아침에 늦잠을 자는 건 당연. 청소를 하면 네모난 방을 둥글게 쓸고, 요리를 하면 몰래 집어먹기 일쑤. 장을 보고 나면 거스름돈을 얼버무립니다. 이걸 열악하다고 말하지 않고 뭐라고 말할까요."

"저, 저기, 마이라 씨. 조금 더 부드럽게⋯⋯."

"저는 칠푼이 메이드야말로 최하급 메이드라고 생각하고 있었습니다만, 저 둘이야말로 최하급 메이드입니다! 싹수 노란 메이드입니다!!"

투둑투둑, 하며 머리카락이 뽑혀 나갔다. 참지 못하고 쿠로노는 목소리를 냈지만, 마이라의 분노를 가라앉힐 수는 없었다. 그러기는커녕 더더욱 열을 띠고 있다. 곤란하다. 머리카락이 위험에 처해 있다.

"급기야는! 저를 하, 할망구라고!! 예에, 그야, 저는 60살 먹은 할머니입니다! 요, 요요 20년 정도 계속 남자 없이 혼자였지요! 아는 사람한테는 손주가 생겼고요!! 그래도, 남변경 개척으로 바빴으니까 어쩔 수 없지 않습니까! 저 역시 시간이 있다면 결혼쯤은! 결혼쯤은!!"

크으윽!! 하고 마이라는 신음했다. 자연히 손이 멈췄다. 기회다. 다른 화제로 분노를 진정시키는 거다. 머리카락을 구할 수 있는 건 나 자신뿐이다.

"그렇게나 결혼하고 싶어?"

"아니요, 별로."

쿠로노가 묻자, 마이라는 태도가 완전히 바뀌어 평온하고 조용한 목소리로 대답했다. 주먹을 꽉 쥐었다. 분노를 가라앉히는 데 성공한 모양이다. 이로써 머리카락은 평안 무사하다. 기분이 조금 편해졌다.

"만일을 위해서 묻겠는데, 결혼 조건은?"

"딱히 조건은 없습니다만, 연 수입이 금화 2,500닢 정도 되면 좋겠군요."

"흐음~, 그렇구나."

쿠로노는 맞장구를 쳤지만, 연 수입 금화 2,500닢이라고 하면 토지를 가진 하급 귀족 수준의 수입이다. 은근히 허들이 높다. 어깨에 손이 놓였다. 자기도 모르게 움찔하고 말았다.

"그러고 보니 도련님의 수입은——."

""물끄럼——.""

마이라의 말을 아리데드와 데네브의 목소리가 가로막았다. 마이라는 깊은 한숨을 내쉬고는 뒤돌아봤다. 쿠로노도 그에 이끌려 뒤돌아봤다. 그러자 문 뒤에서 아리데드와 데네브가 이쪽을 보고 있었다. 마이라는 관자놀이에 손을 댄 채 작게 고개를 내저었다.

"당신들, 아침 식사 준비는 어떻게 된 겁니까?"

"안 좋은 예감이 들어서 돌아왔고."

"그랬더니 아니나다를까 같은."

아리데드와 데네브는 문 뒤에서 뛰쳐나와 가부키 배우 같은 포즈를 취했다.

"손자만큼이나 나이 차이 나는 애한테 손을 대려 하다니 용서할 수 없고."

"여자는 언제까지고 여자라고는 해도, 그건 그거, 이건 이거 같은."

"둘 다 유쾌한 말을 하는군요."

마이라가 쿡쿡 웃으며 발을 내디디자, 두 사람은 겁을 먹은 것처럼 뒷걸음질했다.

"큭, 다리가 멋대로! 이게 나이 먹은 엘프의 중압감!"

"아와와, 중압감이 늘어났고!!"

"아침 식사 준비를 하세요."

으그극, 하고 아리데드와 데네브는 신음했다.

"상대가 좋지 않아 같은."

"전략적 퇴각도 어쩔 수 없고. 하지만, 그전에……."

아리데드는 걸어 나와 손가락으로 마이라를 척 가리켰다.

"할망구는 더는 필요 없어 같은!"

"──!!"

바람이 아리데드와 데네브 사이를 불어 지나갔고, 텅, 하는 소리가 울렸다. 마이라가 단검을 던진 것이다. 어느 정도의 위력이 담겨 있었던 것일까. 상당히 깊이 벽에 박혀 있다.

"남길 말은 그것뿐입니까?"

"후퇴 같은!"

"클로드 님한테 중재를 부탁하는 것 같은!"

아리데드와 데네브는 몸을 돌려 방에서 나갔다. 우당탕탕, 하는 소리가 울린다. 나 참, 하고 마이라는 중얼거린 뒤 쿠로노를 향해 돌아섰다.

"그럼, 계속해서."

"아리데드와 데네브한테 너무 심한 짓을 하지는 마."

"약속은 드리기 어렵습니다."

마이라는 그렇게 말하고는 다시 쿠로노의 머리를 빗기 시작했다. 세심한 손놀림이다. 분노가 극한까지 달함으로써 역으로 냉정해진 것이리라. 이제 안심하고 맡겨도 될 것 같다. 그런 생각을 하고 있자, 마이라가 손을 멈췄다.

"왜 그래?"

"몹시 말하기 껄끄럽습니다만……."

마이라가 신음하듯이 말하자, 심장 고동이 급격히 빨라졌다.

혹시, 아니, 그런, 설마── 아니아니, 지나친 걱정이다. 소수를
세면서 진정하자.

"1, 3, 5, 치──."

"측두부에 머리카락이 없는 부분이……."

"거짓말이지?!"

쿠로노는 황급히 옆머리에 손을 댔다. 손가락에 매끈한 감촉이
전해져 온다. 확실히 마이라의 말대로였다. 현기증과 구역질이
났다. 설마, 이 나이에 대머리라니──.

"실례했습니다. 이건 상처 흔적인 것 같군요."

"──!!"

쿠로노는 숨을 삼켰다. 원인이 짐작 갔기 때문이다. 세실리다.
세실리한테 발차기를 맞은 부분이다. 무슨 그딴 여자가 다 있지.
목숨을 구해 준 은혜를 원수로 갚다니──.

"세실리, 그년……."

쿠로노는 주먹을 꽉 쥐고 신음했다. 이 대가는 언젠가 반드
시──.

※

"맛있어! 엄청나게 맛있고!!"

"이렇게나 맛있는 요리를 먹으면 원래 생활로 돌아갈 수 없고!"

쿠로노가 마이라와 같이 식당에 들어가자, 아리데드와 데네브

가 자리에 앉아 식사하고 있었다. 양아버지는 즐기고 있는 듯한 표정을 띠고 있다. 마이라가 쑥 걸어 나갔다.

"당신들!"

""——!!""

마이라가 일갈하자, 아리데드와 데네브는 식당에서 나갔다. 마이라는 둘을 쫓아가 문으로 몸을 내밀었다.

"목욕 준비를 하도록 하세요! 농땡이 피우면 등가죽을 벗겨 버릴 겁니다!!"

""알겠고!""

복도에서 둘의 목소리가 울렸고, 마이라는 깊은 한숨을 내쉬었다. 식당으로 돌아와 얼굴을 찌푸렸다. 아리데드와 데네브가 요리를 거의 다 먹어 치운 상태였기 때문이다. 양아버지는 히죽히죽 웃고 있다.

"이야~, 먹성이 정말 좋던걸."

"예에, 예에, 보면 알고말고요!"

마이라는 짜증이 난 듯이 말하고는 접시를 겹치기 시작했다. 쿠로노는 그녀를 자극하지 않도록 양아버지 맞은편 자리에 앉았다.

"주인님도 주의시켜 주세요!"

"알았어, 알았어. 다음에는 주의시킬게."

양아버지는 전혀 건성인 어조로 말했다. 오래 알고 지낸 사이인 만큼 주의할 생각이 전혀 없다는 걸 알아챈 마이라는 잔뜩 성을 내며 주방으로 향했다.

"아리데드와 데네브가 터무니없는 민폐를……."

"음, 뭐어, 신경 쓰지 마라. 옛날에는 저 녀석도——."

"저는 저렇게까지 열악하지 않았습니다!"

"으햐, 귀는 참 밝다니까."

주방에서 마이라의 목소리가 울렸고, 양아버지는 목을 움츠렸다.

"나 참, 나이 든 녀석은 자신의 젊었던 시절을 미화한단 말이지."

"노 코멘트로."

양아버지가 투덜거리듯이 말했지만, 쿠로노는 코멘트를 거부했다.

"음, 거 뭐냐, 그다지 잘 자지 못한 것 같구나."

"아는 거야?"

"그야 이래 보여도 아비니까 말이지."

양아버지는 자리가 편치 못한 것처럼 다시 앉았다. 신성 아르고 왕국에서 생환한 이후로, 잘 자지 못하고 있다. 잠이 잘 오지 않고, 잠들었다고 하더라도 몇 번이고 잠에서 깨고 만다. 꿈자리도 안 좋다. 레오나 호르스, 리저드—— 이름도 모르는 엘프 여성이 죽는 광경을 꿈속에서 본다. 아니, 그것뿐만이 아니다. 레오나 호르스, 리저드와 이야기했던 것 등 별것 아닌 평범한 일상의 꿈을 꾼다. 굳이 따지자면 후자 쪽이 더 괴로웠다. 눈을 뜨면 어마어마한 상실감에 사로잡히는 것이다.

"아버지, 어째서……."

"뭐냐?"

쿠로노가 말을 걸자, 양아버지는 몸을 내밀었다. 어째서, 리저드는 자신을 희생한 걸까. 어째서, 걸음을 멈추지 않았던 걸까. 어째서, 자신에게 유품을 맡긴 것일까. 어째서── 하고 자문하는 사이에 죽음의 광경이 되살아난다. 창에 머리가 날아간 레오. 불타 죽은 엘프 여성. 창에, 신위술에 죽은 엘프와 수인들. 눈을 크게 뜬 채 죽은 호르스. 창에 온몸이 꿰뚫리면서도 결코 걸음을 멈추지 않았던 리저드. 어째서, 하고 쿠로노는 가슴을 쥐어뜯었다.

"──어이."

"──!"

양아버지가 부르는 목소리에 쿠로노는 제정신으로 돌아왔다.

"왜 부하가 널 위해 희생한 거냐는 질문이라면 난 대답할 수가 없다."

"아버지라도 그렇구나."

"당연하잖냐. 나는 신이 아니라고. 그야 뭐, 나도 젊었을 때는 이것저것 고민했지만 말이다. 잔뜩 고민한 끝에, 죽은 녀석의 마음 같은 건 알 수 없다는 당연한 사실을 깨달은 것뿐이었다."

"아버지는, 어떻게 해서 극복했어?"

"어떻게 해서라니……."

양아버지는 거북한 듯이 머리를 긁적였다.

"뭐, 이거저거다. 말도 안 되는 억지를 써 보거나, 분노에 몸을

맡겨 적을 죽이거나, 술을 마시거나, 여자를 안거나……. 아니,
사실은 나도 극복하지 못한 것 아니려나?"

"극복하지 못했다고?"

"뭔가, 이렇게, 부하의 죽음을 극복했다! 같은 느낌은 없단 말
이지."

쿠로노가 되묻자, 양아버지는 어딘가 먼 곳을 보는 듯한 눈으
로 천장을 올려다봤다.

"혼자서 술을 마시면서 숙연해질 때도 있고 말이다."

"그렇구나."

"그러니까, 어떻게 마주 볼 것인가가 중요한 것 아니겠냐."

"어떻게 마주 보냐인가……."

"오래 기다리셨습니다."

쿠로노가 중얼거리자, 마이라가 빵과 건더기가 없는 수프를 테
이블에 올려놓았다. 식욕이 그다지 없기에 고마웠다. 수프를 건
져 입으로 옮겼다. 입에 넣었다가, 눈이 살짝 휘둥그레졌다. 곧바
로 두 입째를 옮겼다. 간은 담백했지만 깊은 맛이 있다.

"어떠신지요?"

"맛있어. 응, 맛있어."

"그건 다행입니다. 최근 도련님은 몸의 상태가 좋지 않으셨던
모양이니 말이지요."

마이라는 만족스러운 듯이 미소 지었다. 걱정을 끼쳐 미안하다
는 생각이 들었다.

"이 정도면 논공행상 도중에 쓰러질 일은 없겠구만."

양아버지는 손으로 턱을 괴고는 훗, 하고 웃었다.

※

쿠로노가 성에 들어갈 준비를 마치고 밖으로 나오자 말 두 마리가 이끄는 상자형 마차가 서 있었다. 마차에는 황실 문장이 있고 그 주위를 여러 명의 기병이 둘러싸고 있었다. 하얀 군복을 입고 있으니 근위기사단 단원일 것이다. 그리고 기병들 주위에는 모르는 사람들—— 구경꾼이 있었다.

크로포드 저택이 있는 제4가구는 부유층이 사는 구역이지만, 굳이 따지자면 평민이 많다. 그런 곳에 황실 문장이 새겨진 마차가 왔으니 구경꾼이 몰려도 이상하지 않았다. 한 남자가 말에서 내리자, 구경꾼들이 거리를 벌렸다.

남자는 쿠로노에게 다가와 멈춰 섰다. 등을 쭉 펴고 경례한다. 구경꾼들에게서 호오, 하는 목소리가 새어 나온다. 그만큼 남자의 경례는 아름다웠다. 약간 늦게 쿠로노도 경례했다. 유감이지만 구경꾼들의 목소리는 새어 나오지 않았다. 남자가 경례를 풀고, 쿠로노도 뒤이었다.

"에라키스 후작, 모시러 찾아뵈었습니다."

"수고가 많습니다."

"그럼, 이쪽으로 오시지요."

남자의 안내를 받아 마차에 탄다. 창문으로 밖을 보니 현관에 양아버지, 마이라, 아리데드, 데네브 네 사람이 서 있었다. 가볍게 손을 흔들었다. 그러자, 아리데드와 데네브가 손을 붕붕 흔들었다. 어린애 같은 행동에 쓴웃음을 지었다.

마차가 천천히 움직이기 시작했다. 대화 상대가 없기에 멍하게 밖을 바라보며 보냈다. 제도의 거리가 창밖으로 지나간다. 골디가 마개조한 마차와 비교하면 승차감은 좋지 않지만, 거침없이 나아갔다. 역시나 황실 문장이 새겨진 마차다.

문득 양아버지가 한 말을 떠올리고, 자기 나름대로 부하의 죽음과 마주 봐야겠다는 생각이 들었다. 딱 잘라 결론지을 수 없는 마음이 남을 뿐이라고 하더라도, 부하가 무엇을 생각하고 있었는지 멋대로 정해 버리는 것보다는 낫다. 그렇게 생각하니 조금이지만 마음이 편해졌다.

마차가 방향을 바꾸어 그대로 똑바로 나아갔다. 잠시 지나자 알피르크성이 보이기 시작했다. 도개교를 넘고, 내리닫이 쇠창살을 빠져나가── 성문을 지났다. 마차의 속도가 느릿하게 변했고, 정원 한구석에서 멈췄다. 멍하게 기다리고 있자, 문이 열렸다. 문을 연 것은 근위기사가 아니라 궁녀였다. 미인이지만, 어딘가 새침한 느낌이 들었다.

"알현실로 안내해 드리겠습니다. 이쪽으로 오시지요."

궁녀는 그렇게 말하고는 조용히 걷기 시작했다. 황급히 그 뒤를 따라갔다. 알피르크성의 정원은 넓고, 손질이 잘 되어 있었다.

물론 성 내부도. 앞장서 가는 궁녀의 안내를 받으며 문 앞에 도착했다. 크고 호사스러운 문이다. 아마도 이곳이 알현실이리라. 문 양옆에는 두 명의 기사가 대기하고 있었고, 그 앞에는 레온하르트, 타우르, 리오, 베틸이 모여 있었다.

"여어, 쿠로——."

"오오! 에라키스 후작!"

베틸은 리오를 밀어제치고 다가와 쿠로노의 양손을 꽉 잡았다. 리오는 살짝 발끈한 표정을 짓고 있었다. 떠밀렸으니 당연하겠지만.

"베틸 부군단장님, 그때는 감사했습니다."

"아니야, 아닐세. 나는 부군단장으로서 당연한 일을 한 것뿐이고말고."

그때라는 것은, 부상자를 치료하기 위해 의사를 모아 줬을 때의 일이다. 그게 아니었더라면 상처가 덧나 더 많은 사람이 죽었을 것이다.

"그런데, 애인은 어떻게 됐나?"

"안주인이라면 부관과 같이 에라키스 후작령으로 돌려보냈습니다."

"그런가. 그건 미안한 일을 해버렸군."

"아닙니다. 또 금방 만날 수 있으니 말이지요."

"그렇게 말해 주니 고맙네."

갑자기 베틸이 손을 놓았다. 스스로 손을 놓은 게 아니다. 리오가 베틸을 밀쳐낸 것이다. 리오는 쿠로노의 팔에 자신의 팔을 감았다. 여전히 아직 어색하게 느껴진다.

"뭘 하는 거지."

"베틸 부군단장, 연인 사이의 만남을 방해하지 말아 주겠어?"

베틸이 발끈한 듯이 말하자, 리오도 발끈한 듯이 받아쳤다. 베틸은 으음, 하고 신음한 뒤 뒤로 물러났다. 리오의 박력에 굴하고만 모양이다.

"두, 두 사람은 정말로——."

"물론, 사귀고 있어."

"그, 그런가. 철석같이 황녀 전, 아니, 뭐어, 그런 건 사람마다 제각각이니 말이지."

베틸은 맥없이 후퇴했다. 사람마다 제각각이라 해놓고서는 대둔근—— 엉덩이 근육에 힘을 주고 있었다. 약간의 오해는 상관없지만, 가능하면 지금의 양호한 관계를 계속 이어나갈 수 있으면 좋겠다.

"남의 사랑을 방해할 생각은 없지만……."

레온하르트는 말을 끊고, 궁녀에게 시선을 향했다. 궁녀의 얼굴이 빨갛게 확 물들었다. 제법 태도가 다르다. 쿠로노에게는 계속 새침한 태도였는데——. 그녀는 어딘가 허둥대는 기색으로 고개 숙여 인사하고는 그 자리를 떠나갔다.

"조금은 장소를 분별해야 하지 않을까."

"알고 있어."

레온하르트의 말에 리오는 쿠로노에게서 떨어졌다. 불만스러운 듯이 입술을 삐죽 내밀고 있는 걸 보면 납득하지 않은 모양이다. 이런 점이 조금 귀엽다.

불현듯 레온하르트가 쿠로노에게 시선을 향했다. 그는 쿠로노를 가만히 바라보고는——.

"쿠로노 경, 낯빛이 좋지 않은 것 같다만?"

"최근, 식욕이……. 그리고 조금 수면 부족 기미입니다."

"흠, 괜찮다면 내가 자주 마시는 향차를 보내줄까? 진정 효과가 뛰어나거든. 기분이 고양되어 잠들지 못할 때 이걸 마시면 실로 편히 잠들 수 있지."

"마음만으로도 충분합니다."

"그런가."

레온하르트는 시무룩해진 기색으로 말했다. 약간 죄악감이 들었다.

"하지만, 마음이 바뀌면 말해 주게. 나는 언제든 기다리고 있도록 하지."

"신경 써 주셔서 감사합니다."

쿠로노는 고개 숙여 인사한 뒤 타우르에게 다가갔다. 등을 쭉 펴고 경례를 했다. 그러자 타우르도 마찬가지로 등을 펴고 반례해 주었다.

"타우르 경, 그때는 감사했습니다. 타우르 경이 아니었다면 다들 힘이 다해 죽었을 겁니다."

"별말씀을. 감사할 필요는 없습니다. 함께 싸우는 동료로서 당연한 일을 한 것뿐이니 말입니다."

쿠로노가 감사의 말을 표하자, 타우르는 웃었다. 어딘가 슬퍼 보이는 미소다. 부하의 죽음에 마음 아파해 주고 있는 것이리라. 그때, 기사들이 서로 얼굴을 마주 봤다.

"괜찮겠습니까?"

"음, 부탁한다."

베틸이 고개를 끄덕이자, 기사들은 뒤돌아서 문을 밀었다. 무거운 소리와 함께 문이 열렸다. 문 저편으로 넓고 커다란 공간이 눈에 들어왔다. 진홍색 융단이 저편까지 똑바로 뻗어 있었다.

"가지."

베틸이 걸음을 옮기자, 레온하르트, 리오, 타우르 순으로 뒤따랐다. 쿠로노는 맨 뒤쪽이었다. 융단에 발을 올렸다가, 자기도 모르게 도로 움츠렸다. 그만큼 융단이 부드러웠다. 두 기사가 쓴웃음을 지었다. 쿠로노는 창피해서 얼굴이 빨개졌다가 이윽고 다시 발을 내디뎠다. 네 명의 뒤를 걸으며 시선을 이리저리 옮겼다. 알현실은 제4가구의 크로포드 저택이 쏙 들어갈 정도로 넓었지만, 있는 거라고는 일직선으로 뻗은 진홍 융단과 옥좌뿐이었다. 아니, 옥좌가 올라가 있는 대(臺)를 포함하면 셋인가. 살풍경 하다 못해 자칫 공허하게 느껴졌다.

하지만 바닥은 거울처럼 광이 나고, 옥좌는 그 자체만으로 한 재산 되는 게 아닐까 싶을 만큼 정교하고 치밀하게 세공되어 있었다.

융단 양옆에는 궁정 귀족이 나란히 늘어서 있었다. 얼굴을 아는 인물은 없지만, 복장을 본 것만으로도 요직에 앉아 있음을 알 수 있었다. 쿠로노는 묘한 압박감을 느꼈다.

쿠로노는 앞을 봤다. 옥좌 주위에는 여섯 명의 남녀가 있었다. 좌우에 있는 건 대머리 노인과 묘령의 여성이었다. 아마도 대머리 노인이 알코르 재상일 것이다. 여성은── 재상과 나란히 설 수 있는 인물이 그리 흔할 리가 없으니, 알포트의 모친일 거다. 그럼 남은 네 명은 군무국장, 재무국장, 상서국장, 궁내국장인가.

알포트는 옥좌에 깊이 앉아 경직된 미소를 띠고 있었다. 이 자리에서 옥좌에 앉아 있다는 건 알포트가 새로운 황제가 된다는 의미였다. 병사의 으름장에 겁을 먹고, 횃불을 보고 똥을 지린 인물을 새로운 황제로 앉혀도 괜찮은가 싶었지만, 어차피 그를 옥좌에 앉힌 이들도 그의 수완을 기대하는 건 아니리라.

베틸이 멈춰 섰고 쿠로노와 다른 사람들도 멈춰 섰다. 레온하르트와 리오가 베틸 좌우에 서고, 타우르가 쿠로노 옆에 섰다. 베틸이 한쪽 무릎을 꿇자, 다른 세 사람도 그에 따랐다. 쿠로노는 약간 늦었다. 알코르 재상이 걸어 나와 쿠로노를 비롯한 다른 사람들을 일별했다.

"베틸 부군단장, 보고를."

"옙, 재상 각하. 저희는──."

알코르 재상의 재촉을 받고 베틸이 이번 전쟁에 관해 보고하기 시작했다. 보고는 대체로 정확했지만, 몇몇 사실이 왜곡되어 있었다. 횃불을 보고 똥을 지린 건은 당연히 감추겠지만, 그밖에는 조금 지나치게 과장했다. 이야기만 들으면 알포트가 우수한 군단장이었던 것 같았다. 그야 물론 다들 미리 입을 맞추었겠지만, 이런 내용인데도 용케 지적이 들어오지 않는구나 하고 속으로 감탄했다.

"──이상입니다."

"음, 각별히 공이 있었던 자에게는 은상(恩賞)을 내려주어야만 하겠군."

베틸이 보고를 끝내자, 알코르 재상이 쿠로노에게 시선을 향했다.

"……에라키스 후작."

"옙!"

알코르 재상에게 호명되어, 쿠로노는 짧게 대답했다.

"이번 전쟁에서 최후미에 남아 적을 막은 그대의 헌신에 알포트 전하는 무척 감사하고 계신다. 그건 나도, 전하의 자당이신── 파나 공도 마찬가지다."

알코르 재상이 눈짓하자 여성── 파나가 한 걸음 앞으로 나섰다.

"에라키스 후작, 아들을 궁지에서 구해 주셔서 감사드립니다."

"고마우신 말씀입니다."

쿠로노는 무릎을 꿇은 채 고개를 숙였고, 알코르 재상이 다시 입을 열었다.

"그 공적을 치하하여 카도 백작령을 하사한다."

"옙, 성은이 망극하옵니다."

쿠로노는 다시 고개 숙여 인사했다. 카도 백작령은 무도회에 갈 때 경유한 영지 중 하나로 에라키스 후작령 서쪽에 위치한다. 마차 창문을 통해 본 인상은 작은 어촌이 존재할 뿐인 벽지였지만, 바다에 인접한 영지는 그만의 매력이 있다. 어패류가 들어오고, 항구를 만들면 무역을 전개할 수 있을지도 모른다.

"자, 그럼. 전투를 막 끝낸 참이다만⋯⋯."

알코르 재상의 말에 쿠로노는 작게 고개를 흔들었다. 좋지 않다. 새로운 영지에 대한 것만 생각하고 있었지만, 전쟁은 아직 끝나지 않은 것이다. 그만한 손해를 낸 직후이니 곧바로 출진 명령이 나오지는 않을 테지만──.

"이번에, 신성 아르고 왕국과 강화 조약이 체결되었다."

한순간, 머릿속이 새하얘졌다.

그게, 무슨 말이지?

"모두가 알고 있는 대로, 우리나라와 신성 아르고 왕국은 국경 부근에서 셀 수 없을 정도로 자잘한 싸움을 반복해 왔다. 이번 전쟁은 그에 대한 불쾌감을 표명하는 것이었다."

알코르 재상은 이야기를 계속했지만, 쿠로노는 혼란의 소용돌이 속에 있었다. 말도 안 된다. 알포트가 제국에 귀환하고 나서 교섭을 시작했다고 쳐도 20일이 채 지나지 않았다. 그런 짧은 기간에 강화 조약이 맺어진다니, 이상하지 않은가. 불현듯 행군 이틀째의 일을 떠올렸다. 그때, 쿠로노는 상인이 쉽게 동서 가도를 오갈 수 없도록 하면 신성 아르고 왕국의 국력을 약화시킬 수 있지 않을까 하고 생각했다. 어째서 할 수 있는 일을 하지 않는가 하고도.

전쟁은 사소하지만 번거로운 일들을 쌓아 올린 것이다. 병사의 수를 갖추거나, 단련하거나, 해야 할 일은 셀 수 없을 만큼 많이 있다. 그런데 이번에는 고작 한 달 정도밖에 준비 시간이 없었다. 쌓아 올릴 요소가 너무 없었다. 하지만 물밑에서 교섭이 진행되고 있었다고 한다면 이야기가 다르다. 제국은 처음부터 마르카브를 점령할 생각이 없었다. 순조롭게 마르카브를 점령했다고 하더라도 퇴각할 수밖에 없는 상황을 만들어 냈을 것이 분명하다.

알코르 재상의 목적은 신성 아르고 왕국과의 강화이지, 수렁 같은 전쟁이 아니었으니까. 거기에 더해, 강화 조약을 체결함으로써 알포트가 즉위에 필요한 실적까지 만들었다. 이것도 저것도 전부, 이 노인의 계획이었다.

몸이 떨렸다. 공포를 억누르고, 죄악감에 덮개를 씌우고, 부하를 죽게 두고 싶지 않다는 일념으로 싸웠다. 그래도, 힘이 부족하여 수많은 부하가 죽었다. 그 모든 것이 반상 위에서 일어난 일이었다. 쿠로노와 부하들은 자신이 반상 위의 말이라는 것도 모르고 필사적으로 싸웠다.

쿠로노는 융단을 꽉 쥐었다. 너무 강하게 힘을 준 탓에 손톱이 떨어졌다. 살의가 솟아오른다. 죽이자. 이 녀석들을 죽이자. 자리를 박차려는 순간, 누군가가 쿠로노의 머리를 억눌렀다. 타우르였다. 타우르가 쿠로노의 머리를 억누르고 있었다.

"이거 놓——."

"참는 겁니다. 쿠로노 경의 목숨은 자신만의 것이 아닙니다."

"——!!"

격정에 사로잡히는 대로 손을 뿌리치려 했다. 하지만, 타우르의 말에 어느 정도 냉정함을 되찾았다. 그렇다. 쿠로노에게는 자신을 기다리는 사람이 있다. 격정대로 움직이면 폐를 끼치게 된다.

"에, 에라키스 후작, 이, 이번 강화를 어떻게 생각하지?"

"——큭!"

알포트가 물었다. 무신경한 말에 한층 더 살의가 솟아오른다. 어째서 그걸 내게 묻는 거지. 애초에 네가 퇴각하자고 아우성치지 않았더라면, 좀 더 안전하게 퇴각할 수 있었는데——. 뚝, 하고 방울이 융단에 떨어진다. 그건 피눈물이었다. 쿠로노는 손등으로 피눈물을 닦고 고개를 들었다. 필사적으로 미소를 띠었다.

"신민은…… 알포트 님의 영단(英斷)에 감사할 것입니다. 제 부하들도 평화의 주춧돌이 될 수 있었음을 분명 자랑스럽게 생각할 것입니다."

"그, 그런가. 그, 그건 다행이군."

알포트는 휴, 하고 안도의 한숨을 내쉬었다. 구역질이 났다. 뻔히 보이는 연극이다. 부하들은 이런 연극을 위해 죽은 것이다. 평화의 주춧돌이 될 수 있었음을 자랑스럽게 생각한다── 그럴 리가 없다. 죽고 싶지 않았을 터다. 살고 싶었을 터다. 그런 식으로 쓰다 버려지고, 어떻게 자랑스럽게 여길 수 있단 말인가. 쿠로노는 머리를 숙인 채, 어깨를 부들부들 떨었다.

※

"에라키스 후작!"

"──!"

큰 목소리가 울려, 쿠로노는 제정신으로 돌아왔다. 바람이 불고 있다. 차가운 바람이다. 무슨 일인가 싶어 바람이 부는 쪽을 보니, 하얀 군복을 입은 남자가 있었다.

"무엇인지요?"

"저택에 도착했습니다만…….."

쿠로노가 묻자, 남자는 의아한 듯이 눈썹을 기울이며 말했다. 남자의 뒤를 봤다. 확실히 남자 뒤에는 크로포드 저택이 있었다. 어느새 돌아온 것일까. 논공행상 도중부터 기억이 애매하다.

"에라키스 후작?"

"아, 죄송합니다. 지금 바로 내리겠습니다."

쿠로노는 마차에서 내리다가, 무릎이 꺾일 뻔했다. 남자가 쿠로노의 팔을 붙잡았다.

"괜찮습니까?"

"예, 예에. 괜찮습니다."

쿠로노의 말에 남자는 미심쩍은 표정을 지었다. 하지만 자기 일은 끝났다고 생각한 것이리라. 가볍게 고개 숙여 인사하고는 발걸음을 돌려 자기 말에 탔다. 멍하게 그들의 뒷모습을 지켜봤다. 그때, 뒤에서 덜컥 하는 소리가 울렸다. 문이 열리는 소리다. 뒤돌아보니 아리데드와 데네브가 나오던 참이었다.

""쿠로노 님, 어서 돌아오세요 같은!""

두 사람은 기운 좋게 말하고는 쿠로노에게 안겨들었다. 받아내지 못해 휘청거렸다.

"논공행상은 어땠어 같은?"

"포상받았어 같은?"

"아, 응. 카도 백작령을 받았어."

""오오! 그건 굉장하고!""

두 사람은 쿠로노 앞으로 돌아와 하이터치 했다. 기분 좋은 소리가 울린다.

"분명, 다들…… 레오나 호르스, 리저드도 기뻐할 거야 같은."

"우리도 힘내서 쿠로노 님을 출세시켜 나가자 같은."

"——!!"

머리를 얻어맞은 듯한 충격을 느끼고, 쿠로노는 뒷걸음질 쳤다. 두 사람은 기뻐하고 있다. 레오나 호르스, 리저드—— 모두의 죽음이 의미 있는 것이었다고. 아니다. 그렇지 않다. 그 전쟁은 의도가 뻔한 연극이었다. 쿠로노와 부하들의 싸움은 무의미했다. 싸움은 반상에서 시작되어, 반상에서 끝났다. 하지만, 그런 걸 말할 수 있을 리가 없다.

""응? 왜 그래 같은?""

"아, 아니. 아무것도 아니야."

둘의 물음에 쿠로노는 살짝 뒤집힌 목소리로 대답했다. 젠장! 하고 마음속으로 악다구니를 내뱉었다. 이 서투른 자식아, 이 정도 애드리브도 못 하는 거냐, 하고.

"으음, 혹시 우리의 충성을 의심하는 것 같은?"

"이래 보여도, 우리의 충성심은 두텁고."

두 사람은 약간 부루퉁해진 듯한 표정을 띠었다. 어째서일까. 기분이 좋지 않다. 가슴속이 메슥거린다. 방심했다간 아침에 먹은 빵과 수프를 토해 버릴 것만 같다.

""우리는 쿠로노 님을 위해서라면…….""

쿠로노는 한층 더 뒷걸음질 쳤다. 그만. 그만해. 토할 것 같다. 머리가 날아간 레오, 불에 완전히 타 버린 엘프 여성, 눈을 뜬 채 죽은 호르스, 창에 꿰뚫리면서도 끝까지 달린 리저드의 모습——전장에서 본 죽음의 광경이 플래시백된다.

""죽을 수 있고!!""

"——읍!""

쿠로노는 참지 못하고 구토했다. 철퍽철퍽하며 토사물이 지면에 흩뿌려진다. 아리데드와 데네브의 목소리가 들린 듯한 느낌이 들었지만, 무슨 말을 하고 있는지 알아들을 수 없었다.

"쿠로노 님, 왜 그래 같은?"

"몸이 안 좋다면 느긋하게 쉬는 편이 좋고."

"——!"

두 사람이 다가온다. 죽음의 광경이 다시 플래시백된다. 쿠로노는 뒤로 물러나, 둘에게 등을 향한 채 뛰기 시작했다. 아니, 도망친 것이다. 어째서 리저드가 목숨을 바쳤는지 그제야 이해된 듯한 느낌이 들었다. 쿠로노 때문이다. 세계인권선언—— 분명 리저드도 아리데드나 데네브처럼 기대하고 있었다. 그래서, 목숨을 바쳤다.

쿠로노는 이상을 내거는 것을 두려워하고 있었다. 이상을 내걸면 적을 만든다. 그렇게 생각하고 있었기 때문이다. 하지만, 정말로 그것뿐이었을까. 사실은 세계인권선언의 위험성을 알아차리고 있었기 때문이 아닐까. 이 세계는 쿠로노가 있었던 세계와는 다르다. 하지만 이 세계가 원래 세계와 비슷한 역사를 따라간다면 수백 년 뒤에는 세계인권선언—— 인권 사상이 태어날 터다. 쿠로노는 먼 미래에 생겨날 터였던 사상을 가지고 왔다.

쿠로노에게는 당연한 지식이지만, 이 세계에서 바로 지금 괴로워하고 있는 사람들에게는 구원이다. 자신의 몸을 희생해서라도 지키고 싶다는 생각이 들게 만든다. 죽음으로 꾀어내고 만다. 그건 독이다. 사고를 침범하는 맹독이다. 그래서 쿠로노를 지키고 말았다. 하지만 그들이 목숨과 맞바꾸어 지킨 것은 자신이 반상의 말이라는 것을 알아차리지 못했던 멍텅구리다.

"아버지, 무리야."

눈물이 넘쳐흘렀다. 양아버지는 부하의 죽음과 마주 보는 것이 중요하다고 했다. 무리다. 죽음과 마주 보는 건 불가능하다. 이상을 내걸 수 없다. 이뤄낼 능력도 없다. 부하의 죽음을── 이 이상은 한 명이라도 받아들일 수 없다.

어딘가 먼 곳으로 가고 싶다. 그런 생각이 싹텄다. 아니, 다른가. 어딘가 먼 곳에 가고 싶은 게 아니다. 아무도 자신을 모르는 장소로 가고 싶었다. 문득 레이라의 얼굴이 뇌리를 스쳤지만, 작게 고개를 흔들었다. 아무도 자신을 모르는 곳으로 가자.

그렇게 생각하여 성문을 향해 갔지만── 어깨가 닿았다는 이유로 양아치한테 시비가 걸려 너덜너덜하게 얻어맞은 데다, 뒷골목에 내팽개쳐졌다. 지갑까지 털렸다. 아무도 자신을 모르는 곳에 가기는커녕, 제도에서 나가지조차 못했다.

자신의 왜소함이 우스워서, 쿠로노는 웃었다. 이런 남자를 위해 부하들은 죽은 거야, 라며 눈물이 멈추지 않았다. 웃으면서 울었다. 이대로 나자빠져 있으면 죽을 수 있을까, 하고 하늘을 올려다보았다. 그러자 까무잡잡한 피부를 지닌 소녀가 쿠로노를 내려다보고 있었다.

눈매가 나쁜 소녀였다. 나이는 15살 정도일까. 머리카락은 짧고, 몸매는 날씬하다. 너덜너덜한 옷을 입고 있는 것으로 보아 유복하지는 않음을 알 수 있다. 소녀는 무릎을 꿇고 앉아서는 쿠로노의 품속을 뒤지기 시작했다.

"……지갑은 이미 털렸어."

"──!!"

소녀는 깜짝 놀라 몸을 움츠린 뒤, 그러고 나서 숨을 크게 내뱉었다.

"뭐야, 살아 있었나."

"뭐, 일단은."

"칫, 이거에 질렸으면 이런 곳 얼쩡거리지 말라고."

소녀는 혀를 찬 뒤 쿠로노에게서 떨어졌다. 아무래도 상관없지만, 쿠로노를 두들겨 팬 것이 자신이라는 듯한 대사다. 소녀는 등을 돌리고 걸어가다가, 금방 되돌아왔다.

"있지, 너."

"쿠로노야."

"흐음~, 쿠로노. 뭐, 그런 건 아무래도 좋은데 말이야. 어째서 이런 곳에 쓰러져 있었어? 그 모습을 보건대 귀족이지?"

"아무도 날 모르는 곳에 가려다가……."

"가려다가?"

"양아치들한테 시비 걸려서 얻어맞은 끝에 뒷골목에 버려졌어. 지갑도 털렸습니다."

"글렀잖아! 하다못해 성문을 나가라고!"

소녀는 소리쳤다. 반론할 수 없다. 소녀의 말대로다.

"그래도, 뭐, 그 마음은 이해 못 할 것도 아니야."

소녀는 그렇게 말하고는 다시 무릎을 꿇고 앉았다.

"……귀족한테도 여러 사정이 있나 보네."

"귀족한테도 여러 사정이 있어."

소녀가 푸념하듯이 말했고, 쿠로노는 동의했다.

"그래서, 너는?"

"난 고아야. 동정은 안 해도 돼. 나 같은 꼬맹이는 제도를 뒤지면 얼마든지 있고, 동정받아 봤자 무언가가 변하는 것도 아니고."

소녀는 머리를 쓸어 올리고는 한숨을 내쉬었다.

"지갑을 털리지 않았더라면 돈을 건네줄 수 있었는데."

"동정하지 말라고 했잖아! 이래 보여도, 스스로 생활비를 벌고 있다고!"

"미안."

"아, 알았으면 된 거야."

쿠로노가 사과하자, 소녀는 어딘가 겸연쩍은 듯이 말했다.

"저기? 왜 아무도 자기를 모르는 곳으로 가고 싶었던 거야?"

"부하가 죽었어."

"흐음~. 그럼 너, 군인이야?"

"그래."

"근데 말이야, 그거, 네가 신경 쓸 일인 거야?"

"——!"

머릿속이 새하얘졌다. 깨닫고 보니, 쿠로노는 몸을 일으켜 소녀의 멱살을 붙잡고 있었다. 이러면 안 된다. 한순간이지만 냉정함이 돌아왔다. 하지만, 멈출 수 없었다.

"내가 죽인 거야! 아무 생각 없이, 이상을…… 이 세계에 존재하지 않는 가치관을 입에 담은 탓에 부하가 죽었다고!"

쿠로노가 소리치고는 소녀에게서 손을 놓았다.

"……살아남은 부하도 날 위해 죽을 수 있다고 말해."

"잘 모르겠지만, 역시 네가 신경 쓸 일이 아닌거 같은데."

소녀는 옷깃을 고치며 말했다.

"넌 딱히 날 위해 죽으라고 말한 게 아니잖아?"

"하지만, 내가 이상을 입에 담는 바람에——."

"그까짓 뭔 말 좀 들었다고 죽으러 가는 바보가 어디 있어."

소녀가 쿠로노의 말을 가로막았다. 아무것도 모르네, 라고 말하고 싶어 하는 듯한 말투다.

"네 부하는 자기 의사로 행동했을 거야."

"하지만, 내가 이상을 입에 담지 않았더라면 죽지 않았을지도 몰라. 지금도 살아 있어서, 언젠가 결혼하고, 아이가 태어나고…… 살아 있다면 그런 미래가 있었을 거라고."

"……그 녀석들을 좋아했구나."

소녀가 불쑥 중얼거렸고, 쿠로노는 심장을 콱 잡힌 듯한 충격을 느꼈다. 무심코 소녀의 얼굴을 봤다. 소녀는 갸우뚱한 표정을 짓고 있었다.

"내 말이 틀렸어?"

"틀리지 않아. 나는…… 레오나 호르스, 리저드를 좋아했어."

"분명 그 녀석들도 네가 좋았던 거야."

소녀의 말은 신기할 정도로 쿠로노의 마음에 울렸다. 문득 레이라를 떠올렸다. 병원에서 그녀를 말렸을 때, 난 차별을 용서할 수 없다는 생각을 하고 있었을까. 아니, 그때는 레이라를 말리는 데 필사적이었다. 세계인권선언은 그 구실에 지나지 않았다. 부하를 둘러싼 환경을 조금이라도 바꿀 수 없을까 하고 생각한 것도, 그저 단순히 자신이 좋아하는 사람이 부당한 취급을 받는 게 싫었을 뿐이다.

눈물이 넘쳐흘렀다. 레오, 호르스, 리저드를 좋아했다. 다시 한 번, 만나고 싶다. 만나서 좋아한다고 전하고 싶었다. 죽어 간 부하를 만나고 싶었다. 하지만, 그들은 없다. 죽고 만 것이다. 쿠로노는 소리 높여 울었다.

※

어느 정도 울고 있었을까. 아마, 제법 오랜 시간일 것이다. 눈가 따끔따끔하고, 목이 아프다. 하지만, 나쁘지 않은 기분이었다.

쿠로노가 고개를 들자, 소녀는 눈이 새빨개져 있었다.

"난 너 따라 운 거 아니니까 말이야!"

"알고 있어."

소녀가 변명처럼 말했고, 쿠로노는 고개를 끄덕였다. 눈가를

닦고 천천히 일어섰다.

"난 바보니까 뭐라고 말하면 좋을지 잘 떠오르지 않지만, 어쨌든 정신 단단히 차려."

"응, 고마워."

쿠로노는 발을 내디뎠다. 그들을 위해 무엇을 할 수 있는가. 그들의 소망을 이루기 위해 움직여야만 할 것이다. 하지만 그들은 가 버렸다. 소망을 듣는 건 불가능하다. 어떻게 보답할지 자기 나름대로 생각할 수밖에 없다. 아마, 양아버지가 말하고 싶었던 건 이런 것이리라. 뒷골목에서 나오기 직전에 걸음을 멈추고 뒤돌아봤다. 소녀는 갸우뚱한 표정이다.

"그러고 보니 네 이름은?"

"베르나야."

"하나만 더 묻고 싶은데……."

"뭔데?"

"어째서, 돌아온 건가 싶어서."

"아아, 그거 말이지. 별 대단한 건 아니지만……."

소녀—— 베르나는 쑥스러운 듯이 고개를 돌렸다.

"귀족이라는 녀석과 이야기를 해보고 싶어서 말이야."

"그래서, 감상은?"

"아~, 뭔가 평범. 평범한 인간이구나 하고 생각했어."

"그야 그렇겠지."

쿠로노는 쓴웃음을 짓고는 뒷골목에서 나왔다. 또 만나자는 말은 하지 않았다. 뒷골목에서 나와 걷기 시작했다. 처음에는 몸이 아파서 견딜 수가 없었지만, 어느샌가 쿠로노는 뛰고 있었다.

몸 안쪽에서 힘이, 열이 흘러넘친다. 꾀죄죄한 거리가 아름다워 보인다. 시큼한 냄새를 품은 공기가 신선하게 느껴졌다. 이 기분을 누군가에게 전하고 싶었다.

열에 달떠 움직이는 것처럼 계속 달려, 크로포드 저택에 도착했다. 문 앞에는 아리데드와 데네브가 풀이 죽은 모습으로 서 있었다.

"아리데드! 데네브!"

쿠로노가 목소리를 높이자, 아리데드와 데네브는 정신이 번쩍 든 것처럼 고개를 들었다. 평소라면 달려올 텐데 시무룩한 채다. 그래서, 쿠로노는 스스로 다가갔다.

"……아리데드, 데네브."

"쿠로노 님, 미안해. 우리, 그게……."

"쿠로노 님의 마음을 생각하지 않았어 같은."

아리데드가 소곤소곤 중얼거렸고, 데네브가 뒤이었다. 당장이라도 울음을 터뜨릴 것 같다. 둘에게 걱정을 끼쳐 버린 듯하다. 정말이지 자신은 글러 먹은 녀석이라는 생각이 들었다. 사과해야만 할까. 아니, 먼저 해야 할 일이 있다.

"……아리데드, 데네브."

""──!!""

아리데드와 데네브는 숨을 삼켰다. 쿠로노가 둘을 꽉 껴안았기 때문이다.

"좋아해."

"오, 오우, 그런 진지한 분위기로 말하면 난감하고."

"그, 그래도, 나, 나쁘지 않…… 저도 좋아해요!"

"뭐 이리, 약아빠졌어! 그래도, 나도 동의하고."

데네브가 솔직하게 외치자, 아리데드는 얼굴을 찌푸렸다. 하지만 곧바로 표정을 누그러뜨렸다. 두 사람이 쿠로노를 껴안았다. 덜컥, 하고 문이 열리는 소리가 났다. 현관을 봤다. 그러자 양아버지와 마이라가 나오던 참이었다.

"아버지! 마이라!"

""어?!""

쿠로노가 그렇게 외치면서 아리데드와 데네브를 밀어제쳤다. 아리데드와 데네브가 곤혹스러워하는 듯한 목소리를 냈지만, 신경 쓰이지 않는다. 이 마음을 전하는 거다.

"좋아해!!"

격정에 휩싸인 채 돌진한다. 마이라가 앞으로 슥 나섰다. 양아버지를 끌어안으려 했었기에 자기도 모르게 속도가 늦춰졌다. 겨드랑이 옆을 빠져나가려 했지만, 마이라가 몸을 움직여 쿠로노를 막았다. 어쩔 수 없이 마이라를 끌어안았다. 감동 때문일까. 마이라는 몸을 부르르 떨고는 쿠로노를 마주 껴안았다.

"이렇게 정열적으로 끌어안긴 건 20년 만이 아닐까 합니다. 도련님과는 나이 차이가 있지만, 도련님이 절 원하시면 저는 거부할 방법이 없습니다. 아아, 주인님. 용서해 주십시오. 마이라는 약한 여자입니다."

"정열적으로 끌어안고 있는 건 너인 것 같다만?"

"기분 탓입니다."

양아버지가 딴지를 걸었지만, 마이라는 즉각 부정했다.

"마이라, 그만 놔줘."

"조금만, 조금만 더요. 아아, 그렇게나 미덥지 못했던 도련님이 이렇게 훌륭하게 성장하리라고는······ 뭐든 키워 볼 일이군요."

마이라가 불쑥 중얼거렸고, 쿠로노는 전율했다. 괴롭혀 죽이려던 거라고만 생각했었는데, 설마 그걸로 키우고 있다는 생각이었다니.

"마이라? 마이라 씨? 슬슬, 놓아 주지 않겠습니까?"

"··········어쩔 수 없네요."

마이라는 마지못한 느낌으로 떨어졌다. 등을 돌리고는 하늘을 올려다봤다. 기억을 반추하고 있는 것일까. 이따금 몸을 부르르 떨었다. 조금 무섭다. 쿠로노는 작게 고개를 흔들고는 마음을 새로이 다잡아 양아버지에게 돌진했다.

"아버지! 좋──."

"내 엉덩이는 대주지 않겠다고 했잖냐!!"

양아버지는 소리치고는 주먹을 내리쳤다. 히익! 하고 비명을 지르고는 피했다. 근데 쿠로노가 피할 거라고는 생각지 않았던지 양아버지는 의외라는 듯이 눈을 크게 떴다.

"잘도 피했구나. 조금 상처받았다고."

"아, 죄송합니다. 이제 안겨들지 않을 테니 손가락 뚝뚝 꺾으면서 소리 내는 거 그만둬 주세요."

양아버지가 손가락에서 소리를 내며 다가왔기에, 쿠로노는 뒷걸음질 치며 애원했다.

"사양하지 말래도. 마침 몸을 움직이고 싶다고 생각했던 참이다."

"진짜로 좀 봐주세요. 양아치한테 얻어맞아서 온몸이 아프다고요. 늑골이 부러졌을지도 몰라요. 콜록, 콜록, 갑자기 숨쉬기가 괴롭⋯⋯."

"농담이니까 그렇게 필사적으로 변하지 말래도."

"그렇구나."

양아버지가 넌덜머리가 난 듯이 말했지만, 방심은 하지 않는다. 이쪽의 방심을 유인하는 연기일 가능성이 아직 남아 있다. 양아버지가 손을 내렸고, 그제야 쿠로노는 휴, 하고 안도의 한숨을 내쉬었다.

"이제야 마주 볼 수 있게 된 모양이군."

"아마도⋯⋯ 하지만, 앞으로도 계속 생각할 거야."

양아버지는 쿠로노를 쳐다보고는 눈을 가늘게 떴다. 옛날을 그리워하고 있는 듯한 눈이다. 갑자기 양아버지가 쿠로노의 머리를 붙잡고는 좌우로 흔들었다. 혹시 머리를 쓰다듬으려는 걸까. 마음은 고맙지만, 목뼈가 위기다. 갑자기 양아버지는 손을 멈췄다.

"솔직히 말하면 난 네가 도망칠 거라고 생각했다. 넌 나랑 다르게 섬세하고, 부하를 동료라고 생각하는 면이 있었으니까 말이지. 부하의 죽음을 받아들이지 못할 줄 알았다."

"걱정 끼쳐서 미안."

"사과할 일이 아니다. 뭐어, 그 뭐냐, 난 너를 얕보고 있었던 거겠지. 아무래도 엉엉 울고 있는 인상이 강해서 말이다. 네가 성장할 거라고는 손톱만큼도 생각지 않고 있었다. 나 참, 세상의 부모라는 건 다들 이런 거려나."

양아버지는 그렇게 말하고는 겸연쩍은 듯이 머리를 긁적였다.

"'손톱만큼도 생각지 않았다'라는 너무하지 않아?"

"어쩔 수 없잖냐. 넌 물러 빠진 면이 있으니까 말이지."

"으, 응. 그건 부정할 수 없네."

"너의 무른 면은 병 같은 거니까 더더욱 질이 안 좋다고."

"'병?!'"

양아버지의 말에 아리데드와 데네브는 뒷걸음질 쳤다. 둘에 대한 호감도가 조금 내려갔다.

"그런 의미가 아니다. 이 녀석은 우리와는 근본적으로 다른 가치관으로 살아가고 있는 거라고. 사람에 따라서는 편하게 느껴지고, 이 녀석을 위해서 뭔가 해주고자 생각할지도 모르지."

"'그게 어디가 안 좋은 거야 같은?'"

"안 좋은 건 아니야. 단지, 당연하니까 하는 것과 당연하게 만들기 위해 하는 건 다르다는 이야기다. 그걸 착각하면 비참해진다고."

""과연.""

아리데드와 데네브는 납득이 되었다는 듯이 고개를 끄덕였다.

"물러 빠진 점이 자기 목을 조를 수도 있겠지. 다른 사람은 물론이고 자기까지 침식해 버리는 거다. 이것 봐라, 병 같지 않냐?"

"으음~, 예시가 영 별로 같은."

"조금 더 알기 쉽게 말해 줬으면 좋겠고."

"잘 비유했다고 생각하는데 말이다."

양아버지는 난처한 듯이 머리를 긁적였다.

"그래서, '넌 어느 쪽이냐?'라고 계속해서 묻고 싶은 참이다만, 마음은 정해진 것 같군."

"응, 뭐어. 여러 가지로 고민할 거 같지만."

"괜찮지 않겠냐. 대단한 일을 하려는 녀석은 그 나름대로 고민하는 법이라고."

"아버지도?"

"그야, 나도——."

"주인님은 아무 생각도 하고 있지 않은 것처럼 보였습니다만?"

"바보냐, 그야, 너, 그거지, 그거…… 아무 생각도 안 하는 척한 거라고."

양아버지는 변명처럼 말했다. 쓸데없는 한마디가 많은 메이드를 지니면 큰일인 모양이다.

"어쨌든, 밥 먹고, 목욕하고, 그러고 나서 술 마시자고."

"치료가 먼저입니다."

양아버지가 엄지를 세우며 말하자, 마이라는 어처구니가 없다
는 듯이 한숨을 내쉬었다.

※

"그럼, 아버지. 잘 자."

"그래, 난 조금 더 마시고 나서 잘 거다."

쿠로노는 양아버지에게 인사하고 나서 식당을 나섰다. 대화하
면서 와인을 홀짝홀짝 마신 것뿐이지만, 두둥실 떠 있는 듯한 기
분이다. 들뜬 기분이라는 건 이런 건가. 여하튼, 좋은 술이었다.
또 같이 술을 마시고 싶다는 생각이 들었다.

계단을 올라가, 자신의 방으로 갔다. 문손잡이에 손을 뻗었다
가, 그대로 움직임을 멈췄다. 어째서일까. 좋은 예감이 안 든다.
살며시 문을 열고 안을 들여다봤다. 눈이 마주쳤다. 누군가가 안
에서 쿠로노를 보고 있었다. 살며시 문을 닫았다. 그러자──.

"문을 닫는다든가 말도 안 되고!"

"리액션 플리즈 같은!"

"……리액션이라니."

아리데드와 데네브가 방에서 뛰쳐나왔고, 쿠로노는 무심코 중
얼거렸다. 대체 어떤 반응을 기대하고 있는 걸까. 살며시 문을 닫
은 것만으로도 상당히 힘낸 편인 느낌이 든다. 오히려 칭찬해 줬
으면 한다.

"그럼, 난 잘 테니까."

""잠깐 기다려 같은!""

쿠로노가 방에 들어가려 하자, 아리데드와 데네브가 문을 눌렀다.

"오늘은 이대로 기분 좋게 자고 싶은데……."

"쿠로노 님의 마음은 잘 알아 같은. 하지만, 새 팬티를 사 온 데네브의 마음가짐을 소홀히 하다니 이게 무슨 짓이야 같은!!"

"까아아아아!!"

아리데드가 눈을 크게 부릅떴고, 데네브가 비명을 질렀다. 아리데드가 데네브의 스커트를 들춘 것이다. 데네브가 곧바로 아리데드의 손을 쳐냈다.

"봤어?!"

"아니, 안 봤어."

얼굴이 새빨개진 데네브에게 대답했다. 거짓말은 하지 않았다. 유감이지만 안 보였다.

"물론, 나도 새 팬티를 입고 왔고."

"그러면 자기 팬티를 보여 주란 말이야 같은."

데네브는 아리데드를 곁눈질하며 신음하듯이 말했다.

"요새는 성욕이 조금 감퇴 기미라 둘을 상대할 자신이……."

"뭣하면 봉사만으로도 OK인 것 같은."

"그럼 부탁할까."

쿠로노는 아리데드의 제안을 받아들이기로 했다. 갑자기 3P는 허들이 높다고 생각했으니 마침 잘된 일이다. 무리라고 판단되면 없던 일로 하면 된다.

"먼저 들어가."

""실례하겠습니다 같은.""

아리데드와 데네브가 방에 들어갔고, 쿠로노는 복도에 아무도 없는 것을 확인하고 나서 문을 닫았다. 뒤돌아보니 두 사람은 어떻게 해야 할지 모르는 듯이 서 있었다. 쿠로노는 침대로 걸어가 앉았다. 아리데드와 데네브가 다가와 쿠로노 앞에 멈춰 서서, 메이드복에 손을 댔다. 쿠로노는 자기도 모르게 한숨을 내쉬었다. 이들은 뭘 모른다.

"메이드복은 그대로."

""더러워지고.""

"메이드복은, 그대로."

""……네.""

아리데드와 데네브가 알아듣도록 쿠로노가 반복해서 말하자, 둘은 고개를 끄덕였다.

"에~, 이제부터 둘에게 봉사를 받겠습니다만——."

"새삼스럽게 들으니 부끄럽고."

"가슴이 조금 두근두근하기 시작했고."

아리데드는 양손으로 뺨을 감쌌고, 데네브는 가슴에 손을 대고 말했다. 둘 다 긴장한 모양이다. 신선한 느낌이 들어 훌륭하다.

"우선, 팬티를 보여 주세요."

"……이유를 묻고 싶지만, 어쩔 수 없고. 자, 여기요 같은."

"새삼 그런 말을 들으니 창피한 것 같은."

아리데드는 기세 좋게, 데네브는 주저하는 기색으로 스커트를 걷어 올렸다. 아리데드는 심플한 디자인, 데네브는 레이스 팬티였다. 호오, 하고 목소리를 내고는 몸을 내밀어 데네브의 속옷을 봤다. 부끄러운 것이리라. 데네브는 다리를 모으려 한다. 풋풋한 반응이다. 무심코 미소가 새어 나왔다.

"데네브의 마음가짐이 이해됐어 같은?"

"잘 이해됐어. 그런데——."

쿠로노는 데네브의 엉덩이를 손으로 어루만졌다. 그러자 데네브는 작게 몸을 떨었다.

"어디서 산 거야?"

"픽스 상회에서, 그, 샀어요 같은."

쿠로노가 묻자, 데네브는 작게 몸을 떨며 말했다.

"에라키스 후작령? 아니면, 제도?"

"제, 제도예요 같은."

"흐음~, 무슨 말 듣지 않았어?"

"아, 아무 말도 안 들었어요 같은."

"참고로 나도 제도의 픽스 상회에서 샀어 같은."

"심플한 디자인인데, 그 숨은 뜻은?"

쿠로노는 몸을 일으켜 아리데드에게 시선을 향했다. 데네브가 휴, 하고 안도의 한숨을 내쉬었다.

"뭐든 심플한 게 제일이야 같은. 그런데, 언제까지 이러고 있으면 되는 것 같은?"

"그것도 그러네. 그럼, 슬슬 봉사를 부탁할까나."

아리데드의 물음에 쿠로노는 일어서서 바지를 벗었다. 벗은 바지를 접어 침대 위에 올려놓고 다시 앉았다. 아리데드와 데네브는 스커트에서 손을 떼고, 물끄러미 쿠로노의 고간을 보고 있다. 부끄럽지만, 수치는 적이다.

"둘 다 바닥에 앉아."

"바닥에 앉으라는 지시에 집착을 느끼는 것 같은."

"조금 더 평범한 게 좋았어 같은."

둘 다 생각하는 바는 있는 모양이지만, 순순히 바닥에 무릎으로 서서 앉은 자세를 취했다. 지시를 내려야 하나 고민하고 있자, 아리데드가 움직였다. 쿠로노의 것을 만지고, 살며시 움직였다.

"성욕이 감퇴했다고 말했던 것치고는 기운차네 같은."

"아리데드 덕분이려나."

"기쁜 말을 해주네 같은. 힘내서 봉사해 버릴 거고."

아리데드는 기쁜 듯이 말하고는 봉사하기 시작했다. 손과 혀를 이용한 서비스다. 덕분에 완전히 기운을 되찾을 수 있었다. 데네브는 아리데드의 서비스를 뚫어지게 보고 있다. 잠시 후 쭈뼛쭈뼛 입을 열었다.

"나, 나도 서비스하고 싶고."

"이제부터가 좋을 때인데……. 어쩔 수 없고. 양보해 줄게 같은."

아리데드는 한숨을 섞으며 말하고는 자리를 양보했다. 데네브는 말없이 쿠로노를 보고 있었지만, 각오를 굳힌 듯이 조금 전까지 아리데드가 있던 자리로 이동했다. 흠칫흠칫하는 느낌으로 쿠로노 것을 만지고, 손을 움직이기 시작했다.

　"조금 더 힘을 넣는 편이 좋아 같은."

　"아, 알고 있고."

　"이번에는 힘을 너무 많이 줬어 같은."

　"조금은 내가 하고 싶은 대로——."

　"자, 자. 둘 다 진정해."

　싸움으로 번질 것 같았기에 끼어들었다. 이런 상태에서 싸우면 곤란하다.

　아마, 한가한 게 좋지 않은 것이리라. 쿠로노는 다리를 널찍하게 벌렸다.

　"이번에는 둘이서 해."

　"여동생과 얼굴을 맞대면서라니 부끄러워 같은."

　"그건 나도 마찬가지고."

　데네브는 불만스러워 보이지만, 아리데드는 사양하지 않고 몸을 가까이 댔다. 다시 봉사를 시작한다.

　"그리고, 다음 준비도 부탁해."

　""다음 준비?""

　두 사람은 손과 혀를 멈추고, 귀엽게 고개를 갸웃했다. 하지만 이내 의미를 이해한 듯 숨을 헙 삼켰다. 아리데드가 어쩔 수 없고,

라며 중얼거리고는 하반신에 손을 뻗었다. 그러자 데네브도 마지못한 느낌으로 뒤이었다. 다시 봉사를 재개한다. 깊은 만족감이 느껴진다. 불만을 댄다고 한다면 쿠로노 시점에서는 준비하는 모습이 잘 보이지 않는다는 점일까.

"이제, 됐으려나."

"불만이었어요 같은?"

쿠로노가 중얼거리자, 아리데드는 고개를 들고 되물었다.

"둘이서 마주 보다시피 하면서 침대에 누워. 물론 팬티는 그대로."

"쿠로노 님은 제법 봉사하는 보람이 있는 것 같은."

아리데드는 침대에 올라가 위를 보고 누웠다.

"자, 데네브도 와 같은."

"으, 응. 알았고."

데네브는 쭈뼛쭈뼛 침대로 올라가 아리데드를 덮듯이 올라탔다.

"역시, 여동생과 마주 보는 건 쑥스럽고."

"으그극, 머리가 끓어오를 것 같고."

"둘 다 준비는 OK네."

쿠로노는 아리데드와 데네브의 속옷을 보며 중얼거렸다. 침대에 올라가, 두 사람과 거리를 좁혔다. 처음으로 데네브, 다음으로 아리데드의 팬티 끈을 당겼다. 물론, 한쪽만이다. 팬티 천이 살랑 뒤집힌다.

"어느 쪽으로 할까나? 처음은 아리데드이려나?"

"언제든지 오세요 같은."

"역시, 데네브로 하자."

"──!!"

쿠로노는 자신의 물건을 데네브한테 찔러 넣었다. 깜짝 놀란 것인지 아니면 다른 이유인지, 데네브는 몸을 활처럼 뒤로 젖히고는 힘없이 아리데드 위에 엎어졌다.

"데네브, 무겁고."

"그, 그렇게 안 무겁고."

데네브가 몸을 일으켰고, 쿠로노는 천천히 허리를 움직이기 시작했다. 반응이 없다. 이쪽은 반응하고 있는데, 라며 스피드를 높였다.

"으으음, 여동생이 필사적으로 참는 모습을 보는 건 신기한 느낌이고."

"일부러 말하지── 아웃!"

데네브는 높은 목소리를 냈다가, 양손으로 입을 막았다. 아리데드는 히죽 웃고는 데네브의 귀를 만지기 시작했다. 데네브가 몸을 부르르 떨었고, 쿠로노는 한층 더 빨리 움직였다. 머지않아 한계에 달하여 데네브는 높은 목소리를 내기 시작했다. 그건 그렇고 아리데드는 깨닫지 못하고 있는 걸까. 다음에 당하는 건 자신이라는 사실을──.

※

제국력 431년 2월 상순── 덜컥덜컥하는 소리가 울렸다. 마차 소리다. 하지만 이 마차는 아니다. 그렇게 생각하면서도 레이라는 고개를 들었다. 짐마차가 눈앞을 지나쳐 갔다. 역시, 쿠로노가 아니었다. 처음부터 아니라고 느끼고 있었다.

알면서도 낙담하는 건 희망을 품고 있었기 때문이리라. 쿠로노가 하셸을 떠나고 나서 2개월이 지났다. 처음에는 비번인 날에 성문에 서 있을 뿐이었다. 그것이 닷새에 한 번이 되고, 사흘에 한 번이 되어── 미노가 돌아오고 나서는 일과가 되었다.

"……쿠로노 님."

레이라는 작게 중얼거렸다. 미노의 이야기── 레오, 호르스, 리저드의 부보(訃報)와 쿠로노의 힘든 싸움을 떠올리고는 입술을 꽉 깨물었다. 쿠로노가 그만큼 고난을 겪고 있었는데 어째서 곁에 있을 수조차 없는 것인가. 물론 이유는 알고 있다. 쿠로노가 그렇게 결정했기 때문이다.

하지만, 그렇다고 하더라도, 어째서냐는 마음을 지울 수가 없었다. 어째서, 곁에 있을 수 없는 것인가. 어째서, 좀 더 끈질기게 매달리지 않았던 것인가.

어째서, 쿠로노만을 생각하고 마는 것인가. 정말로 어째서냐는 물음뿐이다. 쿠로노한테서 공부를 배워 조금은 똑똑해졌을 터인데도 '어째서'가 늘어 간다. 영리해졌다고 생각해도 사실은 더더욱 바보가 된 것 아닐까 하는 생각마저 든다. 레이라는 고개를 숙이고는 한숨을 내쉬었다. 갑자기 하얀 것이 지면에 훨훨 내려앉았다. 반사적으로 하늘을 올려다봤고——.

"……눈."

무심코 중얼거렸다. 납빛 하늘에서 눈이 내렸다. 레이라의 눈이 살짝 크게 뜨였다. 올해는 눈이 내리지 않을 줄 알았는데 의외였다. 하늘을 올려다보고 있자, 상자형 마차가 눈앞을 지나쳐 갔다. 어차피, 이번에도 쿠로노가 아닐 것이다. 그렇게 생각하여 하늘을 올려다보고 있었는데, 마차가 천천히 속도를 낮추더니 이윽고 멈췄다.

정신이 번쩍 들어 마차를 보니, 문이 열렸다. 고동이 빨라졌다. 쿠로노가 천천히 마차에서 내린다. 그는 군복을 입고 망토를 걸치고 있었다. 쿠로노는 지면에 내려서 레이라에게 시선을 향했다. 자기 쪽에서 먼저 다가가지 않으면. 어서 돌아오세요, 라고 말하지 않으면. 그런데도 다가가지도, 말을 꺼내지도 못하고 있다.

쿠로노가 멈춰 섰다. 어느샌가 손을 뻗으면 닿을 거리에 서 있었다.

"……레이라."

"──!!"

이름이 불려, 숨을 삼켰다. 몸을 부르르 떨었다. 그저 이름을 불린 것뿐인데 이렇게나 기쁘다. 자신은 쿠로노의 여자임을 통감했고, 자신의 천박함을 저주했다.

레오가, 호르스가, 리저드가── 전장으로 향한 동료의 4할이 죽었는데 자신은 쿠로노가 살아서 돌아온 것을 기뻐하고 있다.
또 쿠로노한테 안길 수 있는 것을 기뻐하고 있다. 이걸 천박하다
고 하지 않고 뭐라고 말할 것인가. 그리고, 그 자기혐오의 감정은
너무나도 작았다.

"……다녀왔어."

"어서 돌아오세요, 쿠로노 님."

레이라가 가슴이 먹먹해지는 심정으로 말을 꺼냈다. 그러자 쿠
로노는 걸어 나와 레이라를 껴안았다. 마음 써주는 듯한 부드러
운 포옹이다. 레이라는 쿠로노를 마주 껴안고, 미소를 지었다.

"걱정, 하고 있었어요."

"미아——"

"부—부—! 언제까지 서로 끌어안고 있을 거야 같은!"

"눈도 내리고 있고, 얼른 후작 저택으로 돌아가요 같은!"

쿠로노의 말이 가로막혔다. 아리데드와 데네브의 목소리다. 쿠
로노가 떨어졌다. 아, 하고 자기도 모르게 목소리가 새어 나왔다.
2개월 만인데, 라며 입술을 삐죽였다.

"둘 다 먼저 돌아가서 모두를 불러 모아 줘!"

""알았어 같은!""

쿠로노가 목소리를 높이자, 아리데드와 데네브는 마차에 탔다.
마차가 천천히 움직이기 시작했고, 아리데드가 창문으로 몸을 내
밀었다.

"오늘 밤에도 후작 저택에서 핫한 밤을 보내요 같은!"

"위험해! 위험하고!!"

데네브가 아리데드를 마차 안으로 끌어당겼다. 그것만으로도 두 사람, 아니, 세 사람 사이에 무슨 일이 일어났는지 알 수 있었다. 그걸 각오하고 관계를 바란 것이니 어쩔 수 없다.

"조, 조금 걸을까?"

"네."

쿠로노가 약간 상기된 목소리로 말했고, 레이라는 조용히 고개를 끄덕였다. 어깨를 나란히 하고 걷기 시작했다. 성문을 빠져나가, 여주인의 예전 가게를 지나쳤을 즈음 쿠로노가 레이라의 어깨에 팔을 둘렀다. 그것만으로도 심장이 빠르게 고동친다. 천박하다고 생각하면서도 기쁨을 억누를 수 없었다. 구빈원 앞을 지나고, 더 나아가 광장을 지나가서——.

"……레이라한테 사과하고 싶은 게 있어."

쿠로노가 불쑥 중얼거렸다. 아리데드와 데네브의 일이 뇌리를 스쳤지만, 어조로 보건대 다른 건임을 눈치챘다. 대체 무엇을 사과하고 싶은 걸까.

"내 첫 전투를 기억해?"

"……네."

레이라는 조금 뜸을 두고 대답했다. 그때, 쿠로노는 불과 1천의 병력으로 신성 아르고 왕국군 1만을 격퇴했다. 그 작전이 옳았는지 어떤지는 알 수 없다. 하지만 그 작전이 없었더라면 그들은 무참한 시체가 되었을 것이고, 하셀은 유린당했으리라. 결과만을 보면 쿠로노는 옳았다. 그리고, 전장에서는 결과가 전부다.

"그때, 나는……."

쿠로노가 말을 머뭇거렸다. 말없이 걸음을 옮기며, 결의한 듯이 입을 열었다.

"너희한테, 레이라한테 책임을 떠넘기려고 했었어."

"…………네, 알고 있었습니다."

긴 침묵 끝에 레이라는 어찌어찌 말을 쥐어짜 냈다. 그때, 쿠로노는 안도와도 비슷한 표정을 띠고 있었다. 몇 번이고 슬럼에서 본 표정이다. 그 표정은 약자가 자기보다도 약한 자를 발견했을 때의 표정과 매우 비슷했다.

"아아, 또인가 하고 생각했어요. 그래서, 사과하면 된다고 생각한 거예요."

"미안. 그래도, 알고 있었으면——."

"저는, 천박한 여자예요."

레이라는 쿠로노의 말을 가로막았다.

"그 표정이 거짓이었던 게 아닐까 하는 생각이 들 정도로 쿠로노 님은 다정해서…… 저는 쿠로노 님의 총애를 잃고 싶지 않았던 거예요. 그리고……."

레이라는 말을 머뭇거렸다. 이 말을 해서는 안 되는 것 아닐까. 이 말을 했다간 총애를 잃는 것 아닐까. 그런 생각이 몸을, 마음을 얽맨다.

하지만, 하고 생각했다. 쿠로노는 숨겨 두고 싶었을 터인 사실을 말했다. 모든 것을 고백하고 앞으로 나아가려 하고 있다. 그렇다면 자신도 마주 봐야만 한다. 설령 바라지 않는 미래가 그 앞에서 기다리고 있었다고 하더라도. 레이라는 결의를 굳히고 입을 열었다.

"쿠로노 님 안에 죄악감이 남아 있다면 오랫동안 총애를 받을 수 있지 않을까 해서, 일부러 아무런 언급도 하지 않았어요. 면목, 없습니다."

레이라는 멈춰 서서 쿠로노의 손을 잡았다. 그러자, 쿠로노는 멈춰 서서 레이라 쪽을 보고 돌아섰다. 죄악감으로 인해 고개를 돌릴 뻔했지만, 꾹 참았다.

"믿어주시지 못할지도 모르겠지만, 제 사랑은 쿠로노 님만의 것이에요."

"……레이라."

쿠로노가 이름을 부르자, 레이라의 몸이 굳어졌다.

"내 사랑은 진짜라고 생각해?"

"진짜라고 생각해요."

"나도 레이라의 사랑을 진짜라고 생각하고 있어."

쿠로노는 그렇게 말하고는 레이라를 끌어안았다. 깡, 깡 하는 소리가 들려온다. 후작 저택에 있는 공방에서 골디와 부하들이 망치를 두드리는 소리다. 어느샌가 후작 저택 근처까지 와 버린 모양이다. 다행이라고 해야만 할까. 여기라면 남들의 눈을 신경 쓰지 않아도 된다.

"레이라, 사랑해."

"저도 쿠로노 님을 사랑해요. 제 사랑은 당신만의 것이에요."

서로 사랑을 속삭이고, 누가 먼저랄 것도 없이 입술을 포갰다. 그건 달콤하며, 녹아버릴 듯한 키스였다.

※

쿠로노는 계단을 올라가는 도중에 뒤돌아봤다. 정적에 감싸인 후작 저택의 입구 홀에는 부하━━ 미노, 레이라, 아리데드, 데네브, 골디, 시로, 하이이로, 타이가, 케인, 페이, 여주인, 엘레나, 시온, 앨리사가 서 있었다.

"……모두에게 전하고 싶은 게 있어."

쿠로노는 조용히 말을 꺼냈다. 그럴 생각이었지만, 목소리는 생각했던 것보다도 크게 울렸다.

"이번 전쟁에서 우리는 레오, 호르스, 리저드를 비롯한 수많은 부하를 잃었어. 그들의 목숨과 맞바꾸어서 본대는 무사히 제국에 돌아왔고 나는 카도 백작 작위를 추가로 서작(敍爵)받았어."

아무도 목소리를 내지 않았다. 페이조차 음울한 표정을 띠고 있다. 제국이 신성 아르고 왕국과 강화 조약을 맺은 사실을 전해야만 할지 쿠로노는 고민했지만━━.

"제국은 신성 아르고 왕국과 강화 조약을 맺었어."

아리데드와 데네브를 제외하고, 모두가 술렁였다.

"이렇게 빨리 강화 조약이 성립되다니—— 흡!!"

쿠로노와 같은 결론에 다다른 것이리라. 미노는 숨을 삼켰다.

"뭐 이런 경우가. 이래선 뭘 위해 싸운 건지 알 수 없슴다."

"무슨 말인 것입니까?"

"요컨대, 잘나신 분들의 계획대로였다는 거다."

페이가 의아하다는 듯이 고개를 갸웃하자, 케인이 한숨을 섞으며 중얼거렸다.

"그건, 너무한 것입니다."

"그래. 지독한 이야기지."

페이가 신음하듯이 말하자, 케인은 얼굴을 찌푸렸다.

"큭, 그래서는 레오 공이 뭘 위해……."

"호르스, 리저드도 죽었다."

"우리, 슬프다."

타이가가 분한 듯이 말했고, 시로와 하이이로는 힘없이 꼬리를 늘어뜨렸다.

쿠로노는 모두가 진정하기를 기다린 뒤 입을 열었다.

"군인은 죽어. 사관이든, 병사든 예외는 없어. 하지만, 죽음은 결과야. 죽는 게 군인의 역할이라고는 생각하지 않아. 만약 군인의 역할이 죽는 것이라고 말하는 녀석이 있다면 내 대답은 하나야. 웃기지 마라. 우리는 말이 아니야. 인간이다. 그걸 부려 먹는 이상 관철해야 할 도리도, 지켜야 할 신의도 있을 터야. 하지만 제국은 도리를 관철하지 않았어. 신의를 지키지 않았어."

쿠로노는 거기서 말을 끊었다.

"나는 제국이 싫어. 아인이니까, 평민이니까. 그런 이유로 내 소중한 사람들을 업신여기는 제국을 용서할 수 없어. 노예 제도도 좋아할 수 없어. 하지만, 제국을 무너뜨리고 싶은 건 아니야. 그러니까, 나는 이 나라를 바꾸겠어. 바꿔 주고자 해. 아인도, 평민도, 귀족도 차별하지 않고 동등한 가치와 의미를 지닌 나라로 만들고자 해."

쿠로노가 결의를 입에 담자, 정적이 입구 홀을 감쌌다. 세계인 권선언에 관해 아는 사람── 미노, 레이라, 아리데드, 데네브, 골디, 시로, 하이이로, 타이가는 흥분한 기색이지만, 모르는 사람── 케인, 페이, 여주인, 엘레나, 시온, 앨리사는 곤혹스러워하고 있는 듯했다. 정적을 깬 것은 케인이었다.

"제정신, 아니, 진심인가?"

"진심이야."

케인이 곤혹스러워하는 것처럼 말했고, 쿠로노는 쓴웃음을 지었다. 다음으로 입을 연 것은 엘레나였다. 복잡한 듯이 미간을 찡그리고 있다.

"제국을 바꾸겠다고 하는데, 어떻게 해서 바꾸겠다는 거야?"

"기본은 그대로야. 우선은 내 영지를 농업 개혁과 교역으로 풍족하게 만들겠어."

"그래, 조금이지만 안심했어."

"내 영지가 풍족하지 않으면 아무도 이야기를 들어 주지 않을 테니까 말이지. 그 다음은 산업 활성화야. 산업이 성장하면 고용이 늘고, 생활 기반이 안정되어서 평민…… 이건 아인도 포함해서인데, 평민의 지위가 자연히 향상되어 갈 거야."

"그런 말을 들으니, 간단히 이뤄질 것 같은 느낌이 드네."

여주인은 팔짱을 끼고 몇 번인가 고개를 끄덕였다.

"말하기는 쉽지만 행하기는 어렵다는 속담을 알아?"*

"그 정도는 알고 있어."

엘레나의 비아냥에 여주인은 발끈한 듯한 표정을 띠었다.

"아무리 노력한들 일개 지방 영주의 힘으로 제국을 바꿀 수 있을 리가 없어. 이 나라를 바꾸겠다면 황제가 되어야만 할 거야."

"그래, 황제를 목표로 하는 것도 괜찮겠지."

"——!!"

엘레나는 숨을 삼켰다. 다들 놀란 듯한 표정을 띠고 있다. 당연한가. 황위계승권이 없는 쿠로노가 황제가 될 방법은 몇 없다. 사실상 반역 모의라 생각해도 이상하지 않았다.

"내 목적을 달성하기 위해 황제가 되어야만 한다면 그렇게 할 거야."

"황제의 자리조차 통과점이라는 거네."

"뭐, 그렇지."

엘레나가 얼굴을 찌푸리며 말했고, 쿠로노는 동의했다.

"나는 이제부터 여러 방법을 사용해 나갈 거야. 전쟁에 나가서

─────────
*염철론(鹽鐵論) 이의(利義)편에서

247

공적을 쌓아야 할 때도 있겠지. 그 도중에 희생되는 사람도 있을 거야. 그걸 감안해서 어떻게 처신할지 결정해 줬으면 좋겠어."

다시 입구 홀이 정적에 감싸였다. 곤혹스러움 때문이 아니다.

함께 걸을 수 있겠는가? 라고 쿠로노가 묻고 있는 것임을 이해했기 때문이다.

"제 몸과 목숨은 이미 쿠로노 님께 바쳤습니다."

"약속대로, 지옥까지 함께하겠습다."

레이라가 무릎을 꿇었고, 미노가 뒤따랐다.

"어려운 건 모르겠소이다만, 소인은 레오 공의 유지를 잇고자 하오이다."

"영지를 풍족하게 만들겠다면 저의 힘이 필요하겠군요."

""우리, 쿠로노 님과 함께.""

타이가가, 골디가, 시로와 하이이로가 무릎을 꿇었다.

"늦어 버렸고!"

"우으, 모양새가 안 좋은 것 같은."

아리데드와 데네브가 당황한 기색으로 그 자리에 무릎을 꿇었다.

"더더욱 늦은 겁니다!"

페이는 점프해서 그 자리에 무릎을 꿇었고, 케인을 올려다봤다.

"케인 경은 무릎 꿇지 않는 겁니까?"

"나로서는 네가 무릎을 꿇는 쪽이 더 의외다만……."

"쿠로노 님이 출세하시면 저희도 출세하는 겁니다."

페이는 흐흣―, 하고 콧김 거칠게 말했다. 간단한 논리라고 말하는 것만 같은 어조다.

"너무 어렵게 생각하고 있었던 걸지도 모르겠군."

"어디에 어려운 요소가 있는 것입니까?"

"아니, 이쪽 얘기다. 생각해 보면 내 목숨은 쿠로노 님이 구해 준 거니까 말이지. 어쩔 수 없군. 마지막까지 쿠로노 님을 따라가도록 할까."

케인은 머리를 긁적이고는 한쪽 무릎을 꿇었다. 엘레나와 다른 사람들은, 하고 쿠로노는 시선을 움직였다. 그러자 앨리사가 두 무릎을 꿇던 참이었다.

"그렇게 쉽게 결정해도 괜찮겠어?"

"주인님께서 구해 주신 목숨이니까요."

여주인이 기가 찬다는 듯이 말하자, 앨리사는 난감한 듯이 웃었다.

"게다가, 주인님께 헌신하겠다고 결심했기에. 세라는 어떻게 할 건가요?"

"나, 나는……. 넌 어때?"

"왜 나한테 화살을 돌리는 거야?"

여주인은 머뭇거리다가 엘레나한테 물었다. 그러자 엘레나는 토라진 듯한 어조로 되물었다.

"참고삼아서 의견을 들어 두려고 생각한 거야."

"내 대답 같은 건 정해져 있어."

그렇게 말하고 엘레나는 두 무릎을 꿇었다. 여주인이 놀란 듯이 눈을 휘둥그레 떴다.

"뭘 놀라는 거야. 난 쿠로노 님의 노예니까 따를 수밖에 없잖아."

"그런 거야?"

여주인은 미심쩍은 표정을 띠었다.

"난 어차피 쿠로노 님의 노예가 아니면 몸을 지킬 수 없는걸."

"아아, 그런가."

여주인은 고개를 끄덕였지만, 영 납득하고 있지 못한 모양이다. 무리도 아니다. 그녀는 엘레나가 무도회에서 전 약혼자를 죽이려 했던 것을 모르니까. 아마도 엘레나가 살아 있다는 사실은 그녀의 숙부에게도 전해졌을 것이다. 설마 자객까지 보낼 것 같진 않지만, 엘레나가 경계하는 건 당연하다.

"그래서, 당신은 어쩔 건데?"

"나 말이야?"

으음~, 하고 여주인은 팔짱을 낀 채 신음했다. 쿠로노는 약속, 하고 입을 움직였다.

수치심 때문인지 여주인의 얼굴이 새빨갛게 변했다.

"으, 응. 나, 나는 빚을 갚을 때까지는 따라야지. 빚을 갚을 때까지는."

"얼굴이 빨갛다구?"

"여기가 더운 거야!"

여주인은 거친 목소리로 말하고는 두 무릎을 꿇었다. 마지막으로 시온이 남았다. 잘 생각해 보면 그녀는 부르지 않아도 괜찮았던 듯한 느낌이 든다. 시온은 주위를 둘러보고 머뭇머뭇 무릎을 꿇었다.

"괜찮겠어?"

"아, 네, 그게, 쿠로노 님은 황토이자 풍양을 관장하는 모신님의 교의에 반하는 게 아니기에. 협력해도 문제없다고 생각합니다. 어디까지나 개인의 견해지만요……."

쿠로노가 묻자, 시온은 소곤소곤 중얼거렸다.

"그런 말 하고선, 기부금이 목적인 거지?"

"그, 그렇지 않아요."

"흥, 어떨는지."

"자, 자. 개인의 견해라도 협력해 준다면 기뻐."

엘레나가 콧방귀를 꼈고, 쿠로노가 끼어들어 말렸다. 건강식품 광고 같다고 생각했지만, 협력을 받을 수 있는 건 다행이다. 쿠로노는 헛기침을 한 뒤 부하를 바라봤다.

"이제부터 시작하는 건 앞이 보이지 않는 싸움이야. 얼마나 노력(勞力)을 들여야 좋을지도, 어느 정도 희생을 쌓아 올려야 좋을지 짐작도 가지 않아. 보답받을지 어떨지조차 알 수 없어. 신의 가호 역시 기대하지 못해."

정말로 아무것도 없는 상황에서의 싸움이다. 게다가, 적에게는 실체가 없다. 사람들의 가치관을 바꾸고, 사회를 변화시켜 나간다. 이건 그런 싸움이다.

"그렇다고 하더라도, 싸울 가치는 있다고 믿어."

쿠로노는 조용히 고했다.

《 막 간 》 선언, 그 후에

쿠로노는 레이라의 손을 잡아끌고 후작 저택 복도를 걸었다. 목적지는 자신의 방이다. 빠른 걸음으로 걷고 있지만, 레이라는 묵묵히 따라왔다. 어깨 너머로 뒤를 보니, 레이라는 얼굴이 새빨개져 있었다. 쿠로노가 뭘 생각하고 있는지 모르는 건 아닌 듯하다.

자신의 방으로 향하는 목적은 하나—— 레이라와 사랑을 확인하고 싶다. 아니, 섹스하고 싶다. 그것뿐이다. 입구 홀에서 세계 인권선언을 목표로 하겠다고 말한 참인데 어찌 이리도 글러 먹은 남자일까 하고 절실히 생각한다. 하지만 지금은 글러 먹어도 좋다고 생각했다. 후회도, 자기혐오도 나중에 하면 된다.

쿠로노는 자신의 방으로 뛰어 들어가, 문을 닫았다. 뒤돌아서 방안 이곳저곳을 살폈다. 당연하다고 하면 당연하지만, 아무도 없다. 휴, 하고 안도의 한숨을 내쉬고는 레이라 쪽을 향해 돌아섰다. 그러자 부드러운 감촉으로 입술이 막혔다. 레이라가 입술을 포개 온 것이다. 거기다 정열적으로 혀를 휘감아 온다. 여유가 있으면 레이라의 마음에 답할 수 있겠지만, 지금은 여유가 없다. 그 마음이 전해진 것일까. 레이라가 몸을 뗐다.

"죄송해요. 그게, 마음이 조급해서. 곧바로 침대에——."

"아니, 그냥, 그대로."

"저기, 아주 조금만 걸으면 침대인——."

"이대로."

"아, 알겠습니다."

쿠로노가 말을 가로막자 레이라는 쭈뼛쭈뼛 스커트에 손을 뻗었다. 그 시간이 애가 타서, 정신 차리고 보니 레이라를 껴안고 있었다. 혀를 휘감고, 부드러운 엉덩이를 콱 잡아 난폭하게 스커트를 걷어 올렸다. 레이라한테서 떨어지자, 아쉬운 듯이 투명한 다리가 이어졌다. 팬티 끈을 당겼더니, 도중에 매듭처럼 엉키고 말았다. 큭, 하고 신음했다. 여유가 없는데 실패하다니——. 하지만, 천을 옆으로 제칠 정도의 여유는 생겼다.

"고, 곧바로——."

"미안. 이제 무리야."

쿠로노는 바지를 벗고 다시 레이라와 입술을 겹쳤다. 레이라가 조심스럽게 혀를 마주 휘감았다. 그녀의 엉덩이를 애무하며, 살며시 손을 허벅지로 가져가 한쪽 다리를 들어 올리게 했다. 다시 거리를 벌렸다. 다만, 이번에는 서로의 숨결이 닿을 거다.

"레이라, 괜찮지?"

"네, 네. 부탁드려요."

쿠로노가 자신의 것을 꽂아 넣었다. 그러자 레이라의 고개가 갑자기 활처럼 뒤로 젖혀졌다. 꽉 조여 온다. 참지 못하고 절정에 달해 버렸다. 수 초, 아니, 더인가. 어쨌든, 짧은 시간 동안 쿠로노와 레이라는 서로 마주 본 채 굳어 있었다. 경직이 풀리고, 레

이라는 쿠로노의 목에 팔을 감아 자신의 몸을 지탱했다.

"……죄송해요. 그게, 오랜만에 몸을 섞은 탓인지 느껴 버리고 말았어요."

"나도 참을 수 없었어."

쿠로노는 레이라와 서로 마주 보고는 누가 먼저랄 것도 없이 키스했다. 그 뒤, 침대로 이동하지는 않고 선 채로 한 번, 침대에 갈 때까지 한 번, 침대에서 셀 수 없을 정도로 사랑을 확인하고——그리고 다음 날 아침, 눈을 뜨고 나서도 서로 사랑을 확인했다.

제 4 장 『기승 돌격』

제국력 431년 2월 중순── 상자형 마차 창문으로 바람이 불어들어온다. 차갑고, 얼어붙은 바람이다. 너무나도 강한 추위에 이가 덜덜 떨렸다. 티리아는 자기 몸을 부둥켜안으며 창문과 그 근처에 앉은 인물── 케이론 백작을 노려봤다. 시선을 알아차린 케이론 백작이 이쪽을 쳐다봤다. 하지만 곧바로 흥미를 잃은 듯 창문으로 시선을 향했다.

창밖에는 하얀 제복을 입은 기병이 있다. 창문으로 보이는 건 10기 정도지만, 마차를 호위하는 기병은 1백을 넘는다. 선발대를 포함하면 150에 이를 것이다. 하얀 군복은 근위기사── 군의 최고 엘리트라는 증거다. 그들의 호위를 받는 이상, 여행의 안전은 반쯤 보증되었다고 말해도 좋으리라. 뭐, 통상적인 경우라면 말이다.

유감이지만 지금은 통상적이라고는 말하기 힘든 상황이다. 티리아는 알코르 재상한테 배신당하여 3개월 남짓 성의 주탑에 유폐되어 있었다. 이대로 일생을 끝내든가 독살당하겠지 싶었는데, 전지(轉地) 요양을 시켜 준다면서 옷을 갈아입히고, 마차에 던져넣었다. 게다가 호위는 케이론 백작의 부하다. 낙관할 수는 없는 노릇이다. 오히려 경계해야만 한다. 그건 그렇다 치고──.

"……춥다."

티리아가 중얼거리자, 케이론 백작이 다시 시선을 향했다. 역시, 흥미를 잃은 것처럼 창문으로 바깥 경치를 바라보려고 한다.

"내가 춥다고 말한 거다. 창문을 닫아라."

"그런 변태녀 같은 차림을 하고 있으니까 그런 거야."

"네가 건네준 드레스잖아!"

"어디 사는 말 뼈다귀인지도 모를 남자한테 팔려 넘어가는 황녀 전하한테 걸맞은 차림을 시켜 주려고 생각해서 말이야. 내 배려에 감사해 줬으면 좋겠네."

티리아가 발끈해서 받아치자, 케이론 백작은 깔보듯이 말했다.

"팔려 넘어가? 전지 요양이 아니었던 건가?"

"거짓말인 게 뻔하잖아. 당연히 황녀 전하를 제도에서 쫓아내려는 방편이지. 애초에, 자기 건강이 어떤지 황녀 전하가 가장 잘 알고 있을 텐데?"

크윽, 하고 티리아는 신음했다.

"그럼 나는, 누구의 처가 되는 거지?"

"처라니, 무슨 말이야?"

"팔려 넘어간다는 게, 결국 그런 의미 아닌가!"

티리아는 발끈하면서 되물었다.

"처라~. 고작해야 애완동물 아닐까?"

"큭, 이제 됐다."

"그러고 보니 나와 쿠로노가 처음으로 맺어진 날에 대해 알려

줬던가?"

"그러니까, 이제 됐다고!"

티리아가 거친 목소리로 소리치자, 케이론 백작은 가볍게 어깨를 으쓱였다. 문득 표정을 누그러뜨렸다. 슬퍼 보이는, 아니, 마치 티리아를 불쌍히 여기는 듯한 표정이다.

"우리 황녀 전하, 참 불쌍하지. 처음을 쿠로노한테 바치지 못하다니. 뭐, 난 사랑하는 사람한테 처음을 바칠 수 있어서 다행이야. 아아, 정말로 불쌍하네. 처음을 사랑하는 사람한테 바치지 못했을 뿐만 아니라, 어디 사는 말 뼈다귀인지도 모를 남자한테 빼앗기는 신세라니. 응, 아이가 생기면 불러 줘. 하하── 아야!"

케이론 백작은 목을 움츠렸다. 옆에 앉아 있던 소녀가 좌석에 기대 세워 뒀던 검을 넘어뜨린 것이다. 안경을 쓴 소녀로, 기복이 부족한 몸을 하얀 군복으로 감싸고 있다. 머리카락은 밝은 빛이 감도는 갈색이고, 렌즈 안쪽에 있는 눈동자는 파랗다. 그녀는 이 대화 속에서도 부루퉁한 표정으로 책을 읽고 있다.

에릴 살드멜리크 자작── 제11근위기사단의 단장이다.

"뭐 하는 거야?"

"……거짓말은 좋지 않아."

살드멜리크 자작은 소곤소곤 중얼거렸다.

"……이 마차의 행선지는 에라키스 후작령."

"쿠로노의 영지인가."

티리아는 휴, 하고 안도의 한숨을 내쉬었다.

259

"이런, 왜 가르쳐 주는 거야?"

"……네가 그런 식이니까 내가 감시역으로 선정됐어."

쳇, 하고 케이론 백작이 혀를 찼다.

"하지만, 과연 안심해도 될까?"

"그 수법에는 더는 안 넘어간다."

"이거야 원, 쿠로노는 이번 전쟁으로 부하를 잃었다고. 이전과 똑같이 황녀 전하를 대해 주려나? 나는 무리라고 생각해."

"그, 그건……."

티리아는 말을 머뭇거렸다. 유폐되었던 사이에 전쟁이 일어난 건 알고 있다. 하지만 그건 알코르 재상이 주도한 것이다. 자신과는 무관하다. 그렇게 말하고 싶지만——.

"황녀 전하가 정신 똑바로 차리고 있었더라면 쿠로노의 부하는 죽지 않았을 텐데 말이야."

"네가 배신하지 않았으면!"

"내가 배신하지 않아도 누군가가 배신했을 거야. 그렇지, 에릴?"

"……나한테 화살 돌리지 마."

"너라면 어떻게 했겠어?"

살드멜리크 자작이 성가시다는 듯이 말했지만, 케이론 백작은 끈질기게 물고 늘어졌다.

"……때와 상황에 달렸어."

"그렇다고 하네."

케이론 백작은 티리아를 쳐다보고는, 득의양양하게 말했다.

※

깡, 깡, 하는 소리가 고막을 자극한다. 귀에 거슬리는 소리다. 무시하려고 했지만, 참을 수 없어 결국 눈을 떴다. 창밖을 보니 정원이 펼쳐져 있었다. 황폐해진 채로 방치된 정원이지만, 본 기억이 있다. 그제야 티리아는 에라키스 후작령에 있다는 사실을 깨달았다.

덧붙여 자신이 잠들어 있었다는 사실도. 적이 눈앞에 있는데 너무 경솔했다. 케이론 백작을 봤다. 그러자 그는 히죽 웃고는 창밖에 시선을 향했다.

마차가 덜컹 흔들렸다. 속도를 떨어뜨린 것이다. 마차는 단계적으로 속도를 떨어뜨려 현관 근처에서 멈췄다. 현관 앞에 선 건 그나마 다행이었다. 정원에는 티리아가 모르는 공방이 세워져 있고, 수많은 사람이 거기서 일하고 있었다. 현관 근처라면 그들에게 파렴치한 차림을 드러내지 않아도 된다. 살드멜리크 자작이 책을 덮고는 주머니 안에 넣었다. 귀족의 소지품치고는 꾀죄죄한 주머니였다. 그녀는 주머니를 짊어지고는 마차 문을 열었다. 차가운 바람이 불어 들어와 소름이 돋았다.

"……도착."

"이것 참, 계속 앉아 있었던 탓에 몸 이곳저곳이 아프네."

살드멜리크 자작이 마차에서 내렸고, 케이론 백작도 뒤따랐다.

"자, 얼른 내려."

"알고 있다."

티리아는 케이론 백작에게 대꾸하고는 마차에서 내렸다.

"……춥군."

티리아는 자기 몸을 끌어안고 중얼거렸다. 하지만 백작은 이쪽을 일별하고는 흥, 하고 콧방귀를 꼈다. 이대로 추위에 떨고 있으라는 말인가.

덜컥, 하는 소리가 나고 현관문이 열렸다. 나온 것은 메이드였다. 후작 저택에서 몇 번인가 만났었다. 분명 앨리사라는 이름이었을 터다. 그녀가 문을 잡고 있었고, 쿠로노가 나왔다. 군복을 입고, 망토를 걸치고 있다. 거기다 목걸이를 착용하고 있었다. 동물의 엄니일까. 자세히는 알지 못하지만——.

티리아는 고개를 돌렸다. 설마, 이런 차림으로 재회하게 되리라고는 생각지 않았다.

"쿠로노, 만나고 싶었어."

간드러진 목소리가 울렸다. 케이론 백작의 목소리다. 케이론 백작을 힐끔 봤다. 그는 가벼운 발걸음으로 쿠로노에게 다가가 팔을 감았다. 숨을 흡 삼켰다. 쿠로노는 아주 싫지도 않은 듯한 얼굴이었다. 충격이었다. 군사학교에서 보냈던 나날이나 무도회에서 같이 춤췄던 일은 무의미했다는 말을 듣는 것만 같아 화가 벌컥벌컥 치밀었다.

쿠로노는 케이론 백작과 팔짱을 낀 채 다가왔다. 무심코 뒷걸음질 쳤다. 쿠로노가 두르고 있는 분위기가 이전과는 전혀 달랐기 때문이다. 사선(死線)을 헤쳐 나옴으로써 인간적으로 성장한 것이리라. 자신은 어떤가. 아니, 물을 필요까지도 없다. 티리아는 성장하지 않았다. 어딘가에서 성장이 멈추고 말았다. 그래서, 배신당한 것이다.

"……티리아."

"뭐, 뭐냐?"

"춥지 않아?"

티리아가 살짝 상기된 목소리로 말하자, 쿠로노는 의아하다는 듯이 되물었다. 온몸이 확 뜨거워졌다. 수치심이 아니라, 분노였다.

"추운 게 당연하지 않나! 얼른 망토를 이리 내라!"

"알았어."

쿠로노가 리오, 하며 눈짓했다. 그러자 케이론 백작은 어쩔 수 없네~ 라는 듯한 표정을 띠고는 쿠로노에게서 떨어졌다. 저 남자가 순순히 따르다니, 믿기지 않는 광경이다.

"주인님……."

"부탁해."

앨리사가 말을 걸자, 쿠로노는 짧게 대답했다. 그녀의 도움을 받아 망토를 벗었다.

"똑바로 돌려줘."

"날 뭐라고 생각하는 거냐."

티리아는 망토를 손에 들고는, 걸쳤다. 따뜻하다. 휴, 하고 숨을 내쉬었다.

"그런 드레스 안 입으면 되는데……."

"내가 좋아서 이런 드레스를 입고 있는 줄 아나?"

티리아는 망토로 가슴을 가리며 말했다. 쿠로노가 가슴을 물끄러미 보고 있었기 때문이다.

"황녀 전하는 좋아서 입고 있는 거야."

"넌 입 다물고 있어라!"

"아~, 무서워라 무서워. 황녀 전하가 적의를 노골적으로 드러내고 있어."

티리아가 고함치자, 케이론 백작은 쿠로노 뒤에 숨었다. 어깨 너머로 이쪽을 보며 히죽 웃는다.

"둘 다 싸움은 그만둬."

"내가 나쁜 거냐?!"

무심코 거친 목소리로 소리쳤다. 어떻게 봐도 나쁜 건 케이론 백작이다. 그런데도──.

"……그만 돌아가라."

"그게 여기까지 세심한 주의를 기울여 바래다준 충신한테 할 말이야?"

"자, 자. 둘 다 진정해."

쿠로노는 다시 끼어들었다. 크윽, 하고 티리아는 신음했다. 어째서, 쿠로노는 자신의 편을 들어 주지 않는 것인가. 쿠로노와 자신은 친구가 아니었던 건가.

"돌아가는 편이 좋아?"

"호위 임무로 지쳤을 테고, 느긋하게 쉬다 가."

쿠로노는 시선을 옮겼다. 정원에는 기병이 있다.

"머물 곳을 준비해 둘 테니까."

"역시나, 쿠로노."

쿠로노의 말에 안심했는지 눈치를 보던 기병들이 휴, 하고 안도의 한숨을 내쉬었다. 케이론 백작은 기쁜 듯이 말하고는 쿠로노의 팔에 안겨들었다. 티리아는 크윽, 하고 신음했다. 어쩌면 처음부터 이걸 노리고 있었던 걸까.

"그러고 보니 근위기사단 단장이 한 명 더 있다고 들었는데……."

"아아, 에릴 말하는 거지? 에릴."

쿠로노와 케이론 백작이 주위를 둘러봤다. 하지만 살드멜리크 자작의 모습은 없다.

"아아, 있다 있어. 저기야."

케이론 백작이 살드멜리크 자작을 가리켰다. 그녀는 대발——정확히 말하면 거기에 붙어 있는 종이를 보고 있다. 아무래도 저 건물은 종이를 만드는 공방이었던 모양이다.

쿠로노와 케이론 백작이 살드멜리크 자작이 있는 곳으로 향했다. 앨리사가 그림자처럼 쿠로노를 뒤따랐고, 티리아도 어쩔 수 없이 따라갔다. 쿠로노 일행은 살드멜리크 자작 뒤에서 멈춰섰다. 케이론 백작이 눈을 가늘게 떴다.

"종이를 만들고 있는 거야?"

"응, 고용 창출을 위해서 말이지."

"제법 커다란 종이네."

케이론 백작은 대발에 붙어 있는 종이를 찬찬히 쳐다봤다. 종이는 한 변이 1m 정도인 정사각형이다. 사용하기 편하지는 않을 것 같다.

"상회에 도매로 넘길 때는 6분할 하고 있어. 주문이 있으면 더 큰 사이즈로 만들지만 말이야."

"……얼마?"

살드멜리크 자작이 불쑥 중얼거렸다. 응? 하고 쿠로노는 고개를 갸웃했다. 그러자 살드멜리크 자작은 쿠로노를 향해 돌아섰다. 눈이 반짝이고 있다.

"……종이 가격."

"아, 종이 가격 말이구나. 한 장…… 그러니까, 6분할 했을 때의 크기인데, 진주화 한 닢이야."

"——!!"

살드멜리크 자작은 숨을 삼키고, 허겁지겁 가죽 주머니를 꺼냈다. 가죽 주머니를 거꾸로 하고 흔들자, 진주화가 떨어졌다. 전부 해서—— 20닢 정도일까.

"……이걸로 살 수 있는 만큼 팔아 줘."

으음~, 하고 쿠로노는 신음했다. 도매가로 거래해도 괜찮을지 생각하고 있는 것이리라.

"뭐, 상관없으려나. 골디!"

"무엇입니까?"

쿠로노가 큰 목소리로 부르자, 골디가 달려왔다.

"이 애가——."

"에릴 살드멜리크."

살드멜리크 자작이 불쑥 중얼거렸다. 응? 하고 쿠로노는 살드멜리크 자작을 봤다.

"……나는 에릴 살드멜리크."

이름뒤에 자작, 이라며 뒤늦게 떠올린 듯이 덧붙였다.

"에릴이 종이를 팔아 줬으면 한다는데……."

"문제없습니다. 그러면, 가지러 갔다 올 테니——."

"……괜찮아. 기다릴 거야."

골디는 웃음을 지었고, 종이를 만드는 공방에 들어갔다. 갑자기 바람이 불었다. 티리아는 재채기를 하고는 몸을 부르르 떨었다. 앨리사가 조용히 입을 열었다.

"주인님……."

"앨리사, 티리아를 방으로 안내해 줘."

"알겠습니다."

앨리사가 공손하게 고개 숙여 인사한 뒤 티리아에게 다가갔다.

"황녀 전하, 다시금 인사드립니다. 후작 저택에서 메이드장을 맡은 앨리사라고 합니다."

"음, 알고 있다."

"감사합니다. 이번에 황녀 전하의 시중을 드는 메이드로 임명되었습니다. 미흡한 몸입니다만, 최선을 다하여 시중을 들도록 하겠사오니 모쪼록 잘 부탁드립니다."

앨리사는 그렇게 말한 뒤 공손하게 머리를 숙였다.

※

"이쪽이 황녀 전하께서 지내실 방입니다."

앨리사가 문을 열었고, 티리아는 방으로 들어갔다. 방 중앙 부근에서 멈춰 서서 시선을 이리저리 옮겼다. 작년에 후작 저택에 체재했을 때 썼던 방이다. 천장이 달린 침대와 화장대, 옷장, 책상, 의자가 놓여 있다.

"……오늘부터 여기가 내 방인가."

티리아는 조용히 중얼거렸다. 화장대 거울을 보고 졸도할 뻔했다. 자기가 생각했던 것 이상으로 파렴치한 차림을 하고 있었다. 드레스라기보다도 폭이 있는 천에 가까웠다. 어깨에서 뻗은 천이 유방을 경유하여 배꼽 아래에서 하나가 되어 있다. 그리고 그 밑으로 스커트 형태가 되어 있는데, 트임이 너무 외설적이다. 팬티 끈보다 높은 곳까지 트임이 뻗어 있다. 더 나아가 드레스 자체가 비쳐 보이는 재질이었다. 젖꼭지가 뾰족하게 서 있는 걸 알 수 있을 정도다.

변태녀—— 케이론 백작의 말이 뇌리를 스쳐 티리아는 커다란 충격을 받았다. 존엄을 파괴당했다. 어쩐지 쿠로노가 물끄러미 보고 있을 만도 했다. 이런 드레스 입고 있을 수 있겠냐, 하고 옷장을 난폭하게 열었다가, 놀라서 눈이 휘둥그레졌다. 티리아의 군복이 걸려 있었다. 어느새 반입한 것일까. 머뭇머뭇 손을 뻗었다. 손가락 끝이 군복에 닿았다. 꿈이 아니다. 살며시 군복을 꺼냈다. 코끝이 찡해지며 눈물이 흘러넘쳤다. 아아, 하고 목소리를 내고는 군복을 꽉 끌어안았다. 생이별한 연인과 만난 듯한 기분이다.

"……내 옷이다."

군복을 건네받았을 때의 일을 떠올렸다. 그때는 특별 취급받는 게 싫었다. 하얀 군복은 근위기사의 증표다. 황족이라는 것만으로 그들의 노력을 짓밟는 듯한 짓을 해도 괜찮은 것인가 하는 생각마저 들었다. 하지만 거부할 수도 없었다.

그래서, 이렇게 생각한 것이다. 이 군복에 걸맞은 인간이 되자고. 그렇게 생각하니 이 군복이 나쁘지 않은 것처럼 느껴졌다. 언젠가 자랑스러운 마음으로 입을 수 있게 되고 싶다. 하지만, 자신은 실패하고 말았다. 대체, 무엇이 좋지 못했던 것일까.

※

티리아가 식당에 들어가자 쿠로노, 케이론 백작, 살드멜리크 자작은 테이블을 둘러싸고 향차를 즐기고 있었다. 내가 울고 있었는데, 라며 분노가 솟아올랐다. 어찌어찌 분노를 참고, 쿠로노 옆에 앉았다.

"어라? 앨리사는?"

"일이 있다는 것 같더군."

평정을 가장하며 대답하자, 맞은편 자리에 앉아 있던 케이론 백작이 히죽 웃었다.

"드레스는 이제 됐어?"

"언제까지고 그런 꼴을 하고 있을 수 있겠나."

케이론 백작이 야유하듯이 말했고, 티리아는 발끈하여 받아 쳤다. 잘도 그런 파렴치한 드레스를, 이라며 노려봤지만 케이론 백작은 아랑곳하지 않는다. 어떻게든 해서 이 남자한테 복수할 수는 없을까.

그런 생각을 하고 있었더니, 덜컥하는 소리가 났다. 소리가 난 쪽을 봤다. 그러자 식당과 주방을 연결하는 통로에서 여주인이 나오던 참이었다. 은색 쟁반을 손에 들고 있다. 아직 이쪽을 알아 차리지 못한 모양이다.

"오래 기다리셨── 뭐야, 공주님이잖아."

"뭐야라니, 그게 무슨 말투냐."

티리아는 받아쳤지만, 여주인은 무시하고 쟁반을 테이블에 올려놓았다. 쟁반 위에 있던 건 슬라이스된 빵이었다. 빵 위에는 끈적끈적한 치즈가 올라가 있었다.

"대충대충이군."

"그야, 한창 저녁 식사를 만드는 도중이었으니까 대충할 수밖에."

티리아가 작게 중얼거리자, 여주인은 발끈한 듯이 말했다. 살드멜리크 자작은 빵을 손에 쥐더니 단번에 입에 넣었다. 우물우물하며 입을 움직여 빵을 삼킨다.

"……맛있어."

"기쁜 말을 해주네~."

살드멜리크 자작이 입가에 미소를 띠고 말하자, 여주인은 기쁜 듯이 웃었다.

"그에 비해……."

"뭐냐, 그 눈은?"

"아무것도 아냐, 아무것도."

하아~, 하고 여주인은 여봐란듯이 한숨을 내뱉었다. 티리아는 여주인을 쳐다보고는──.

"긴소매 옷을 입기로 한 건가?"

"이, 이건──!!"

여주인은 가슴을 감싸듯이 양팔을 교차시켰다. 시선은 티리아 뒤에 있는 쿠로노에게 향해 있다. 시선을 알아차린 건지 알아차리지 못한 건지, 쿠로노는 빵을 베어 물고는 행복하게 미소 짓고 있다. 여주인이 머뭇머뭇 입을 열었다.

"어, 어때?"

"응, 맛있어."

"그, 그래?"

쿠로노가 행복해 보이는 표정을 띤 채로 말하자, 여주인은 쑥스러운 듯이 뺨을 긁적였다. 둘 사이에 형언하기 어려운 분위기가 감돌고 있는 것을 느낀다. 대체, 둘 사이에 무슨 일이——.

"그러고 보니……."

케이론 백작은 빵에 손을 뻗다가, 생각났다는 듯이 말했다.

"약속은 지켜 줬어?"

"뭣——!"

여주인이 놀란 듯이 눈을 크게 뜨고는 케이론 백작은 봤다. 쿠로노는 빵을 먹으며——.

"아직이야. 슬슬, 약속을 지켜 줬으면 하는데 말이지~."

"그, 그건……. 조금만 더 기다려 줘."

여주인이 소곤소곤 말했고, 케이론 백작은 빵을 손에 쥐었다.

※

밤——.

"황녀 전하, 안녕히 주무십시오."

"음, 오늘은 수고가 많았다. 내일도 잘 부탁하지."

"잘 알겠습니다. 그러면, 실례하겠습니다."

앨리사는 공손하게 고개 숙여 인사하고는 문을 닫았다. 티리아는 몸을 돌려 침대로 향했다. 목욕을 했기 때문일까. 그게 아니면 여주인의 요리로 배가 찼기 때문일까. 발밑이 붕 뜬 느낌이다. 침대에 올라가 이불 속으로 파고들었다.

"……지쳤어."

침대 천장을 올려다보고 조용히 중얼거렸다. 아아, 지쳐 있었던 거군, 하고 자신의 말에 납득했다. 주탑에 유폐된 이래로 계속 긴장 상태였다고 생각한다. 한계였던 것이리라. 그래서, 마차에서 잠들어 버린 것이다.

"그건 그렇고…… 어째서 알코르는 날 죽이지 않은 거지?"

알포트를 차기 황제에 앉힐 생각이라면 티리아를 죽이는 게 편할 터다. 그런데도 죽이지 않고 쿠로노가 있는 곳으로 보내다니 무슨 생각인 걸까.

쿠로노가 교섭한 건가. 아니, 그건 아닌가. 쿠로노는 일개 영주에 지나지 않는다. 장래는 남쪽 변경 영지도 이어받겠지만, 그래도 대귀족이라고는 할 수 없다. 남쪽 변경 영주와 관계를 강화하기 위해, 아니, 이것도 아닌가. 관계를 강화하고 싶다면 티리아와 알코르가 우호적인 관계여야만 한다. 그렇다고 한다면——.

"……알포트가 폭주했을 때를 대비해서인가."

티리아는 한숨을 내쉬었다. 이게 가장 확 와닿는다. 그런 걸 따질 바에야 그냥 자신을 지지해 줬다면 좋았을 텐데, 하는 생각에 다시 한숨을 내쉬었다.

지금 와서 말해 봤자 소용없다. 그만 자자, 하고 티리아는 눈을 감았다. 역시 지쳐 있었던 것이리라. 곧바로 수마가 덮쳐 왔다.

의식이 천천히 멀어지고── 티리아는 벌떡 몸을 일으켰다. 잠깐 잠깐, 하고 자기도 모르게 중얼거렸다. 이건 티리아의 예상일 뿐이다. 재상이 정말 그렇게 생각했다는 증거는 없다.

즉, 케이론 백작이 말했던 것처럼 애완동물로서 팔려나갔을 가능성도 전혀 없지는 않다는 소리다. 오히려, 이쪽이 더 있을 법한 이야기 아닌가. 제1황위계승자였던 티리아가 벼락출세한 신귀족에 자진하여 몸을 열고, 쾌락을 탐하고 있다. 그런 소문을 내는 것만으로도 티리아의 구심력은 낮아진다.

구귀족이 섬기는 것은 고귀한 피를 지닌 누군가이지, 티리아가 아니다. 게다가 녀석들은 자신의 이익을 우선한다. '성기사'라는 이명을 지닌 레온하르트조차 자신을 돕지 않았었다.

"큭! 설마 존엄을 파괴하려 들 줄이야……."

어찌 이리도 무시무시한 짓을, 하고 티리아는 신음했다. 지금 와서 생각해 보면 그 드레스도 존엄 파괴의 일환이었던 것 아닐까 하는 생각이 든다.

"아니, 잠깐. 상대는 쿠로노다. 설마, 쿠로노가── 크윽!!"

쿠로노가 가슴을 물끄러미 보고 있었던 것을 떠올리고, 티리아는 신음했다. 잘 생각해 보면 쿠로노는 하프 엘프와 여주인만으로는 만족하지 못하고, 남자인 케이론 백작한테까지 손을 댄 음수(淫獸)다. 그런 남자를 신용할 수 있을까. 아니, 그런 남자라도 어느 정도의 인간성은 남아 있을 터다. 상심한 친구에게 손을 댄다니──.

아아! 하고 티리아는 머리를 감싸 쥐었다. 친구는 영원을 의미하지 않는다고 무게 잡았던 것이 뒤늦게 떠올랐다. 이럴 수가. 자기도 모르는 사이에 음수에게 면죄부를 주고 말았다. 긴장을 늦췄다가는 그걸로 끝장, 음수의 본능을 노골적으로 드러내며 덮쳐올 것이 분명하다.

티리아는 시선을 이리저리 옮겼다. 어떤 식으로 덮쳐 올 생각일까. 밤중에 몰래 들어올까. 아니면, 그때처럼 알몸으로 덮쳐 올 생각일까. 저항할 수 있을까. 그때는 손쓸 도리 없이 구속당했다.

"분명, 이번에는 마지막까지⋯⋯."

티리아는 마른침을 삼키고는 자기 몸을 꽉 끌어안았다. 무섭다. 인축무해(人畜無害)하다고 생각했던 동물이 실은 독을 지니고 있었다. 이젠 쿠로노한테 덮쳐지는 미래밖에 남아 있지 않은 걸까. 아니. 만약, 설령 그렇다고 하더라도 자신은 라마르 5세의 딸──티리아 유스티티아 모리 케페우스다. 알코르한테 배신당하여 모든 걸 잃었다고는 해도, 긍지까지 잃은 것은 아니다. 그렇다. 자신은 마지막까지 고귀하게 있어야 한다. 각오는 됐다. 투지가 솟구쳐 오른다.

올 테면 와라, 하고 티리아는 쿠로노를 기다린다.

기다렸다.

계속 기다렸다.

그리고—— 아침이 왔다.

"……어?"

티리아는 졸린 눈을 비비며 창문을 봤다. 커튼 틈새로 빛이 비쳐 들어오고 있다.

눈을 쓱쓱 비볐지만, 빛이 사라지지는 않았다.

"이, 이상, 이상한데."

쿠로노가 음수의 본성을 드러내어 덮쳐 오는 것 아니었나. 쿠로노가 자신을 자빠뜨리고 위에서 눌렀을 때 그를 노려봐서 고귀함을 보여 줄 생각이었는데——. 그때 똑똑, 하는 소리가 났다. 문을 두드리는 소리다. 드디어 왔나, 하고 티리아는 정신을 바짝 다잡았다.

"들어와라!"

"황녀 전하, 좋은 아침입니다."

티리아가 목소리를 높여 말하자, 문이 열렸다. 들어온 것은 앨리사였다. 조용히 화장대로 다가와 멈춰 선다.

"우선은 세안을. 그 뒤 머리카락을 빗겨 드리겠습니다."

"으, 음. 부탁한다."

티리아는 침대에서 내려와 화장대로 향했다. 수면 부족 때문인지 휘청휘청했다.

※

후아아암, 하고 티리아는 하품을 억누르며 식당에 들어갔다. 식당에는 케이론 백작이 이미 자리에 앉아 있었다. 가급적 눈을 마주치지 않도록 하며 떨어진 자리에 앉았다.

"졸리면 조금 더 자고 오는 게 어때?"

"너야말로 졸려보인다만?"

티리아는 힐끔 시선을 향했다. 케이론 백작의 눈이 빨갛다. 게다가 나른해 보이는 분위기가 감돌고 있다. 아무리 보아도 수면 부족이었다.

"확실히 조금 피곤하네."

티리아는 놀라서 눈을 살짝 크게 떴다. 설마 케이론 백작이 순순히 인정할 줄은 몰랐다.

뭔가 꿍꿍이를 꾸미고 있나?

"어젯밤에 모기가 시끄러워서 말이지."

"모기? 이 계절에 말이냐?"

"그렇다니까. 계절 감각을 상실한 모기가 시끄러워서 수면 부족 기미야."

케이론 백작은 그렇게 말하고는 목덜미를 긁었다. 확실히 목덜미가 빨개져 있다.

"네 피를 빨다니 기특한 모기도 있는 법이군."

"그러게 말이야."

티리아는 다시 놀라서 눈을 크게 떴다. 왜 반론하지 않지? 기분 나빠하기는커녕, 이쪽을 불쌍히 여기는 듯한 표정이었다. 아니, 오히려 뭔가 우쭐한 느낌이다. 모르겠다. 고개를 갸웃하고 있자, 눈앞에 요리가 놓였다. 빵과 수프라는 심플한 메뉴다. 옆을 보니 여주인이 서 있었다.

"공주님, 밥이야."

"음, 먹도록 하지."

티리아는 앉은 자세를 바로 고치고는 빵에 손을 뻗었다.

※

티리아가 후작 저택 복도를 걷고 있자, 전방에서 엘프와 드워프 메이드가 다가왔다. 엘프 메이드는 안대로 한쪽 눈을 가리고 있다. 티리아를 알아차린 것이리라. 두 사람은 멈춰 서서 벽 쪽으로 붙었다.

"황녀 전하, 좋은 아침입니다!"

"좋은 아침입니다!"

"음, 좋은 아침이다."

인사를 돌려주며 단기간에 메이드다워졌군, 하고 감탄했다. 티리아는 멈춰 서서 엘프 메이드에게 시선을 향했다. 긴장 때문일 것이다. 엘프 메이드가 등을 쭉 폈다.

"3층은 누가 쓰고 있지?"

"네! 황녀 전하와 쿠로노 님, 리오 님 세 분입니다."

엘프 메이드는 목소리를 높여 대답했다.

"2층은?"

"네! 2층에는 사용인의 방과 저희의 수면실이 있습니다."

"알았다. 고맙다."

"넵! 실례하겠습니다."

엘프와 드워프 메이드는 경례하고는 총총히 그 자리를 떠나 갔다. 티리아는 후작 저택의 구조를 떠올렸다. 아무래도 방 대부분이 비어있는 모양이다.

시간을 들였는데 대단한 정보를 얻지 못했다. 아니, 하고 고개를 흔들었다. 이런 소소한 노력이 중요한 것이다. 언젠가 이 지식이 도움이 될 터다.

"……한가해졌군."

중계자로서 영주 일을 하고 있었을 때라면 또 모를까, 지금의 티리아한테는 쿠로노의 습격에 대비하는 것밖에 할 일이 없다. 일단, 적―― 쿠로노에 관해서도 정보를 모아 둘까 싶어 계단을 올라갔다.

"쿠로노, 있나?"

티리아는 집무실 문을 열었다가, 그 자세 그대로 움직임을 멈췄다. 쿠로노가 하프 엘프에게 양피지를 건네주고 있었기 때문이다.

"레이라, 졸업 축하해."

"가, 감사합니다."

쿠로노가 축하의 말을 보내자, 하프 엘프는 매우 감격한 기색으로 양피지를 꼭 끌어안았다.

글쎄, 졸업이라니 무슨 말일까. 고개를 갸웃하고 있었더니 쿠로노가 이쪽을 봤다.

"티리아, 무슨 일이야?"

"너야말로 뭘 하는 거지?"

"작년부터 레이라한테 공부를 가르치고 있었는데, 배우는 게 너무 우수해서 가르칠 게 없어져 버렸어. 그래서 졸업식을 해 두려고."

"그렇군……. 그래서, 그 양피지는 뭐냐?"

"졸업증서라고 할지, 이 정도의 학력이 있습니다, 라는 증명서이려나?"

"그런 게 필요한가?"

"형태로 갖춰 두는 게 중요한 거지. 기념도 되고, 군을 그만두고 재취직할 때 영주가 발행한 증명서가 있으면 고용주도 안심할 수 있잖아?"

"……과연."

티리아는 조금 뜸을 두고 고개를 끄덕였다. 그다지 의식한 적은 없었지만, 군사학교도 같은 이유로 졸업생에게 사작위(土爵位)를 서작하고 있는 것이리라.

"그런데, 뭔가 일거리는 없나?"

"아아, 그래서 온 거구나."

쿠로노는 그제야 납득이 되었다는 듯이 말했다.

"딱히 없는데. 뭣하면 시터 씨에게 물어볼 수도 있다만?"

"아니, 그럴 필요는 없다. 한가했으니까 일거리가 없나 물어본 것뿐이지, 딱히 일을 하고 싶은 건 아니다. 뭐냐, 그 얼굴은?"

"아무것도 아니야."

쿠로노는 미묘한 표정을 띠고 말했다. 벌레를 씹은 듯한 표정 ──그걸 약간 부드럽게 순화한 듯한 느낌이다.

"티리아는 이제부터 어떻게 할 거야?"

"이제부터라는 건 장래라는 의미냐?"

"오늘 예정에 관해서야."

티리아가 되묻자, 쿠로노는 한숨을 섞으며 말했다.

"후작 저택을 산책할 생각이다."

"공방은 위험하니까 너무 다가가지 마."

"음, 알겠다."

티리아는 고개를 끄덕이고는 집무실을 뒤로했다.

※

다들 성장했군, 하고 티리아는 집무실의 광경을 떠올리며 후작 저택 안을 산책했다. 그에 비하면 자신은……. 우울한 기분이 든다.

입구 홀을 빠져나가 밖으로 나오자 깡, 깡, 하는 소리가 들려왔다. 공방에서 일하는 드워프가 망치를 휘두르는 소리다. 종이를 만드는 공방에서는 증기가 솟아오르고 있었다. 한동안 못 보던 사이에 시끌벅적해졌군, 하고 실감했다.

응? 하고 티리아는 멈춰 서서 주위를 둘러봤다. 탁, 탁, 하고 뭔가를 서로 부딪치는 듯한 소리가 들려온 것이다. 소리가 난 쪽을 봤다. 그러자 화단 근처에서 페이와 소년이 목검으로 서로 치고 있었다.

"······제법 하지 않나."

티리아는 작게 중얼거렸다. 그건 소년의 검기(劍技)에 대한 평가가 아니다. 페이의 지도에 대한 평가다. 유감이지만 소년의 검기에 주목할 만한 점은 없다. 뭐, 일단 기초는 있는 모양이지만.

소년은 몸을 조금씩 움직이며 간격을 좁히고는 발을 크게 내디뎠다. 그 정도는 예상했을 테지만, 페이는 딱히 움직임이 없었다. 이윽고 소년이 목검을 내찌른 순간, 페이가 움직였다. 물 흐르는 듯한 몸놀림으로 소년의 공격을 피하고는 목검을 내리쳤다.

티리아가 보기엔 맥이 빠지는 공격이었지만, 소년은 필사적인 얼굴로 목검을 막아냈다. 빠악! 하고 목검이 서로 부딪치는 소리가 났다. 소년은 페이의 목검을 밀어내려고 했지만, 어림없었다.

체격 차이도 있지만, 기량 차이가 너무 큰 것이다. 소년은 큭, 하고 분한 듯이 신음하고는 거리를 벌리려 했다. 하지만 이조차 예상한 페이는 소년의 후퇴에 맞추어 목검을 내찔렀다. 소년이 놀란 듯이 눈을 크게 떴다. 하지만 티리아가 보기에는 딱히 놀랄 일이 아니었다. 바로 뒤로 물러나면 이렇게 될 게 뻔하니까. 그래서 보통은 옆이나, 대각선 뒤로 후퇴한다.

과연 소년이 이 상황에서 반격할 수 있을지 기대하며 보고 있자, 소년은 그 자리에서 몸을 숙였다. 공격을 피할 수 없다고 판단한 것이리라. 꼴사납지만, 단호하고 과감한 판단은 칭찬할만했다. 소년은 그 자세에서 공격을 펼쳤다. 지면을 타고 뻗는 듯한 횡베기였다.

티리아의 입에서 호오, 하는 목소리가 새어 나왔다. 제법 재미있는 걸 생각하는군. 통할지는 모르지만, 저 자세의 소년을 공격하려면 상대는 거리를 좁혀야 한다. 그때, 소년의 공격이 주춤했다. 페이가 발로 지면을 차서 소년에게 모래를 끼얹은 것이다.

"아익!!"

소년이 기묘한 비명을 질렀다. 봤더니 소년의 손가락이 지면과 목검 사이에 끼어 있었다. 어느새 페이가 목검을 짓밟은 것이다.

"스승님! 항복항복항복!!"

"근성이 없는 것입니다~."

소년이 소리쳤고, 페이는 목검에서 발을 치웠다.

"조금 더 봐달라고. 손가락이 부러지는 줄 알았어."

"충분하고도 넘칠 정도로 봐주고 있는 것입니다. 하극상을 획책하고 있다고는 해도 한 명뿐인 제자이니 말이지요. 제자가 도망치면 지도력을 의심받는 것입니다."

"스승님은 언제나 쓸데없는 한 마디가 많아."

소년은 일어서서는 고개를 푹 떨궜다. 티리아는 손뼉을 짝, 짝, 치며 둘에게 다가갔다.

"이거, 황녀 전하. 오랜만인 것입니다."

"오호~, 이 사람이……."

페이는 등을 쭉 펴고 경례했지만, 소년은 신기한 것이라도 보는 것처럼 티리아를 보고 있다.

"무엄한 것입니다."

"그런 말 해도, 난 예법 같은 건 모른다고."

페이가 꾸짖듯이 말하자, 소년은 삐친 것처럼 입술을 삐죽 내밀었다. 자기도 모르게 쓴웃음을 지었다.

"괜찮다."

"괜찮은 것입니까?"

"어린애가 하는 일에 일일이 화를 내서 어쩌겠나. 그리고——."

"권력을 잃었으니까 평범하게 대해도 OK라는 것입니다."

"크윽!"

페이가 태연한 어조로 말했고, 티리아는 신음했다. 확실히 황위계승권과 함께 권력을 잃었지만, 좀 돌려서 말할 수도 있지 않은가.

"왜 그걸 알고 있지?"

"리오 경이 여기저기 퍼뜨리고 다녔기 때문인 것입니다."

"크으윽, 그 남자——!!"

티리아는 이를 뿌득 갈았다.

"뭐, 살다 보면 그런 일도 있는 것입니다."

"집안이 몰락한 스승님이 말하니 설득력이 장난 아닌데."

"토니, 아직 우리 집안은 몰락하지 않은 것입니다."

페이는 소년── 토니에게 시선을 향하고는 불쑥 중얼거렸다.

"스승님은 평범한 기병대원이니까 몰락한 거나 마찬가지 아니야?"

"아닌 것입니다!"

"어디가?"

페이가 거친 목소리로 말했지만, 토니는 의아하다는 듯이 고개를 갸웃했다.

"저는 당당히 일해서 급료를 받는 것입니다."

"그런 당연한 걸 당당히 말해도 곤란한데."

토니는 깊은 한숨을 내쉬었다. 어째서일까. 가슴속이 뜨끔뜨끔한다.

"대체 뭘 근거로 몰락했다고 말하는 것입니까?"

"쿠로노 님한테 신세 지고 있잖아."

"기병대원용 숙소가 남성 전용이었으니까 어쩔 수 없는 것입니다."

"그건 계속해서 신세를 지고 있는 이유가 못 된다고."

"큭! 나가라는 말을 듣지 않았으니까 OK인 것입니다!"

"알았어. 스승님의 집안은 몰락하지 않았어."

"알았으면 된 것입니다, 알았으면."

페이는 만족스러운 듯이 고개를 끄덕였지만, 토니는 넌덜머리가 난 듯한 표정을 띠고 있다.

분명, 이렇게 해서 젊은이는 세상의 부조리함을 배워 가는 것이리라.

"근데 몰락한 게 아니면 뭐하러 쿠로노 님의 애인을 목표로 하는 거야?"

"뭘 모르고 있는 것입니다."

이런이런, 하며 페이는 작게 고개를 가로저었다.

"뭐가?"

"저는 물리파인 가문을 다시 일으키기 위해 애인을 목표로 하는 것입니다. 이번에 카도 백작령을 손에 넣음으로써 쿠로노 님의 영지는 셋이 된 것입니다!"

"셋? 둘 아니야?"

"장래에 크로포드 남작령을 이을 테니 셋인 것입니다! 크로포드 남작령은 제국 남단! 그렇다는 건 애인이 되면 저도 토지를 지닌 영주가 될 기회가 있다는 것입니다!!"

"넌 어린애한테 뭘 가르치고 있는 거냐. 그리고, 흑심은 조금 더 감춰라."

티리아는 페이에게 딴지를 걸었다.

"토니는…… 복잡한 인생을 걷고 있기에 OK인 것입니다."

"딱히, 난 부모한테 버림받은 것뿐이지 인생이 복잡한 건 아니야."

토니는 투덜거렸지만, 페이는 듣고 있지 않은 모양이다.

"그보다, 쿠로노 님은 애인이 여섯 명이나 있지 않던가?"

"여섯 명?!"

티리아는 자기도 모르게 되물었다.

"레이라 님과 안주인, 엘레나 님, 아리데드 님, 데네브 님, 리오 경인 것입니다."

"그, 그렇게나 많은 건가."

페이가 태연하게 말하자, 티리아는 침을 꿀꺽 삼켰다.

대체 쿠로노의 몸에 무슨 일이 일어난 것인가. 이래서는 정말로 음수이지 않은가.

"솔직히, 스승님은 불리하다고 생각하는데."

"그 부분이 제자의 어리석은 면이군요. 저는 엘레나 님 밑에서 공부 중인 것입니다."

"흠~, 어떤 공부를 하고 있는데?"

"같이 장을 보러 가거나, 식사를 하는 것입니다."

"……."

토니는 침묵했다. 마음은 이해한다. 그것의 어디가 공부인 걸까.

"스승님, 더치페이지?"

"물론인 것입니다."

"……그렇다면 됐어."

페이의 말을 듣고 토니는 휴, 하고 안도의 한숨을 내쉬었다. 아무래도 그는 티리아와는 다른 걱정을 하고 있었던 모양이다.

그런데 더치페이가 뭐지?

"그러니까, 이미 이긴 거나 마찬가지인 겁니다."

"그렇게 잘 풀릴 것 같지는 않은데~."

"이긴 거나 마찬가지인 겁니다!"

토니가 한숨을 섞으며 말했고, 페이는 강한 말투로 되풀이해서 말했다.

"쿠로노 님의 밤 시중 스케줄도 파악하고 있는 것이니까 말입니다."

"그런 게 있는 거냐?!"

"리오 경 때문에 약간 흐트러지고 만 것입니다만, 괜찮은 것입니다."

"케이론 백작?"

티리아는 고개를 갸웃하다가 숨을 헙 삼켰다. 그제야 케이론 백작이 수면 부족이었던 이유가 이해됐다. 어젯밤, 그는 쿠로노와 잔 것이다.

"네 이놈, 케이론 백작!"

크이이익! 하고 티리아는 신음했다.

※

밤——.

"황녀 전하, 안녕히 주무십시오."

"음, 오늘도 수고가 많았다. 내일도 잘 부탁하지."

"알겠습니다. 그러면, 실례하겠습니다."

앨리사는 공손하게 고개 숙여 인사한 뒤 문을 닫았다. 이대로 침대에서 잠들고 싶지만, 티리아는 졸음기를 참고 벽에 귀를 댔다. 발소리가 들리려나 싶었는데, 유감스럽게도 전혀 들리지 않았다.

신이여, 하고 마음속으로 기도를 올렸고——.

"*끄악!*"

티리아는 짧게 비명을 질렀다. 신위술로 강화된 청각이 굉음——앨리사의 발소리를 포착한 것이다. 황급히 문에서 거리를 벌렸다. 물론, 청각 강화는 중단했다. 하마터면 발소리로 괴로움에 몸부림칠 뻔했다.

티리아는 손으로 귀를 누르고 다시 신위술로 청각을 강화했다. 이번에는 괜찮은 모양이었다. 살며시 문에 귀를 댔다. 발소리가 멀어져 간다. 갑자기 음질이 변했다. 아마도 계단을 내려가고 있는 것이리라.

티리아는 청각 강화를 멈추고 문을 열었다. 시선을 두리번두리번 옮겼지만, 사람의 모습은 없다. 문을 살며시 닫고 발소리를 내지 않도록 복도를 나아갔다. 어둑어둑한 복도다. 이유는 금방 알았다. 조명용 매직 아이템 절반이 켜져 있지 않은 것이다. 어째서 이런 짓을 하는 것인지 이해하기 어려웠다. 아니, 지금은 목적을 우선해야만 한다.

티리아의 목적—— 그건 쿠로노의 정보를 입수하는 것이다. 밤 시중 스케줄을 알아내면 푹 잘 수 있다. 더구나 쿠로노의 본성을 알아내면 여차할 때 침착하게 대응할 수 있다. 지피지기면 백전불태(百戰不殆)—— 즉, 그런 것이다. 덧붙여서 말하자면 케이론 백작의 그 표정이 마음에 안 들었다.

쿠로노의 방이 보이기 시작했다. 아직 일어나 있는지, 문틈으로 빛이 새어 나오고 있었다. 티리아는 맞은편에 있는 방으로 들어갔다. 이 방이 비어있다는 건 이미 확인했다. 발밑에 주의하며 벽에 다가가 신위술로 청각을 강화했다.

잠시 후 덜컥, 하는 소리가 났다. 아무래도 누군가가 온 모양이다.

「……안주인, 와줬구나.」

「그야, 약속했으니까.」

방을 찾아온 것은 여주인인 모양이다.

「들어와, 들어와.」

「그렇게 재촉하는 거 아니야.」

쿠로노가 기쁜 듯이 말했고, 여주인은 넌덜머리가 난 듯한 어조로 말했다. 또각또각하는 소리 뒤에, 끼익 하는 소리가 났다. 침대에 앉은 모양이다.

「너무 떨어진 것 아니야?」

「아닌데.」

「뭐, 내가 다가가면 그만이지만……. 좀 더 빨리 와줬으면 했어.」

「무슨 말을 하는 거야. 어젯밤에는 케이론 백작과 즐겼잖아.」

쿠로노가 삐친 듯한 어조로 말하자, 여주인이 발끈한 듯이 대꾸했다. 티리아는 그래그래, 라며 고개를 끄덕였다. 남자와 자고 있던 주제에 안주인이 나쁜 듯한 말투는 좋지 않다.

「그야 안주인이 오지를 않으니까 그렇지. 대체 왜 지금까지 오지 않았던 건데?」

「그, 그건……. 바빴어.」

「난 안주인을 위해 힘냈는데 말이지~.」

「날 위해서라니, 명령이었잖아.」

「안주인을 위해서야. 안주인을 지키고 싶었어.」

「──!!」

여주인은 숨을 삼켰다.

「그런데, 왜 후작 저택에서도 긴소매 옷을 입고 있는 거야?」

「추, 추위를 많이 탄다고.」

「정말이려나~. 사실은 나한테 여자로서 보여지고 싶지 않았던 거 아니야?」

「그, 그렇지 않아.」

여주인은 부정했지만, 목소리는 완전히 상기되어 있었다.

「──!!」

「아아, 역시 안주인의 젖통은 주무르는 맛이 있네~.」

여주인이 숨을 삼켰고, 쿠로노가 절실히 실감하는 듯한 어조로 말했다. 대화의 흐름으로 생각건대 쿠로노가 가슴을 주물렀고,

그래서 여주인이 숨을 삼킨 것이리라.

「저, 젖통이라고 말하지 마.」

「그럼 뭐라고 하면 되는데?」

「아웅…… 평범하게 가슴이라고 하면 되잖아, 가슴이라고.」

여주인은 요염하게 신음한 뒤 대답했다.

「저기 말이야, 안주인한테 부탁이 있는데…….」

「이 이상 뭘 부탁하겠다는 거야.」

「안주인의 가슴으로 끼워 줬으면 해.」

"가슴으로 끼워?"

티리아와 여주인의 목소리가 겹쳤다. 가슴으로 끼운다고? 하
며 티리아는 자기 가슴을 봤다. 좌우에서 밀어 올리니, 가슴골이
깊어졌다. 음, 이러면 가능하겠군. 근데 뭘 끼우라는 거지? 문득
작년의 일이 뇌리를 스쳤다. 과연. 그걸 끼운다는 건가.

「가슴으로 끼워서, 어떻게 하는데?」

「그야, 문질러서──」

「그, 그그, 그런 짓을 어떻게 해?!」

여주인이 당황해서 말했다. 쿠로노의 목소리가 도중에 들리지
않은 탓에 중요한 부분을 듣지 못했다. 여하튼, 가슴으로 끼우라
는 말을 들었다는 것을 알게 된 것만으로도 수확이다.

「어? 남편한테 해준 적 없어? 비교적 평범한 건데…….」

「나, 나나, 남편한테는 해줬어!」

진위는 불명이지만, 십중팔구 거짓말일 것이다. 여주인의 목소

리는 뒤로 갈수록 작아졌다. 해본 적이 있다면 저렇게 당황할 리가 없다.

「그럼, 괜찮지?」

「아, 알았어. 오랜만이니까 능숙하게 하지 못할지도 모르지만……」

「괜찮아.」

안주인……. 티리아는 작게 신음했다. 왜 이런 상황에서 거짓말── 아니, 허세를 부리는 건가. 결국 쿠로노의 의도대로 흐르지 않았는가.

쿠로노의 방에서 버스럭버스럭하는 소리가 난다.

「…………어, 어때?」

「부드러워서 기분 좋아. 움직여 주지 않겠어?」

「이, 이렇게?」

「응, 좋아. 최고야.」

「그, 그래?」

여주인은 아주 싫지만은 않은 듯이 말했다. 감쪽같이 쿠로노의 술수에 빠져들고 있다. 하지만 본인이 만족하고 있다면 그걸로 괜찮은 느낌도 든다. 그건 그렇고 소리만으로는 뭘 하고 있는지 알 수 없다. 상상력으로 보충하는 것도 한도가 있다. 잠시 후──.

「아, 안주인. 이제 됐어.」

「이제 괜찮은 거야?」

「역시, 처음은 말이지.」

다시 끼익 하고 침대 소리가 울렸다. 티리아는 허벅지를 맞대고 문질렀다. 뭔가가 솟구쳐 오른다.

「……안주인.」

「뭐, 뭘 히죽히죽 웃고 있는 거야.」

「실례하겠습니다~.」

「아응, 어째서, 실례하겠습니다인데?」

여주인은 요염한 목소리를 내며 쿠로노에게 물었다.

「아직 남편을 사랑하는 거잖아?」

「그, 그래. 아, 아직 남편을 사랑해.」

「그러니까, 실례하겠다고.」

아, 아아, 하며 여주인은 재차 요염한 목소리를 냈다.

그것이 헐떡이는 소리로 변하기까지 그리 오랜 시간은 걸리지 않았다.

※

아침── 티리아는 몸을 질질 끌다시피 하며 식당에 들어갔다. 눈이 침침하다. 금방 끝났으면 좋았을 것을, 쿠로노가 한없이 해대는 탓에 또 철야하고 말았다. 케이론 백작은 찻잔을 기울이고 있었다. 푹 잤는지 상쾌한 표정이었다.

"……눈이 새빨간데."

"좀처럼 잠들지 못해서 말이다."

티리아는 깊은 한숨을 내쉬고는 케이론 백작한테서 떨어진 자리에 앉았다.

"황녀 전하, 여기 있습니다."

"아아, 고맙다."

테이블에 요리를 늘어놓는 앨리사에게 감사를 표했다.

"어째서 메이드장이 요리를 옮기고 있는지 알아?"

"알고 있다. 보나 마나 쿠로노가 원인이겠지."

"용케 알았네."

티리아가 발끈해서 대꾸하자, 케이론 백작은 감탄했다는 듯이 눈을 크게 떴다. 그 표정을 보니, 약간이나마 묵은 체증이 내려갔다.

"오늘은 비가 내리려나?"

"내가 알 리 없지 않나."

흥, 하고 티리아는 콧방귀를 끼고는 빵에 손을 뻗었다.

※

밤──.

"황녀 전하, 안녕히 주무십시오."

"아, 그래. 수고가 많았다. 내일도 부탁하지."

"저기, 괜찮으신지요?"

공손하게 고개를 숙이고 문을 닫는가 싶더니만, 앨리사는 머뭇머뭇 말을 건넸다. 솔직히 말하면 괜찮지 않다. 이틀 치의 수면 부족을 낮잠으로 해소하려고 했지만, 도저히 잠들 수 없었다.

"익숙하지 않은 환경 때문인지, 수면 부족이라 말이다."

"아아……. 괜찮으시다면 의사를 부르겠습니다만?"

"아니, 그렇게까지 할 정도의 일은 아니다. 응, 정말로."

"그렇습니까……."

앨리사는 난처한 듯이 미간을 찡그렸다. 아니, 걱정해 주고 있는 것이리라.

"무리는 하지 말아 주십시오. 제도에서 무슨 일이 있었는지는 모릅니다만, 주인님은 분명 황녀 전하의 편이 되어 주시리라고 생각하기에."

"음, 알았다."

"그러면, 안녕히 주무십시오."

앨리사는 깊이 머리를 숙이고는 문을 닫았다. 티리아는 문에 귀를 대고 신위술로 청각을 강화했다. 발소리가 멀어져 간다. 음질이 변화했다. 계단을 내려가는 것이다. 청각 강화를 멈추고 복도로 나왔다. 나머지는 어제와 마찬가지다. 발소리를 내지 않도록 복도를 나아가, 쿠로노의 옆방에 몰래 들어갔다.

"……오늘은 누가 오는 거지."

벽에 귀를 대고 청각을 강화했다. 쿠로노는 업무를 보고 있는 모양이라, 사각사각 깃펜으로 글자를 쓰는 소리가 났다. 잠시 후

달칵, 하는 소리가 울렸다.

「──베개를 가지러 왔어.」

「어서 와, 엘레나. 일하는 중이니까 앉아서 기다리고 있어.」

「그러도록 할게.」

엘레나는 부루퉁해진 듯이 말했다. 잠시 간격을 두고, 끼익 하는 소리가 났다. 엘레나가 침대에 앉은 것이리라. 그 뒤에도 사각사각 소리가 났다. 언제까지 일을 계속할 생각인 걸까. 티리아가 질리기 시작했을 즈음──.

「저기, 언제까지 일하고 있을 거야?」

엘레나가 기다리다 지친 듯이 말했다. 깃펜 소리가 딱 멎었다.

「그렇게나 하고 싶어?」

「아니야!」

「어쩔 수 없네~.」

엘레나는 거친 목소리로 말했지만, 쿠로노는 아랑곳하지 않았다. 쿠로노는 기가 약한 인상이 있었는데, 영주로서 경험을 쌓아 유들유들해진 모양이다.

「그럼, 엉덩이 이쪽으로 대.」

「갑자기 하는 거야?」

「불만이면 키스부터 시작할래?」

「키스는 싫어!」

쿠로노가 되묻자, 엘레나는 날카롭게 소리쳤다. 후우, 하고 쿠로노가 한숨을 내쉬었다.

「무도회 때 했으니까 한 번 하는 거나 두 번 하는 거나 마찬가지잖아?」

「전에도 말했지만, 노예로서 키스하거나 순결을 빼앗기는 건 싫어.」

「흐음~, 노예라는 자각은 있구나.」

「그야, 뭐어, 일단은……. 있어, 노예라는 자각.」

엘레나는 소곤소곤 말했다.

「그럼, 엉덩이 대.」

「어째서야!」

「노예라는 자각이 있다며?」

엘레나가 거칠게 소리쳤지만, 쿠로노는 태연히 대꾸했다.

「뭐, 노예의 의견을 존중하는 주인님이라니, 좀 이상하지 않나~ 싶은 생각은 들지만.」

「큭, 알았어. 그 대신, 앞쪽은 안 되니까 말이야.」

「알고 있어. 평소대로 엉덩이를 쓸게.」

「쓴다고 말하지 마!」

엘레나는 발끈한 듯이 말했다. 하지만 거역할 생각은 없는 모양이다. 침대가 삐걱거리는 소리가 몇 번인가 울렸다. 그건 그렇고 엉덩이를 쓴다는 건 무슨 의미지? 하고 티리아는 내심 고개를 갸웃했다. 만약 말 그대로의 의미라고 한다면, 가능하긴 한 걸까?

「그럼, 사양하지 않고.」

「자, 잠깐, 갑자기 넣을 생각이야?」

「키스하는 건 싫다며?」

「그렇긴 한데…….」

「아～, 노예의 의견을 일일이 존중하려니 귀찮네～.」

「큭! 알았어! 자, 써!」

「이번에야말로, 사양 않고!」

「오혹──!!」

엘레나가 탁한 소리를 냈다. 아마, 쿠로노는 정말로 사양하지 않았던 것이리라.

「꽉 조이네. 역시 오랜만이라서 그런가～.」

「큭, 너, 알고서── 오옥!」

「또 부드럽게 풀어줄 테니까 말이야.」

「너, 너어, 진짜로 최악이네!」

엘레나는 거칠게 내뱉듯이 말했다. 한동안 탁한 소리가 울렸지만, 그건 차츰 요염한 목소리로 변해 갔다.

※

아침── 티리아는 휘청휘청하며 식당에 들어갔다. 어젯밤은 비교적 빨리 끝났기에 얼른 자신의 방으로 돌아갔지만, 눈이 말똥말똥 떠져서 잠들지 못했다. 하복부를 누르며 몸을 뒤척이는 사이에 아침이 왔다.

케이론 백작과 살드멜리크 자작이 자리에 앉아 식사하고 있었다.

"괜찮은 거야?"

"단순한 수면 부족이다."

걱정스러운 듯이 말을 건 케이론 백작에게 짧게 대답하고는 조금 떨어진 자리에 앉았다.

"넌 내가 싫었던 것 아니냐?"

"쿠로노한테 달라붙는 여자는 싫지만, 쿠로노가 슬퍼하는 것도 싫다고."

"……그런가."

티리아는 작게 중얼거렸다. 축 늘어져 있자, 여주인이 눈앞에 요리를 내려놓았다.

"식사야——. 근데, 몸이 안 좋아 보이네."

"걱정 마라. 단순한 수면 부족이다."

"어쩔 수 없네~. 조금 더 가벼운 걸로 만들어 올게."

"부탁하지."

"이건 에릴한테 줄 건데, 괜찮지?"

"그래, 문제없다."

여주인이 요리를 살드멜리크 자작 앞에 놓았다. 그러자 그녀는 얼굴에 미소를 띠었다.

"……고마워. 안주인의 요리는 맛있어."

"하하, 그거 고맙네."

티리아는 축 늘어져서는 둘의 모습을 바라봤다.

※

밤──.

"……황녀 전하."

앨리사는 걱정스러워 보이는 얼굴로 티리아를 봤다. 머뭇머뭇
입을 열었다.

"황녀 전하, 역시 의사 선생님께 진찰을 받는 편이……."

"아니, 응, 2, 3일 지나고 나서 생각해 보겠다."

"하지만──."

"미안하지만, 부탁하지."

"……알겠습니다."

앨리사는 목소리를 쥐어짜 내듯이 말했다. 머리를 깊숙이 숙이
고는 문을 닫았다. 티리아는 문에 귀를 대고 청각을 강화했다. 발
소리가 멀어져 간다. 음질이 변했고, 티리아는 행동을 개시했다.
복도로 나와 쿠로노의 옆방에 몰래 들어갔다. 잠시 후──.

『야호~, 쿠로노 님!』

문이 쾅 열리고, 쾌활한 목소리가 울렸다. 아리데드와 데네브
의 목소리다.

「오늘도 둘이네.」

「므후후, 말은 그렇게 해도 기대하고 있는 거 빤히 보이고.」

「어쩐지, 조금 복잡한 기분인 것 같은.」

한 명은 의욕이 넘치지만, 또 한 명은 그다지 내키지 않아 보인다. 이제부터 어떻게 할 생각일까. 내심 고개를 갸웃하면서 옆방에 의식을 집중했다.

「……우선은 둘한테 봉사를 받을까.」

「쿠로노 님도 참 밝힌다니까 같은.」

「그럼, 봉사하겠──.」

「잠깐 기다려 같은.」

「뭔가 용건이라도 있어 같은?」

「먼저 시작한 것에서 하극상의 의사를 느끼는 것 같은.」

「말도 안 되는 트집이고.」

「나는 알고 있어 같은. 데네브가 열심히 공부하거나, 각도를 조절하면서 거울을 보거나, 약간 비싼 속옷을 사고 있다는 것을 같은.」

「그게 뭐 어쨌다는 거야 같은?」

　응응, 하고 티리아는 고개를 끄덕였다. 그게 뭐 어쨌다는 거냐.

　대체 뭘 경계하고 있는 것일까.

「쌍둥이지만, 공부를 좀 잘하는, 조금 귀여운, 조금 세련된……자기만의 개성을 드러내려는 의사를, 하극상의 의사를 절실하게 느껴 같은.」

「피해망상이고.」

「분명, 각도를 조절하며 거울을 보면서, 나는 이쪽 각도가 귀엽게 보일지도 같은 생각을 하는 게 틀림없고.」

윽, 하는 신음이 들렸다. 아무래도 정곡이었던 모양이다.

하지만 좋아하는 사람이 자신을 봐줬으면 하는 마음은 잘 안다.

「아니~, 그런 거 아니고.」

「여기까지 와서 변명——.」

「둘 다 봉사를…….」

『네~에 같은.』

쿠로노가 지긋지긋하다는 듯이 말하자, 두 사람은 다툼을 멈췄다. 발소리가 울린다. 자 그럼, 하고 티리아는 등을 쭉 펴고 옆방에서 들려오는 목소리와 음향에 집중했다.

※

아침—— 티리아는 휘청휘청하며 식당에 들어갔다. 케이론 백작과 살드멜리크 자작이 자리에 앉아 아침을 먹고 있었다. 케이론 백작이 빵을 접시에 놓고 이쪽을 봤다.

"어제도 잠들지 못한 거야?"

"아, 응, 그렇군."

건성으로 대답하자, 케이론 백작은 작게 한숨을 쉬었다. 어젯밤은 좀 오랫동안 하는 바람에, 침대에 돌아가도 잠들지 못했다. 케이론 백작한테서 떨어진 자리에 앉았다. 수면 부족 때문인지 앉아 있는데도 현기증이 났다. 하지만 그 보람은 있었다. 밤 시중 스케줄을 파악할 수 있었고, 쿠로노가 무슨 짓을 할 것인지도 알

왔다. 이로서 모든 준비가 끝났다.

크후후, 하고 티리아는 웃었다. 어째서인지 케이론 백작이 불쌍하다는 눈으로 이쪽을 보고 있었다──.

※

밤── 앨리사가 기도하는 것처럼 손깍지를 끼고 티리아를 보고 있었다.

"황녀 전하, 부디, 부디 의사 선생님께──."

"아니, 괜찮다."

"아뇨, 아뇨, 지금의 황녀 전하는 괜찮지 않습니다. 부디 의사 선생님께──."

"정말로 괜찮아."

티리아는 앨리사의 말을 가로막았다. 정말로 이제 괜찮은 것이다. 수면 부족이었던 나날은 오늘로 끝이다. 쿠로노에게 황녀의 위엄을 보여 줌으로써 말이다.

앨리사는 괴로운 듯이 입술을 꽉 깨물고, 결의를 굳힌 듯이 입을 열었다.

"만약, 내일도 수면 부족이신 것 같다면 주인님께 말씀드리겠습니다."

"문제없다."

"…………그러면 실례하겠습니다."

앨리사는 신음하듯이 말하고는 문을 닫았다. 티리아는 다소의 죄악감을 느끼며 침대에 파고들었다. 두근두근하는 기분으로 쿠로노를 기다렸다. 기다리고, 기다리며, 계속해서 기다렸지만——쿠로노는 오지 않았다. 어쩔 수 없이 몸을 일으켰다.

"이, 이상하군. 오늘은 쿠로노가 오는 날일 터이지 않나."

이상한데, 이상한데, 라며 티리아는 머리카락을 쥐어뜯다가, 문득 무시무시한 상상이 뇌리를 스쳤다. 설마, 하는 마음은 있다.

"설마, 내게 여자로서의 매력이……."

티리아는 황급히 입을 다물었다. 그럴 리 없다. 쿠로노는 티리아의 가슴을 물끄러미 보고 있지 않았던가. 이대로 기다리면 되는가. 아니, 하고 고개를 흔들었다. 기다리고 있던 탓에 이 꼴인 것이다.

아아, 하고 티리아는 자기도 모르게 목소리를 냈다. 계몽된 기분이었다. 그렇다. 지금까지 너무 기다리기만 했던 것이다. 자신은 언젠가 여제가 되리라고 굳게 믿고, 그걸 위한 노력—— 인심 장악을 게을리하고 말았다. 좋지 않다. 이래서는 같은 결말이 나올 뿐이다.

티리아는 침대에서 내려와 방을 나섰다. 다행이라고 해야 할지, 복도에는 아무도 없었다. 쿠로노의 방에 도착하여, 문손잡이에 손을 뻗었다. 손이 겹쳤다. 깜짝 놀라 고개를 드니——.

"……페이."

"황녀 전하, 좋은 밤인 것입니다. 기묘한 우연인 것이군요."

"우연? 그런 음란한 차림을 하고서 우연이라고?"

"이건 엘레나 님이 골라 준 승부 네글리제인 것입니다."

티리아가 거칠게 내뱉듯이 말하자, 페이는 그 자리에서 한 번 회전했다. 네글리제 자락이 두둥실 퍼져 레이스 속옷이 그대로 드러났다.

"황녀 전하는 평범하군요."

큭, 하고 티리아는 자기 모습을 내려다봤다. 티리아가 입고 있는 건 심플한 네글리제다. 비쳐 보이지도 않고, 프릴도 적다.

"중요한 건 내용물이다."

"겉모습도 중요한 것입니다."

큭, 하고 티리아는 재차 신음했다. 신음할 수밖에 없었다. 페이가 문손잡이에 손을 뻗었기에, 티리아는 그녀의 손을 붙잡았다.

"무엇입니까?"

"너, 뭘 할 생각이지?"

"당연히 밤 시중인 것입니다."

"아, 아직, 너한테는 이른 것 아니냐? 좀 더 준비를 갖춰서——."

"황녀 전하는 무른 것입니다. 준비는 아무리 해도 부족한 법인 것입니다."

"——!!"

티리아는 숨을 삼켰다. 아니, 충격을 받았다. 그와 함께 페이의 말을 받아들였다.

확실히 그녀의 말대로다. 준비는 아무리 해도 부족하다. 하지만——.

"하, 하지만, 그거라면 너도 준비가 부족한 것 아닌가?"

"배우기보다 익숙해져라인 것입니다."

"……배우기보다 익숙해져라."

무심코 말을 따라 중얼거렸다. 가슴이 철렁했다. 티리아는 각오에서 지고 있는 것 아닐까 하는 생각이 들기 시작했다. 아니, 싸우기 전부터 패배를 인정해서 어쩌자는 것인가. 싸워야 한다. 프라이드는 싸워서 쟁취하는 것이다.

"……너는 쿠로노를 좋아하는 것도 뭣도 아니지 않나? 그렇다면 나한테——."

"저는 쿠로노 님을 좋아하는 것입니다."

"그 녀석의 어디가 좋은 거지?"

"절 봐 주는 점인 것입니다."

므후——, 하고 페이는 코에서 콧김을 내뿜었다. 자기도 모르게 눈이 휘둥그레졌다. 집안을 다시 일으키는 것 말고는 아무 생각도 없는 줄 알았는데, 그렇지 않은 모양이다.

"황녀 전하는 어떤 것입니까?"

"나, 나 말이냐? 그래, 좋아한다."

티리아는 고개를 돌리며 대답했다. 뺨이 뜨겁다. 너무 부끄럽다. 하지만, 페이 앞이 아니었더라면 이런 말은 하지 못했을 것이다.

"……오늘은 돌아가는 것입니다."

"괜찮은 거냐?"

"왠지 모르게 황녀 전하께 양보하는 편이 좋을 듯한 느낌이 든 것입니다. 그럼."

페이는 경례하고는 그 자리를 떠나갔다. 티리아는 멍하게 페이를 지켜본 뒤, 작게 고개를 흔들었다. 멍하게 있을 상황이 아니다. 모처럼 기회를 양보해 준 것이다. 이 기회를 살리지 않고 어쩌자는 것인가.

티리아는 심호흡을 반복했다. 좋아, 하고 중얼거리고는 쿠로노의 방에 들어갔다. 그러자——.

"어라, 티리아?"

쿠로노는 뒤돌아보고는 얼빠진 목소리를 냈다. 티리아는 말없이 침대로 향했다.

침대에 앉아 쿠로노를 쳐다봤다.

"업무냐?"

"이래 보여도 영주니까 말이지."

쿠로노는 다시 책상을 보고 앉아 깃펜을 움직이기 시작했다. 사각사각 하는 소리가 울린다. 분위기가 어색하고, 태도가 평소와 다를 게 없어서 화가 벌컥벌컥 치민다.

"그러고 보니……."

"뭐, 뭐냐?"

쿠로노가 손을 멈췄고, 티리아는 상기된 목소리로 되물었다. 드디어 음수의 본성을 드러내는 건가 싶어 앉은 자세를 바로 고쳤지만——.

"몸이 안 좋다고 들었는데, 괜찮아?"

"그거라면 걱정할 필요 없다."

"일단 병원에 가는 편이 좋지 않겠어?"

"아니, 괜찮다. 금방 나을 거다."

쿠로노는 그래, 하고 중얼거리고는 깃펜을 움직이기 시작했다. 사각사각 소리가 울린다. 소리가 단조로운 탓일까. 졸음이 몰려왔다. 너무 졸음이 오는 탓에 침대에 누웠다. 무심코 꾸벅꾸벅 졸고 말았다. 갑자기 시야에 그늘이 져서 눈을 떴다. 그랬더니, 쿠로노가 침대 옆에 서서 티리아의 얼굴을 들여다보고 있었다. 드디어인가, 드디어로군, 하며 경계했다.

"……티리아, 졸리면 방으로 돌아가."

"딱히 졸리지 않아."

어째서 음수의 본성을 드러내지 않는 거냐. 티리아는 의아하게 여기며 대답했다. 어떻게 하면 좋을지 생각하다가, 몸을 뒤척여 봤다. 네글리제 자락이 말려 올라간다. 제법 부끄럽지만 이거라면. 쿠로노는 티리아의 다리를 보고는 손을 뻗었다.

"품위 없어."

그렇게 말하고는 말려 올라간 네글리제를 원래대로 되돌렸다. 이 정도로는 안 되나. 어쩔 수 없다. 티리아는 네글리제 옷깃에 손가락을 걸쳤다.

"아~, 이 방은 덥군."

"그래?"

"드, 듣자니, 계, 계절 감각을 상실한 모기가 나온다지 않느냐."

"이 계절에도 모기가 나오는구나."

너를 말하는 거라고! 티리아는 마음속으로 딴지를 걸었다. 후아아암, 하고 쿠로노가 하품을 했다. 이번에야말로, 하는 생각에 티리아는 몸을 살짝 일으켰지만——.

"티리아, 졸리니까 그만 네 방으로 돌아가."

쿠로노는 그런 말을 했다. 아무리 그래도 이쯤 되니 열이 확 뻗쳤다. 아니, 여자로서의 프라이드에 상처를 입었다. 이렇게나 어프로치를 하고 있는데도 아무것도 하지 않다니——.

"자, 얼른."

"알았다."

티리아는 침대에서 내려와 입을 열었다.

"……쿠로노."

"뭔—— 끄악!"

쿠로노는 뒤돌아보고는 짧은 비명을 질렀다. 티리아는 이마를 눌렀다. 키스할 생각이었는데 박치기를 해버린 것이다. 상당히 아프다. 쿠로노는 얼굴을 누르며 뒷걸음질 쳤다. 놓치지 않는다, 라며 티리아는 쿠로노의 팔을 붙잡고는 침대에 내던졌다.

"크학!"

등부터 패대기쳐진 탓이리라. 쿠로노가 기침을 했다. 기회다. 티리아는 침대에 올라가 쿠로노를 깔고 올라탔다.

"나는…… 기다리고 있었다!"

"뭐, 뭘?"

"널 말이다! 케이론 백작한테 밤 시중을 들게 시켰던 날부터 널 기다리고 있었단 말이다! 그런데도, 그런데도 넌 내 방으로 돌아가라고 말하는 거냐!!"

"그런 말을 해도 말이지……. 아, 죄송합니다. 제가 나빴습니다."

쿠로노는 마치 변명처럼 중얼거렸지만, 티리아가 노려보자 자신의 잘못을 인정했다.

"그럼, 한다."

"뭘?"

"네가 애인들에게 했던 걸 말이다!"

티리아는 소리치고는 쿠로노 위에서 비켰다. 바지에 손을 걸치고—— 귀찮아져서 팬티째로 끌어내렸다. 티리아는 남성의 물건에서 고개를 돌렸다.

어쩐지 무척 부끄럽다. 어째서일까. 그때, 문득 페이를 떠올렸다. 과연, 그 승부 네글리제는 이걸 위해서였던 것이다. 즉, 평범한 네글리제를 입고 있다는 사실이 꺼림칙함을 느끼게 하는 것이다. 승부는 대등해야만 한다.

"우오오오오!!"

"히익!"

티리아는 우렁차게 소리 지르고는 네글리제를 찢었다. 쿠로노가 작게 비명을 질렀다.

"어떠냐! 이걸로 너와 대등하다!!"

"미치셨다! 황녀 전하가 미쳐 버리셨다!!"

"난 미치지 않았다!"

티리아는 도망치려 하는 쿠로노를 재차 깔고 눌렀다. 쿠로노 위에 올라탔다. 쿠로노가 티리아에게 닿고 있다. 그 사실과 솟구쳐 오른 감각에 몸을 부르르 떨었다. 몸을 앞뒤로 흔들자 쿠로노의 것이 딱딱해졌다.

"쿠, 쿠로노, 하, 한다."

"괜찮은 걸까나~."

"괜찮다!"

티리아는 무릎으로 선 자세가 되어 팬티 끈을 잡았다. 그대로 움직임을 멈췄다. 뭔가를 잊고 있는 듯한 느낌이 든다. 아니, 뭔가, 이렇게, 잘못된 듯한 느낌이 들었다. 수면 부족 때문일까. 생각이 정리되지 않는다.

"저기, 티리아?"

"아무것도 아니다! 자아, 한다!!"

티리아는 팬티 끈을 잡아당겼다. 그때, 군대의 함성을 들은 듯한 느낌이 들었다.

※

제국력 431년 2월 중순—— 티리아군과 쿠로노군은 설원에서 대치했다. 가장 먼저 공격을 펼친 것은 티리아군이었다. 양군이 격돌하며 하얀 설원이 빨갛게 물들었다. 쿠로노 군은 그대로 밀리는 듯 보였으나, 군을 이끄는 건 범용(凡庸)하지만 경험 풍부한 쿠로노 장군이다. 그는 군을 재정비하여 다시 일으키고는 역습에 나섰다.

이윽고 전황은 쿠로노군 쪽으로 기울었다. 미리 수집한 정보를 기초로 선제공격에 나서 주도권을 쥐었다고는 해도 군을 이끄는 티리아 장군은 첫 전투다. 지혜도, 경험도 부족했다. 주도권을 계속 지키기는 어려웠다.

쿠로노군은 기세를 타고 티리아군에 격렬하게 공격을 퍼부었다. 티리아군은 방어하기 급급했다. 아슬아슬한 지점에서 버티는 상황이 계속되었다. 전황을 본 티리아 장군은 문득 깨달았다. 쿠로노군에는 결정적인 공격 수단이 없다는 것을.

한편, 티리아군에는 비장의 수가 있었다. 그건 기병—— 기승 돌격에 의한 타격이다. 티리아군은 맹렬하게 반격하기 시작했다. 티리아군의 기승 돌격을 받은 쿠로노군은 눈 깜짝할 사이에 열세에 몰렸다. 도중에 티리아군이 공격 속도를 늦추자, 쿠로노군은 이 기회를 놓치지 않겠다는 듯이 반격으로 전환했다. 하지만, 힘이 부족했고—— 쿠로노군은 티리아군의 기승 돌격에 계속해서 유린당했다.

※

"왜 그러지? 벌써 끝인가?"

"죄송합니다. 인제 그만 봐주세요."

티리아가 움직임을 멈추고 쿠로노의 얼굴을 들여다보자, 쿠로노는 패배를 인정했다. 그 사실에 티리아는 깊은 만족감을 느꼈다. 어찌 되었건 간에, 승리는 늘 기분좋다.

"나는 좀 더 계속할 수 있다만?"

"전 무리입니다."

"어쩔 수 없는 녀석이로군."

티리아는 움직임을 멈추고 쿠로노에게서 내려왔다. 소리가 나서 부끄러웠지만, 쿠로노는 알아차리지 못한 모양이다. 침대에 누워 쿠로노에게 달라붙었다.

"최고였다. 너는 어떤 기분이지?"

"대패질을 당한 기분입니다."

"대패라니?"

"목재 표면을 깎는 목수용 도구."

"최악이구나, 너는!"

처녀의 순결을 빼앗아 놓고서는 대패질 당한 기분이라니 무슨 이런 남자가 다 있단 말인가. 쿠로노는 한숨을 내쉬고는 등을 돌렸다. 아버지, 아버지가 말한 대로였어. 나한테는 힘에 겨워, 라는 둥 낮은 목소리로 중얼거리고 있다. 티리아는 쿠로노를 뒤에서 꽉 끌어안았다.

"쿠로노, 한 번 더 하지 않겠나?"

"······이제 아침이야."

티리아는 창문을 봤다. 커튼 틈새로 빛이 비쳐 들어오고 있다. 쿠로노의 말대로, 아침인 듯하다. 시간이 흐르는 건 빠른 법이군, 하는 생각이 든다.

"어쩔 수 없지. 잘까."

티리아는 쿠로노를 끌어안은 채 눈을 감았다.

※

다음 날—— 티리아는 후작 저택 정원에 서 있었다. 케이론 백작을 배웅하기 위해서다. 사실은 배웅하고 싶지 않았지만, 쿠로노가 배웅하겠다고 말했기에 어쩔 수 없이 같이 배웅에 나왔다. 쿠로노와 케이론 백작은 알콩달콩하며 붙어 있었다.

"어이, 슬슬 돌아가는 게 어떠냐."

"쿠로노, 황녀 전하가 날 괴롭혀. 너무하다고 생각하지 않아?"

"나로서는 좀 더 사이좋게 지내 줬으면 좋겠는데."

쿠로노는 작게 한숨을 내쉬고는 하늘을 올려다봤다. 하늘에는 구름 한 점 없다.

"아쉽지만, 난 제도에 돌아갈게."

"조심해서 가."

"······얼른 가라."

케이론 백작은 티리아에게 과시하는 것처럼 쿠로노와 긴 포옹을 나눴다. 마차에 타서, 창문을 열고 이쪽을 봤다.

"쿠로노한테 버림받지 않도록 최대한 조심하라고."

"그건 내가 할 말이다."

"그럴까? 어떤 고급 요리라도 매일 먹고 있으면 질리기 마련인데."

"그만 가라!"

"하하핫! 짧은 봄을 구가하도록 해!"

케이론 백작의 웃음소리가 울렸고, 마차가 천천히 움직이기 시작했다. 돌 어디 없나, 던질 돌! 티리아는 지면을 봤으나 적당한 돌은 보이지 않았다.

케이론 백작을 태운 마차가 후작 저택 문을 지났고, 티리아는 발을 동동 굴렀다. 그때 그녀의 시선 끝에 살드멜리크 자작의 모습이 들어왔다.

"왜 너는 여기 있는 거지?"

"나는 리오 케이론 백작의 감시역임과 동시에 황녀 전하의 감시역이기도 해."

살드멜리크 자작은 소곤소곤 중얼거렸다. 감시역이 그걸 말해도 되는 건가? 하고 티리아는 고개를 갸웃했지만, 대답해 주는 사람은 없었다.

쿠로노 전기

이세계 전이한 내가 **최강**인 건
침대 위에서만인 것 같습니다

《 종 장 》 『바람』

파나가 집무실에 들어가자, 알코르 재상이 업무를 보고 있었다. 서류를 훑어보고, 서명하여 분류한다. 어지간히 집중하고 있는지 이쪽을 보려고도 하지 않았다.

"……괜찮았던 걸까?"

"뭐가 말인가?"

파나가 중얼거리자 알코르 재상은 손을 멈추고 물어봤다.

"티리아 황녀 말이야. 정말 에라키스 후작에게 맡겨도 괜찮아?"

"감시를 붙여서 제도에서 추방하자고 말한 건 너이지 않나."

"그건, 그렇지만……."

파나는 말을 머뭇거렸다. 알현실에서 있었던 일을 떠올리고는 몸을 떨었다. 잘못한 건 자기 아들이다. 그건 알고 있다. 하지만 공포나 불안은 논리적으로 설명할 수 없다. 새삼스럽지만 알코르 재상이 티리아 황녀를 끌어내려야만 했던 이유를 알 것 같았다. 하지만 파나는 에라키스 후작까지 실각시킬 생각은 없었다.

툭툭, 하는 소리가 났다. 알코르 재상이 손가락 끝으로 책상을 두드리는 소리였다. 손가락 앞에는 양피지와 종이 다발이 놓여 있었다. 에라키스 후작에 관한 자료임이 분명하다. 안심시키고 싶다면 한 마디 설명이라도 하는 게 도리건만, 어쩔 수 없다. 이런 남자인 것이다.

"용의주도하네."

"이러지 않으면 재상을 어찌 맡겠나."

비아냥임을 알고 있을 터이지만, 알코르 재상은 씨익 웃었다.

"종합적으로 생각한 결과, 나는 티리아 황녀를 맡겨도 문제없다고 판단했다."

"무척 신용하고 있네."

"아는 사람의 아들이라서 말이지."

알코르 재상은 눈을 가늘게 떴다. 마치 옛날을 그리워하고 있는 것만 같이.

"신성 아르고 왕국과는 강화 조약을 맺었다. 한동안은 문제없을 거다."

그렇게 잘 풀릴까? 하고 파나는 내심 고개를 갸웃했다. 어찌 되었든, 티리아 황녀가 반한 남자와 함께 평생을 살아갈 가능성이 생긴 건 기쁜 일이다. 에라키스 후작령에서 제2의——가능하면 평온한 인생을 걸어 주었으면 한다.

쿠로노 전기

이세계 전이한 내가 **최강**인 건

침대 위에서만인 것 같습니다

후기

　이번에는 『쿠로노 전기 5 이세계 전이한 내가 최강인 건 침대 위에서만인 것 같습니다』를 구매해 주셔서 감사드립니다. 바로 지금, 서점에서 책을 보고 계시는 분은 살며시 책을 덮고, 계산대로 가져가 주신다면 좋겠습니다.

　자, 본 시리즈도 마침내 5권입니다. 5권, 좋은 울림이군요. 대인기나 판매량 폭발과 마찬가지로 무심코 히죽히죽하고 맙니다. 그건 제쳐 두고, 이번에는 전권에서 이어지는 내용—— 퇴각전에서부터 티리아가 용감하고 씩씩한 기승 돌격을 감행하는 부분까지의 이야기로 되어 있습니다.

　제3권에서 클로드가 경고해 주었습니다만, 쿠로노는 무참히 유린당하게 되었습니다. 약육강식의 세계에서는 포식자한테 들키지 않도록 숨거나, 자신에게 유리한 거리를 유지하는 것 또한 싸움인 겁니다. 유감이지만 쿠로노에게는 포식자로서의 자각이 부족했습니다.

　그러면, 여기서부터는 감사 말씀을. 본 작품을 응원해주시는 여러분, 감사합니다. 5권을 전해 드릴 수 있었던 것은 물론이거니와, 태피스트리가 제작되거나 특전 SS를 쓸 수 있었던 것, 기획 오퍼를 받은 것, 전부 여러분의 응원이 있기에 가능했던 일입니다. 앞으로도 여러분의 기대에 부응할 수 있도록 노력해 나가

고자 합니다.

　담당 S님, 언제나 조력해 주셔서 감사합니다. 이번에는 실제로 쓰고 나서 정말로 이걸로 괜찮은 건가 하고 고민하게 되는 상황이 많이 있었기에 상담을 받아 주셔서 무척 든든했습니다. 라이브 감각으로 쓴 '우선, 팬티를 보여 주세요' 장면은 '이걸로 괜찮아'라는 생각이 들었습니다만, 제4장은 전체적으로 임팩트가 강한지라━━.

　무츠미 마사토 선생님, 이번에도 멋진 일러스트를 그려 주셔서 감사합니다. 캐릭터 디자인, 컬러, 흑백, 태피스트리 등 언제나 전달되는 것을 기대하고 있습니다. 에로귀여운 일러스트를 그려 주실 수 있도록 하기 위해서도 힘내겠습니다.

　마지막으로 선전이 되겠습니다. 소년 에이스 plus에서 연재 중인 만화판 『쿠로노 전기 이세계 전이한 내가 최강인 건 침대 위에서만인 것 같습니다』 제1권이 12월 4일에 발매됩니다. 시라세 선생님이 그리시는 귀여운 레이라 양과 쿠로노의 러브를 보실 수 있지 말입니다.

　HJ노벨에서 『사십 줄 아저씨는 슬로우 라이프의 꿈을 꾸는가? 1~3』 호평 발매 중입니다. 최신 3권에서는 여관 여주인 셰리와의 사이가 대약진합니다!!

Kurono senki 5 Isekaiteni sita boku ga saikyou nanoha bed no uedake no youdesu
©Ayumu Saito
Originally published in Japan in 2020 by HOBBY JAPAN CO., Ltd.
Korean translation rights ©2021 by Somy Media, Inc.

쿠로노 전기 5 이세계 전이한 내가 최강인 건 침대 위에서만인 것 같습니다

2022년 1월 15일 1판 1쇄 발행

저　　　자 사이토 아유무
일 러 스 트 무츠미 마사토
옮 긴 이 주승현
발 행 인 유재옥
본 부 장 조병권
편 집 1 팀 김혜연 박소연 이준환
편 집 2 팀 박치우 정영길 조찬희
편 집 3 팀 곽혜민 오준영 이해빈
라이츠담당 이승희 한주원
디 지 털 박상섭 이성호 최서윤
미　　　술 김보라 박민솔
발 행 처 ㈜소미미디어
인쇄제작처 ㈜코리아피엔피
등　　　록 제2015-000008호
주　　　소 서울시 마포구 토정로222, 403호 (신수동, 한국출판콘텐츠센터)
판　　　매 ㈜소미미디어
마 케 팅 박종욱
전　　　화 (02)567-3388, Fax (02)322-7665

ISBN 979-11-384-0609-3
ISBN 979-11-6507-870-6 (세트)